DER MORGENKRISTALL[7]

FINLEY MOUNTAIN

AF186691

Das Buch

Während einer Theatervorstellung, in der auch Benjamin McGowan mitwirkt, erkennt Waylon Latham einen alten Bekannten. Daraufhin geschieht mit dem erkannt geglaubten etwas Unfassbares. Plötzlich ist da dieses Nebelwesen, ein Atman. Panik entsteht. Von dem wabernden Etwas geht etwas Bedrohendes, Düsteres aus. Ausgesendete Signale hinterlassen dumpfe Kopfschmerzen. Als sich aus der unförmigen Nebelmasse Auswüchse bilden, erscheint ein flirrendes Luftschild. Aus dem Nichts erscheint ein Zeitgleiter, dem die Gewahrerin Deborah entsteigt. Was sie dem Nebelwesen entgegensetzt und damit nicht nur Waylon rettet, ist ein arimeanischer Lichtwellenwandler. Doch ist die Gefahr im Moment auch gebannt, hat der Wettlauf mit der Zeit schon längst begonnen. Denn der Atman ist nicht allein …

Der Autor

FINLEY MOUNTAIN wird 1965 geboren. Büchern kann er anfangs nur sehr wenig abgewinnen. Schullektüre, zu der damals zum Beispiel auch Robinson Crusoe gehörte, legt er achtlos beiseite. Erst ein Jugendbuch erregt seine Aufmerksamkeit, und entfesselt eine bis dahin verborgene Leidenschaft. Von nun an verschlingt er alles, was er zwischen den Fingern bekommt. Darunter alte Klassiker wie Charles Dickens, Daniel Defoe, Kurt Laßwitz, Jules Verne. Durch einen Comic kommt er zum Schreiben. Zeichnet er anfangs versuchsweise noch seine Charaktere, stellt er bald fest, dass ihm das Wort besser liegt. So entstehen erste, zaghafte Versuche. Unter Pseudonym veröffentlicht er Anfang 2000 im Internet zahlreiche Texte. Mit dem Morgenkristall legt er 2014 sein Debüt in der Fantasy-Literatur vor. Bisher sind sechs Bände des Morgenkristalls erschienen.

FINLEY MOUNTAIN

DER MORGEN KRISTALL

~ ATMAN ~

FANTASY

BOOKS ON DEMAND GMBH

Bibliografische Information Der Deutschen Bibliothek
Die Deutsche Bibliothek verzeichnet diese Publikation in der Deut-
schen Nationalbibliografie; detaillierte bibliografische Daten sind im
Internet über http://dnb.ddb.de abrufbar.

Covergestaltung: Finley Mountain
Herstellung und Verlag: Books on Demand GmbH, Norderstedt
Printed in Germany
Erste Auflage 2019

ISBN 978-3-7494-5592-8

ZEIT IST EINE ILLUSION.
ALBERT EINSTEIN

Prolog

Der Archivtempel existiert von Beginn an. Keine der Wesenheiten denkt darüber nach. Alle nutzen den enorm reichhaltigen Fundus der Sammlung. Gäbe es an diesem Ort eine Begrifflichkeit für Höhe und Weite sowie Entfernung im Allgemeinen, spränge die hier lagernde Anhäufung sämtliche übliche Maßstäbe von Raum. Scheinbar unendlich stapeln sich kindskopfgroße, leuchtende Kugelgebilde, deren Oberflächen eigentümliche unentwegte Wellenbewegungen vollführen. Soweit das Auge reicht schweben sie über- und nebeneinander, wobei die Objekte durch keinerlei sichtbare Halterungen am Platz fixiert werden.

Überhaupt wirkt der Archivtempel eher wie eine Ansammlung von Energiekugeln. Beim genaueren Hinschauen sind Haarblitze zu erkennen; winzige, hauchdünne Lichterscheinungen, die von innen heraus das Gebilde für Sekunden erhellen.

Eines der Wesen nimmt gleitend vor einem Halbhohlspiegel Platz und konzentriert sich. Zeitgleich setzt sich eines der Energiegebilde in Bewegung. Sein Inneres flackert flammend auf. Plasmaartige Strukturen werden gebildet, die einer Galaxie immer ähnlicher werden – allerdings *en Miniatur*. Mit viel Fantasie könnten alle bekannten Himmelsobjekte erkannt werden; reine Inspiration subjektiver Wahrnehmung.

Innerhalb des nächsten Augenblicks kommt die energetische Kugel direkt vor der Wesenheit in der Luft zum Stehen. Über biosensitive Ströme öffnet das Wesen die inzwischen pulsierend leuchtende Kugel. Gleichzeitig beginnt das Wesen selbst im selben Takt zu leuchten. Luminös umhüllt ein unsichtbares Feld beide kugelförmig. Abgeschottet von der Außenwelt beginnt der Transfer. Je länger er anhält, umso trüber wird das Feld, bis letztendlich die Sicht von außen unmöglich ist. Ist dieser Zustand erreicht, verblasst das getrübte Gebilde und wird von der normalen Umgebung vollständig absorbiert.

Während für menschliche Augen unsichtbar, nehmen andere Wesen genau wahr, was soeben abläuft. Eine Art Rauschen entströmt deren Mündern. Linear an- und abschwellend, wird es nur durch einige zischende Laute durchbrochen.

Unter den Wesenheiten gibt es ansonsten kaum nennenswerte Regungen. Alles wirkt absonderlich steril und kalt. Emotionen fehlen ebenso, wie anregende Gespräche. Jede Wesenheit existiert für sich. Die meiste Zeit ihres Daseins verbringt sie im Tempel. Je nachdem wie ein Transfer endet, dessen Ausgang niemals von Anbeginn feststeht, folgt sogleich der Nächste. Ein stetiges Abtauchen in eine für hiesige Existenzverhältnisse gegensätzliche Lebenswelt.

Jede der schwebenden Energiekugeln beherbergt ein einzigartiges Erlebnis. Im ganzen Universum verstreute intelligente und weniger intelligente Lebensformen haben jeweils eine *Seelenkapsel*, in die die Wesenheiten eintauchen können. Im Vorfeld gibt es eine audiovisuelle Kurzumschreibung, die das betreffende Individuum zeigt und wichtige Lebensstationen umreißt. Macht diese Vorschau neugierig, hat die Wesenheit die Möglichkeit des sofortigen Eintauchens in das auserwählte Leben, welches mit der Geburt des Individuums auf dessen Welt beginnt und bis zu seinem irdischen Tod währt. Dabei erlebt die Wesenheit alle Situationen hautnah. Eine wichtige Erfahrung aus Ermangelung eigener Gefühle.

Diese Bereicherung füllt die Wesenheiten aus, bestimmt deren Existenz. Sie sind *Atmane …*

Eins

Langsam öffnet sich langsam der Vorhang und das Licht wird gedimmt. Allmählich kehrt im Zuschauerraum Ruhe ein. Hin und wieder ist ein Husten zu hören. Auf der Bühne ist eine Kneipe nachempfunden, mit vier Rundtischen und jeweils drei Stühlen. An einem sitzt fläzend ein junger Mann, einen Cowboyhut weit nach hinten geschoben. Er kaut gelangweilt auf einem Streichholz herum. Vor ihm steht ein halb voller Krug Bier. Die Kleidung wirkt genauso schäbig und heruntergekommen, wie die Einrichtung.

»Ben sieht richtig echt aus«, flüstert Karoline. »Und cool.«

Waylon nickt und brummt Unverständliches. Theater ist nichts für ihn. Nur Olivia zuliebe tut er sich die Aufführung der Laienspielgruppe an. Angespannt schielt er auf die Uhr. Gerade zwei Minuten läuft der erste Akt. Er holt tief Luft.

»Entspann dich«, nuschelt Karoline. »Tu's Olivia zuliebe.«

Seine aufgepusteten Wangen bringen Karoline zum Lachen. Von einem hinteren Rang ertönt ein genervter Zischlaut, dem böse Blicke folgen.

Missgelaunt verschränkt Waylon die Arme. Er ist kein guter Heuchler, beugt sich aber Karolines Wunsch und natürlich auch Olivias Erwartung.

Ein anderer Mann betritt die Bühne. Aufbrausender Applaus begleitet ihn. Stumm geht er mit grimmiger Miene auf den sitzenden Benjamin zu. Sollte Waylon den Typ kennen?

Ben, der einen Revolverhelden mimt, nimmt einen kräftigen Schluck aus dem Krug, setzt diesen übertrieben lässig ab und rülpst laut vernehmlich. Das Publikum lacht.

»Hier also treibt Ihr Euch herum«, sagt der Ankömmling schallend.

Waylon wird hellhörig. Diese Stimme! Irgendwoher kennt er sie. Angestrengt nimmt Waylon den Typ ins Visier.

»Ist es verboten, einen Drink zu nehmen?«

Machohaft trinkt Benjamin den Krug aus. Der darauffolgende Rülpser dauert ewig und wirkt unappetitlich. Einige der Zuschauer verziehen angewidert das Gesicht.

»Nein, verboten ist es nicht, Sir. Allerdings ein Überfall auf die Postkutsche!«

Der Typ wendet sich auf der Bühne mehr den Zuschauern zu, sodass Waylon erst jetzt der Sheriffstern an dessen Brust auffällt. Plötzlich hat er eine verrückte Idee, woher er den Darsteller kennt. Blitzartig tauchen Erinnerungsbilder auf, die die Wirklichkeit vollständig ausblenden.

Pferdegetrappel kommt näher. Aus den Gedanken gerissen geht er hinter einem leicht ansteigenden Hügel in Deckung. Zwischen Grashalmen und einer wild wachsenden Hecke hindurch hat er gute Sicht auf den Weg. Noch ist von Pferd und Reiter nichts zu sehen. Um bloß nicht entdeckt zu werden, drückt er sich noch tiefer auf die Erde.

Eine Gefährdung von Aylons Unterfangen, hätte auch für Riley schwerwiegende Folgen. Was er damit zu tun haben soll, will nicht in seinen Kopf gehen. Weder Aylon noch die erwartete Person sind ihm bekannt. Von letzterer weiß er nur den Vornamen.

»Scheint nicht gerade gemütlich zu sein!«, erschallt eine Frauenstimme hinter ihm. Als er den Kopf drehen will, schnalzt sie mit der Zunge. »Probier's Kleiner, dann bist du schneller Futter für die Maden, als dir lieb ist!«

»Darf ich aufstehen ...«

»Gib mir erst deine Waffe, Kleiner!«

»Ich habe keine, Lady ...«

Über ihn lacht es.

»Du nennst mich Lady?«

»Ihrer Stimme nach zu urteilen, sind sie eine, Miss.«

Die Frau pfeift leise.

»Gib mir schon deine Waffe!«

»Ich ... ich habe keine ...«

»Was denkst du, wer dir das glaubt?«

Schuldbewusst zuckt er mit der Schulter.

»Sie, Mrs Lady?«

Anhand der zurückweichenden Schritte nimmt er an, er könne nun aufstehen, was er auch langsam versucht.

Die Lady hindert ihn nicht und lässt ihn im sicheren Abstand gewähren.

Ihre Blicke treffen sich. Riley ist wie vom Donner gerührt! Das sind die Augen, die er stets in seinen Träumen erblickt und darin versinkt. Wie kann das sein?

»Was schaust du mich so dämlich an? Noch nie eine Dame in Hosen gesehen?«

Über alle Zweifel erhaben ist Riley gerade unfähig, etwas zu sagen. Die Frau hält seinen Blick stand. Fast scheint es, sie empfindet ebenso.

»Hallo!«

Riley ist der Wirklichkeit um einiges entrückt und vergisst alles. Im Strudel ihres Blickes eingesogen, kann er nichts dagegen tun, auch wenn er wollte. Aber er will nicht. Sowas geschieht einem nur einmal im Leben! Das Schicksal führt Riley hierher und er trifft die Frau seiner Träume! Wahnsinn!

Er kann sich zwar nicht an das dazugehörende Gesicht erinnern, dies ist in den Träumen stets nur ein verwaschener Fleck, aus dem ebendiese wunderschönen, alles erzählende Augen ihn anschauen.

»Hey, Kleiner! Aufwachen!«

Keine Chance!

»Träumst du?«

Der Dame mit Hut und Hose wird es allmählich zu bunt. Der Blick des Mannes ist ein anderer, als von vielen Männern vorher, die sie meistens gierig verschlangen. Der hier könnte ihr sogar gefallen, wenn sie nichts Wichtigeres zu tun hätte. Und ein Abenteuer kommt sowieso nicht infrage!

Mit dem Gewehr auf ihn zielend steht sie da und überlegt. Wenn sie jetzt einfach wieder verschwinden würde, fiele es diesen Kerl vermutlich nicht einmal auf. Der schaut sie immer noch an. Frauen spüren, wenn Männer etwas von ihnen wollen. Nur Männer vergessen eines (oder merken es einfach nicht), dass sich die Frauen selbst den potentiellen Partner aussuchen.

Hingerissen von der Tiefe, in der ihre Augen Riley ziehen, vergisst er alles andere. Ihre Aura hält ihn gefangen im Bann zärtlich aufkommender Gefühle, die ähnlich eines Keimes in der Wüste zaghaft sich vortasten. Seine innere Stimme schreit nach ihr, der Verstand murmelt wie unerreichbar sie doch ist.

So stehen beide stumm und den anderen musternd gegenüber. Keiner wagt in dieser Situation etwas zu sagen, etwa was ihm im Moment durch den Kopf geht. Hat er sich unsterblich in diese wundervollen Augen verliebt, will sie diesen Mann schnellstmöglich loswerden.

Zwei Welten prallen gegeneinander, die unterschiedlicher nicht sein können!

Die verzwickte Situation wird auf recht ungalante Weise gelöst. Von beiden unbemerkt, oder wenigstens zu spät, um noch rechtzeitig reagieren zu können, tauchen plötzlich mehrere vermummte Gestalten auf. Klickende Gewehre werden auf sie gerichtet.

»Leg die Knarre weg, Puppe!«, ertönt eine raubeinige Stimme, die wohl dem Anführer gehört.

Ihr bleibt nichts Anderes übrig, als brav zu gehorchen, will sie nicht mehr riskieren, als ihr lieb ist. Vorsichtig folgt die Lady der rabiaten Aufforderung.

»Schaut euch das Bübchen an«, grölt ein anderer. »Der ist ja völlig weggetreten!«

»Manche Weibsbilder sind wie Schlangen«, erwidert der Nächste. »Schaust du ihr in die Augen, findest du dich schnell in deren Magen wieder.«

Tatsächlich begreift Riley die Lage ziemlich spät.

»Ist das überhaupt ein Frauenzimmer?«

»Wegen der Hose, Ben? Vielleicht versteckt die darunter ja ihre Strapse!«

Das Hohngelächter über diesen vermeintlich gut gelungenen Witz erfüllt die Luft. Ein wirklich kleiner der Vermummten, drückt sich breitbeinig mit erhobenen Händen an die Lady in Hose. Die anderen Lachen noch lautstarker.

»Na los, Jack! Schau nach!«

Mit einem Mal vollführt die Lady eine Wendung um einhundertachtzig Grad und stößt das blitzschnell angewinkelte Knie dem aufdringlichen Kerl geradewegs ins Allerheiligste. Brüllend geht der zu Boden. Schlagartig verhallt das Lachen.

Einen besseren Augenblick als diesen wird es sobald nicht mehr geben. Die Lady nutzt die Gunst der Stunde. Mit einer unbändigen Bewegung wirbelt sie um die eigene Achse, dabei drei der Banditen mit sich reisend, die mit schmerzverzerrtem Gesicht wie gefällte Bäume umfallen. In der darauffolgenden Schrecksekunde, die die Männer über der Schlagkraft des vermeintlich schwachen Geschlechts staunen, bekommen zwei weitere einen kräftig ausgeführten Faustschlag ins Gesicht. Taumelnd wenden die sich ab. Bleiben noch ein hagerer Bandit sowie der Anführer.

»Hast du ... hast du das ... gesehen?«

Der Hagere hat eine Fistelstimme, die dazu noch vor Unglaube eine Oktave höher springt.

Riley schaut dem Szenario als unbeteiligter Beobachter zu. Ob er überhaupt irgendetwas vom Geschehenen mitbekom-men hat, ist äußerst fraglich. Jedenfalls schaut er mit weit aufgerissenen Augen zwischen den beiden Männern und der Lady hin und her. Sichtlich geht eine heftige Zuckung durch seinen Körper, als die Lady ausholt.

Sie hat ihr Gewehr in der Hand, den Lauf fest umschlungen. Ohne Erbarmen und mit vollem Schwung trifft der Kolben den Hageren an der Schläfe.

Das Gewehr wirbelt in ihren Händen herum.

»Das wagst du nicht, du dreckige Hu ...«

Die Antwort ist das Spannen des Hahns. Blankes Entsetzen zuckt in den Augen des Banditen auf. Blässe übertüncht seinen ansonsten dunklen Teint.

»Lass es darauf ankommen ...«, zischt sie.

Betont langsam wirft der Ganove sein Gewehr auf die Seite, hebt ebenso langsam beide Arme.

»Fessle ihn, Kleiner!«

Riley, mit der Situation überfordert, sucht nach passendem Material.

»Nimm das hier«, sagt die Lady, dabei auf ihr Pferd deutend. An der Satteltasche sieht Riley das Seil hängen.

»Ihr kommt nicht weit«, meint der Anführer in einem abschätzenden Ton. »Wir werden euch überall finden, merk dir das.«

In den Augen des Banditen erkennt die Lady blanken Hass. Diesen Typen hat vermutlich noch niemand in die Schranken gesetzt. Und ausgerechnet eine Frau tat dies eben!

»Du solltest dich immer umschauen, ob nicht ich oder einer meiner Männer ...« Er verstummt und beendet seine Drohung nicht.

Die Lady bleibt ruhig und schweigt. Solche Menschen sind ihr zuwider. In der Regel ignoriert sie derartige Anfeindungen, was jedoch nicht immer funktioniert.

Riley beginnt den Banditen umständlich zu fesseln. In diesen Dingen ungeübt, muss er mehrmals ansetzen. Dadurch entsteht eine gewisse Unruhe und Unübersichtlichkeit.

»Und du solltest ...«, setzt sie entgegen, wird aber durch ein Knackgeräusch seitlich von ihr unterbrochen und abgelenkt. Von ihr unbemerkt hat sich einer der Banditen erheben können und ist klar genug im Kopf, ein Ablenkungsmanöver zu starten. Dieses reicht aus, ihr für eine Sekunde die Oberhand zu rauben. Wie ein wildes Tier und archaisch schreiend rennt er auf die

Lady zu. Ihr bleibt nichts Anderes übrig: Krachend löst sich der Schuss. Dumpf schlägt der Getroffene auf die Erde auf.

Der Banditenanführer macht eine barsche Bewegung und bekommt Riley von hinten zu fassen. Ein Messer plötzlich in der Hand, das er Riley an die Kehle hält, bekommt der Ganove die Situation wieder unter Kontrolle.

»Waffe weg! Sonst stirbt der hier …«

»Der gehört nicht zu mir, ich kenn den nicht mal!«

»Gut. Dann kann ich ihn ja abstechen …«

»Mach das und du bist tot!«

»Oh, will die Süße ihren Kleinen *rächen?«*

Trotz Mundtuch glaubt sie sein süffisantes Lächeln zu erkennen. Der Kleine macht einen völlig verweichlichten, nichts verstehenden Eindruck. Eigentlich ist er ihr ja egal. Aber in seinen Blick lag vorhin so viel Zärtlichkeit, dass sie sich jetzt fragt, ob es vielleicht doch einen tieferen Sinn gibt, dass sie ihn traf! Um dies herauszubekommen sollte ihr schnellstens etwas einfallen. Einige der Niedergeschlagenen räkeln sich bereits wieder …

»Was ist nun!«

Er ist in der Offensive, und er weiß es auch. An Rileys Hals zeichnet sich ein dünner roter Streifen ab. Blut! Sie muss handeln!

»Lass ihn gehen. Dies ist eine Sache zwischen uns. Wir werden kämpfen.«

»Ich soll mich mit einem Frauenzimmer schlagen?« Die Vorstellung belustigt ihn, doch er lacht nicht laut.

»Du wirst doch nicht etwa Angst vor mir haben?«

Mit einer knappen Kopfbewegung zu seinen Kumpanen hinüber sagt er: »Das da war Glück. Mit mir hast du nicht so ein leichtes Spiel.«

»Dann kann dir ja auch nichts passieren …«

Sekunden vergehen, in denen nichts weiter geschieht, als ein intensiver Blickwechsel.

»Es sei. Also weg mit dem Gewehr!«

Noch zögert sie. Läge sie die Waffe jetzt weg, verzichtete sie auf einen Vorteil, der so schnell nicht wieder aufzuholen wäre. Den Kleinen könnte es allerdings mehr kosten, als notwendig. Dieses Greenhorn *kann einem leidtun! Jedoch – ist das eigene Leben nicht mehr wert?*

Diese Gedanken schießen der Lady innerhalb weniger Sekunden durch den Kopf.

»Nimm das Messer weg!«

Für einen Augenblick sieht es so aus, als wolle der Bandit nachgeben ...

»Riley!«, stößt Waylon überrascht aus. »Riley Mortimer Scott!«

Jetzt schaut Karoline verärgert herüber, stößt ihn mit dem Ellenbogen unsanft in die Seite. Umsitzende Zuschauer schauen verschreckt auf Waylon, der sich nicht beruhigen will.

Jemand ruft schrill nach der Polizei. Plötzlich entsteht Tumult. Einige der Zuschauer verlassen fluchtartig den Saal. Mehrere Männer packen Waylon hart, wollen ihn hinausführen. Der wehrt sich und schreit seinerseits: »Riley?! Bist du es?!«

Kinder weinen. Die beiden Laienspieler sehen dem Treiben machtlos zu. Benjamin erkennt Waylon im Gewühl.

Dann folgt ein Knall. Panik entsteht. Stühle werden umgeworfen, Holz bricht. Frauen ziehen die Köpfe ein, oder suchen Deckung. Mittendrin steht Waylon mit anklagendem Blick zur Bühne. Seine Augen starren wirr und seltsam glänzend, fast unmenschlich. Benjamin bekommt es mit der Angst zu tun. Gerade will er sich fragen, was sein Schwiegervater will, da bemerkt er neben sich eine absonderliche Gestalt.

Zwei

Vereinigtes Königreich, zweiundzwanzig Jahre vorher.

»Es ist ein Junge«, sagt die Ärztin gefühllos.

Die junge Mutter lacht tränenreich. Alle Anspannung fällt ab. In der Schwangerschaft gab es mehrmalige Komplikationen. Wie oft befürchtete sie, dass Kind zu verlieren. Überglücklich kann sie jetzt dem Neugeborenen beim ersten Schrei zuschauen.

Eine Schwester durchtrennt die Nabelschnur. Trocknet das Baby fürsorglich ab, wickelt es in ein Handtuch und legt es der jungen Mutter in den Arm.

»Hallo mein Kleiner«, flüstert sie sanft. »Willkommen im Leben, Ethan Mason!«

Ohne Vorwarnung bekommt sie Luftnot. Sofort wird das Baby weggeholt und hinausgebracht. Die Ärztin fragt die Werte ab.

»Blutdruck fällt rapide«, meldet eine Schwester.

»Wir verlieren sie!«, ruft eine andere.

Alle eingeleiteten Bemühungen sind vergebens. Dreizehn Minuten später wird offiziell der Tod festgestellt.

Aus grellen Flecken werden allmählich Gesichter. Nach wenigen Augenblicken weiß Ethan, wer die Person ist, die ihn gerade mit großen Augen mustert. Großmutter. Das hagere, faltige Gesicht würde er unter tausenden Gesichtern wiedererkennen. Vertraut lächelt sie ihn an.

Ethan überlegt, was er ihr sagen könnte. Etwas Liebevolles schwebt ihm vor, denn sie ist eine gute Frau. In den nächsten Jahren wird sie immer für ihn da sein, wenn das mit Mutter passiert. Ethans gesamtes Leben über wird er Großmutter lieben und verehren. Er weiß, dass es so sein wird. Und irgendwie hat er das Bedürfnis, jetzt, in diesem Moment, ihr für die Fürsorge zu danken.

Ethan öffnet den Mund. Aber nicht das was er denkt kommt

heraus, sondern nur ein unverständliches, babytypisches Gebrabbel mit melodiösem Gezischel. Seine Glubschaugen fixieren erschrocken die der Großmutter. Sie wiederum lacht das ihr eigene fröhliche, lebensbejahende Lachen.

Das Baby beginnt haltlos zu schreien. Nicht weil sie lacht, vielmehr wegen der Unzulänglichkeit fehlender verbaler Möglichkeit zur Kommunikation. Warum kann Ethan keine Worte bilden, um sich mitzuteilen? Ein Manko menschlicher Existenz im Frühstadium des Heranwachsens, wie er bald feststellt.

Erst Monate später – für ein Baby ein unüberschaubar langer Zeitraum –, lernt er, wie jedes andere, normale Kind auch, das Sprechen. Und hier liegt der Knackpunkt, dessen Sinn Ethan immer bewusster wird: Er ist nicht normal!

Gefangen in einem unvollkommenen, heranwachsenden Körper gibt es für seinen Geist keine Möglichkeit, auszubrechen. Irgendetwas ist bei dem Transfer schiefgelaufen. Normalerweise wird durch die Geburt auf der erwählten Welt sämtliche Erinnerung an die wahre Identität, für den Zeit-raum des vorbestimmten Aufenthalts, ausgelöscht. Deshalb ist der Vorgang auch ein einschneidendes Erlebnis, bei dem die Natur nicht zulässt, den Schock als solchen wahrzunehmen. In der warmen mütterlichen Fruchtblase ist der Embryo vor äußeren Feinden und der kalten Umwelt weitestgehend geschützt. Dafür aber abhängig! Durch einsetzende Wehen beginnt das Martyrium mit brachialer Weise. Jegliches Sträuben ist zwecklos. Es gibt keinen Halt mehr in der bisherigen behüteten Welt. Es scheint, der Embryo ist unerwünscht. Mit einer unvorstellbaren Kraft wird das bald geborene Baby mit dem Kopf zuerst durch einen schlauchförmigen Weg nach außen gepresst. Und dabei wollte Ethan dies gar nicht. Durch den immensen einwirkenden Druck und der geplatzten Fruchtblase beginnt das bisherige Band zu reißen. Die unverletzbare Verbindung wird erstmalig empfindlich gestört. Dann erfolgt der Prozess des Ausstoßens.

Ethan kommt sich wie ein *Ausgestoßener* vor! Nunmehr lebt

er seit knapp elf Tagen. Wo nur Mutter ist? Laut audiovisueller Eröffnungsmessage sollte sie hier sein. Ob etwas Unerwartetes reingetreten ist? Komisch nur, dass Großmutters Worte ihn nicht erreichen. Warum kann Ethan ihre Stimme nicht vernehmen?

Neugierig streckt er den Arm aus, will sie berühren. Freudestrahlend beugt sie sich zu ihm hinab, damit das kleine Ärmchen mit dem winzigen Händchen ihr Gesicht erreicht. Klein-Ethan lacht gurgelnd.

»Ja, das gefällt dir!«

Nur ihre Lippen formen die Worte, doch hören kann er sie nicht! Ethan wird wütend. So war das nicht geplant!

Am Tag der Beerdigung lernt Ethan die ganze Familie kennen. Die wenigsten spielen eine Rolle. Neben der Groß- mutter ist nur noch Tante Lily, Mutters Schwester. Sie ähnelt Mutter. Ihre Gesichtszüge sind weich, auch wenn das Kinn eckig unsymmetrisch ist. Und sie strahlt Güte aus.

Alle anderen sind mehr oder weniger unbedeutende Statisten. Ethan ignoriert sie weitestgehend. Viel zu sehen gibt es sowieso nicht; Großmutter hat ihn längst wieder in den Wagen gelegt und zugedeckt. Er wird auf der Stelle schläfrig. Die Zeit vergeht. Mittlerweile hat er sich mit der Situation abgefunden. Da Ethan nicht sprechen kann lebt er in sich gekehrt. Nach außen hin fällt es noch nicht weiter auf, bedenkt man sein Alter. Dies wird sich jedoch schon in den nächsten Monaten drastisch ändern.

Großmutter ist überrascht, als Ethan eines Morgens nach dem Windelwechsel läuft. Ein Schritt und er verliert den Halt – *plauz*. Die Frau hilft den Kleinen auf die Füße. Dasselbe Spiel. Bis aus ein Schritt zwei werden, aus zwei drei und dann ein kurzer, schwankender, holpriger Dauerlauf.

So vergehen die kommenden Tage und Wochen. Für die einen *rast* die Zeit, für andere währt sie Ewigkeiten. Ethan versteht die Welt nicht. Aus seinen körperlichen Unzulänglichkeiten weiß er keinen Ausweg. Er ist Gefangener in einer fremden Welt, ohne erkennbare Lösung. Der Körper ist nicht der Seine, aber der Seelengeist mit Allerinnerung. Über das Für und Wider grübelt Ethan so manche Stund.

Oft kommt Tante Lily zu Besuch. Wieder ein Punkt auf seiner Vergleichsliste, die sämtliche Unregelmäßigkeiten im eigentlichen Verlauf des hiesigen Seins gedanklich auflistet. Letztendlich kommt er stets zur Erkenntnis, dass während des Transfers einiges schiefgegangen ist. Und irgendwo muss die eigentliche Realität einen Schubs in die andere Richtung erhalten haben, die das Gefüge im Ablauf kräftig gestört und somit die tatsächliche *Jetztheit* hervorgerufen hat. Es wäre gut, den Auslöser zu finden, um nachvollziehen und gegebenenfalls eine Veränderung herbeiführen zu können. Ethan stutzt. Für eine spürbare Veränderung ist es wahrscheinlich schon viel zu spät. Und ein einmal eingeleiteter Transfer unumkehrbar!

Mitten im Gedanken wird Ethan seine Lage bewusst. Es gibt kein Entrinnen! Unmöglich! Das auserwählte Leben ist nun *sein* Leben! Ein Leben, das es zu meistern und zu bestehen gilt. Ist einmal die Wahl getroffen, ist ein Abbruch nicht vorgesehen. Gab es überhaupt schon Mal Unfälle dieser Art? Er kann sich nicht daran erinnern, je so einen Bericht vernommen zu haben.

Unwillkürlich übermannt ihn mitleidvolle Traurigkeit und er kann sich den einsetzenden Heulkrampf nicht widersetzen. Sofort sind Großmutter und Tante Lily zur Stelle.

»Was hat er denn?«, fragt Lily besorgt. Ihre Stimme ist angenehm, empfindet Ethan am Rande. Großmutter scheint zu antworten, allerdings sind ihre Worte für ihn ungreifbar. Mit dieser Tatsache hat er sich bereits abgefunden und misst ihr kaum noch Bedeutung bei.

»Wie oft hat er denn diese Anfälle, wie du es nennst?«

›Darum geht es also‹, sinniert Ethan. ›Sie reden über die Gründe, weshalb ich weine. Wenn das so ist‹, denkt er weiter, ›dass ich andere hören kann, könnte ich vielleicht mit Großmutter über Lily sprechen …‹ Ein winziger Hoffnungsschimmer am nur allzu finsteren Horizont.

An seinem dritten terrestrisch-irdischen Geburtstag hatte Ethan sich mit allem soweit arrangiert und im Griff, dass er sich weitestgehend erfolgreich mitteilen kann. Tante Lily hat oft das Wort *Wunder* gebraucht und Großmutter meistens dazu genickt. Auch ›versteht‹ er jetzt Großmutter; es war ein langer Weg, aber es hat sich gelohnt zu lernen, von den Lippen abzulesen.

Ein weiteres Abstraktum ist ihm kürzlich aufgefallen: Die Verbindung zu Großmutter ist bei weitem nicht so eng, wie es in der Vorschau zu sehen war. Auch scheint die Frau überfordert zu sein und kränkelt außerdem manchmal. Lily spricht sogar von einem Heim …

Er kann mit dem Begriff nichts anfangen. Jedoch weiß Ethan eines mit Bestimmtheit: Er bekäme ein neues Zuhause, quasi eine neue Heimat. Alles andere entzieht sich seiner Vorstellung. In solchen Situationen bereut er es, im Vorfeld nicht tiefer in die Materie der gesellschaftlichen Besonderheiten eingedrungen zu sein. Ihn reizte einfach diese Welt! Dazu kommt, dass kaum ein Aman sich für den Planeten interessierte und vielmehr als Strafe betrachtete, als die klassifizierte Bereicherung, die es sein sollte, um weiter empor zu steigen.

Das Planetensystem liegt in einem äußerst entfernten und denkbar unwegsamen Winkel des Universums. Mit menschlichen Maßstäben kaum definierbar. Wenn die Spezies Mensch auch als intelligent betrachtet und allgemein anerkannt ist, heißt das noch lange nicht, dass Intelligenz allein ausreicht. Außerdem bleibt es ein Rätsel, weshalb Areale des menschlichen Gehirns nicht ganz genutzt werden.

Um dies zu klären, müsste Feldforschung betrieben werden. Doch auch für die hyperultra-intelligenten Amane ist es nicht möglich, ohne dementsprechend überdimensionierten Aufwand die Entfernung in diese universale Abgeschiedenheit zu überwinden. Raum und Zeit sowie Dimensionen beherrscht die Existenzform Aman allemal, und ist vergleichbar mit dem hierzulande üblichen Fingerschnipsen. Nicht beherrschbar ist dieser Grenzbereich wegen unberechenbaren Einflüssen angrenzender Gegen-Universen. Da alle Materie, Energie und Elementarteilchen der Universums-Blase denselben Ursprung haben, demzufolge auch sämtliche   Ereignisse im mittelbaren sowie unmittelbaren Zusammenhang zueinanderstehen, ist die Inkompatibilität zum Gegen-Universum schlichtweg unüberwindbar.

Das ist der Punkt, der Amane handlungsunfähig macht; sozusagen die *natürliche Grenze* bildet. Amaneisches Sein entspricht am ehesten einer Energieform, jenseits allen elektromagnetischen Spektrums. Ihre Beschaffenheit ermöglicht jene Transfers, die zu einem wichtigen Bestandteil des Daseins geworden sind.

Ethan ist inzwischen über derlei Gedankengänge eingeschlafen. Sein Schlaf bleibt unspektakulär und traumlos.

Bis er eingeschult wird verläuft alles geordnet. Seine Familie bleibt Großmutter, die in ihre Aufgabe der Erziehung des Jungen voll aufgeht. Davon, den kleinen Ethan wegzugeben, ist keine Rede mehr. Vor allem findet sie die eigene Lebensfreude wieder, die plötzlich empfindlich gestört wird.

Drei

Die Gestalt ist unförmig und mit verschwommenen Konturen. Die Ränder scheinen sich aufzulösen. Das Betrachter-Auge findet kaum Anhaltspunkte, um das Bild auf der Netzhaut scharf einzustellen. Es gehört viel Fantasie dazu, um den Körper eines Menschen zu erkennen.

Das Bühnenstück ist ohne solcherart Effekte geschrieben und auch geprobt worden. Hat sich hier der Regisseur etwa was Neues ausgedacht? Und wenn, reicht das Budget der Truppe dafür nicht aus. Jedenfalls ist die Illusion perfekt. Die Bewegungen des *Nebelwesens* sind fahrig, wirken unkontrolliert und nicht gerade menschlich. Benjamin wagt sich nicht zu rühren. Wo ist John abgeblieben, sein Gegenpart in dieser Szene? Eigentlich soll er dort stehen, wo jetzt dieses Nebelwesen schwebt …

Die Typen haben Waylon, angesichts der bedrohlichen Veränderung auf der Bühne, längst losgelassen und das Weite gesucht. Jedenfalls scheint es so, denn als er sich flüchtig umsieht, steht er allein da. Nun konzentriert er sich voll auf die verwaschene Gestalt. Ihm kommt es vor, als habe er einen Filmriss gehabt. Gerade noch dachte er, Riley erkannt zu haben. Und jetzt wabert dort dieser Schleier.

Fast zeitgleich beginnt ein schwerer, dumpfer Schmerz im Takt des Pulses in seinem Kopf zu wüten. Waylon hat das Gefühl, dass gleich die Schädeldecke platzt. Vor Schmerz wankt er rücklings und verliert die Orientierung; oben und unten sowie seitlich verlieren den Bezug zueinander. Beide Hände an den Kopf pressend sucht Waylon festen Stand. Stößt dabei unbeholfen und staksig gegen einige Stühle, die am Schienbein zusätzliche blaue Flecken hinterlassen. Doch der Kopfschmerz überlagert bei weitem alles.

Neben Benjamin verändert das Nebelwesen seine Erscheinung minütlich. Es kann alles sein – nur kein Mensch! Im Inneren der Kontur kommt Bewegung. Feine Lichtstränge durchziehen das Schleier-Gebilde. Da Benjamin in unmittelbarer Nähe sitzt, wird er am meisten geblendet und der Kopfschmerz betäubt auch ihn. Vorherige Prioritäten haben an Wert verloren; dass, was soeben scheinbar das Wichtigste von der Welt war, versinkt im bedeutungslosen Vergessen. Vordergründig dagegen ist blankes, stummes Entsetzen, das einem den Atem raubt.

In dieser kaum fassbaren Realität tritt ein weiteres, nicht minder sinnwidriges Ereignis ein. Ein Alptraum könnte diffuser nicht sein. Die Grenze zwischen Traum und Wirklichkeit verwischt, schwappt ineinander über.

Der freie Platz zwischen Zuschauerbereich und Bühne bekommt ein Eigenleben. Jedenfalls sieht es danach aus, denn anders ist es unerklärlich. Waylon wälzt sich inzwischen schmerzschreiend am Boden hin und her. Er hat den Faden zur Realität nun gänzlich verloren. Auch nimmt er nicht wahr, dass alle längst den Saal verlassen haben.

Flimmernde Luft trübt den Blick. Aus dem Nebelwesen erwachsen bedrohlich wirkende Auswüchse, die wie Tentakeln alles um sich herum vereinnahmen. Doch an der flirrenden Luft-Wand prallen sie unvermittelt ab. Dahinter, auf Waylons Seite, materialisiert eine Glaskapsel. Dem arimeanischen Zeitgleiter entsteigt flink eine junge Frau. Offensichtlich kennt sie die Örtlichkeit. Ohne Zeitverlust hechtet sie in Richtung des sich krümmenden Waylon. Mit fester Hand schleift sie ihn zur Kapsel. Das durchsichtige Rogalitmaterial des Transmittergefährts schirmt zusätzlich ab.

»Setz dich da rein!«, ruft die Frau ihm eindringlich zu.

Allmählich klärt sich Waylons Blick. Plötzlich ist der Schmerz auszuhalten.

»Mach schon, Way!«

Waylon blinzelt die Fremde an.

»Deborah?!«

Ärgerlich verzieht sie das Gesicht. Es bleibt keine Zeit, um

Fragen zu stellen. Sie muss sofort handeln, soll die Nebelerscheinung beherrschbar bleiben. Deborah wirft ihm einen strafenden Blick zu. Dann wendet sie sich ab.

Deborah hat die Situation kommen sehen, nämlich durch die auch bereits von Waylon genutzte Zukunftsschau des ›Raum-Zeit-Gleiters‹. Gewappnet mit einer unscheinbaren Apparatur tritt sie dem Eindringling gegenüber. Abgeschirmt durch die Molekülwand gelingt es Deborah ohne weitere Deckung näher heranzukommen, als es dem Gebilde lieb ist. Schon prallen die Tentakelauswüchse vom erzeugten Schutzschild ab.

Es geht sehr schnell. Nachdem Deborah das Gerät ausgerichtet und aktiviert hat, ist eine Tausendstel-Sekunde später der Spuk vorbei. Anstelle des Nebels tritt Benjamins Schauspiel-Kollege. Der scheint ebenfalls verwirrt zu sein und sackt kraftlos zu Boden.

Deborah atmet auf. Prüfend beobachtet sie den am Bodenliegenden zur Sicherheit eine Weile. Ungläubig starrt Benjamin auf die Stelle, an der eben noch das Nebelwesen sein Unwesen getrieben hat. Er kann nicht glauben, was sich da gerade abspielte. Ob er es jemals nachvollziehen kann, ist fraglich.

»Was war das?«

Waylons Stimme krächzt brüchig.

»Bin mir nicht sicher«, antwortet Deborah halb geistesabwesend. »Jedenfalls ist die momentane Gefahr vorläufig gebannt.«

Kaum glaubhaft, findet Waylon. Aber man wird sehen …

∘ ☆ ∘

Der ›Gegenangriff‹ kam unerwartet brutal. So blieb ihr nichts weiter übrig, als vom Opfer abzulassen. Die Menschen sind leicht *beherrschbar*; ein Vorteil für die Ausführung ihrer Zwecke. Wie es allerdings einem einzelnen Individuum gelingen konnte, ihr zu widerstehen, ist eines dieser Rätsel, die auf der Erde selten vorkommen, aber letztendlich unvermeidbar sind.

In ihrer Sphäre findet sie die nötige Ruhe. Hier ist sie sicher vor ungewollten Besuchen. Unsichtbar und einen Bruchteil im Raum-Zeit-Kontinuum verschoben, ist ein zufälliges Zusammentreffen nahezu ausgeschlossen. Zusätzlich hat sie weitere Sicherungen eingebaut, die unüberwindbar für niedere Wesen sind. Und dazu gehört nun mal auch der Mensch.

Dennoch verspürt die Wesenheit einen Hauch von Angst. Eine Erfahrung, die nicht nur neu ist, sondern auch eine unbekannte Bedrohung darstellt. Was ermächtigt die Gegenspielerin zu solch einer Blockade? Dies gilt es in erster Linie herauszufinden.

Und warum konnte man sie überhaupt sehen? Ein weiteres Problem, was schnellstens gelöst werden sollte.

»Wie kommen Sie überhaupt hierher?«

Waylon ist die Aufregung noch anzusehen. Er wirkt gestresst und ist noch blass im Gesicht. Seine Miene ist verkrampft und scheint wie gemeißelt.

»So, wie Sie damals zukünftige Ereignisse herausgefunden haben, Sir.« Deborah lächelt.

Er versteht. Sofort ist sein Kopf voller Erinnerungs-Fragmente.

»Und was ist das da?« Er deutet mit dem Kopf auf das Gerät in ihrer Hand.

»Ein Lichtwellenwandler«, erklärt sie willig. »So mache ich Verborgenes sichtbar.«

Waylon nickt anerkennend.

»Ich bin beeindruckt, Deborah. Wirklich beeindruckt.«

Sie weiß diese anerkennenden Worte zu schätzen, noch dazu aus dem Munde des Mannes, der so viel für die ›Sternenbruderschaft‹ getan hat und sich selbst in einigen Situationen aufgeopfert hat.

»Danke, Sir. Nicht der Rede wert.«

»Lassen Sie doch diesen *Sir*, Deborah! Waylon genügt. Oder soll ich Gewahrer sagen?«

Sie winkt lachend ab.

»Wenn, dann Gewahrerin. Aber für Sie einfach Deborah.«

Waylon reicht ihr die Hand.

»Jetzt zahlt es sich endlich einmal aus, dass ich der Ältere bin«, meint er schmunzelnd und zwinkert. Damit war das ein für alle Mal geklärt.

»Nachdem ich von Mr Nayati eingeweiht worden bin, gab es erste abnorme Auffälligkeiten«, beginnt Deborah unumwunden. »Der Alte entsandte mich in die Schleier-Dimension. Du warst auch einmal dort.«

Die Blässe kehrt in Waylons Gesicht zurück.

»Damit der Zeitenlauf nicht zusätzlich gestört wird, habe ich den Neunten Kristall dort hinterlegt, wohin er schon einmal verbracht wurde. So konnte ich gewissermaßen bei null beginnen.«

»Was waren das für Abnormitäten?«

»Die, die du heute gerade selbst erlebt hast. Mr Nayati hielt sich heraus, ich hätte also freien Spielraum. Ich habe es als Bewährungsprobe betrachtet. Zur Not hätte ich immer auf ihn zurückgreifen können, auch wenn es gegen den Kodex verstoßen und er es auch sicherlich nicht gern gesehen hätte.«

»Wie geht es Dako?«

Deborah senkt betroffen den Blick. Es ist unumstritten, was dies bedeutet.

»Es dauerte, bis ich den Wandler gefunden habe«, fährt sie leise und traurig fort. »Wenige Tage darauf trat der Dakota seine letzte Reise an, und ich begleitete ihn. Mehr als ein Jahrhundert hat Mr Nayati keinen Fuß aufs Land der Vorväter gesetzt. Doch hier wollte er sterben. Naturmenschen haben einen ganz besonderen Draht zum Leben. So spürte auch er, dass die Zeit gekommen war, den herrlichen Erdenball zu verlassen, um ins Reich der Ahnen zu gehen. Wohlweislich entschied er sich, in der unsrigen Gegenwart zu bleiben. Denn so wollte er die stets über uns schwebende Gefahr, weiterer unerwünschter zeitlicher Verwicklungen, minimieren.«

Nun hat Waylon endgültige Gewissheit, es bedarf keines Wortes mehr. Diese Ära, wie er die gemeinsam verbrachte Zeit betrachtet, ist vorbei. Ohne Waylons Zutun taucht Dakos Gesicht in der Erinnerung auf. Die Bilder wechseln, zeigen ihn mal lachend, mal ernst. Doch schon werden die Szenen blasser, verlieren impulsiv an Farbe.

»Es tut mir leid, Waylon.«

»Schon gut. Wir hatten schöne Zeiten und viel erlebt.«

Schritte kommen näher, unterbrechen ihr Gespräch. Als Waylon zusammenzuckend aufschaut, sieht er die zwei Typen, die ihn festgehalten hatten. In deren Schlepptau Karoline; sie ist blass und schielt ängstlich zur Bühne. Plötzlich herrscht Trubel. Sanitäter kümmern sich um Benjamin und den anderen Statisten. Wie sich bald darauf herausstellt, ist der bewusstlos, ansonsten aber wohlauf. Was Benjamin anbelangt hat der einen heftigen Schock erlitten. Es werden ein paar Tage vergehen, bis er sich wieder erholt haben wird. Eine Bühne wird Ben jedoch nie wieder betreten.

»Bist du verletzt?«, fragt Karoline mit tränenerstickter Stimme. Langsam fällt ihre Anspannung ab.

»Alles gut, Karo. Dank des aufopferungsvollen Einsatzes dieser Frau …«

Waylon wendet sich um und will Deborah vorstellen, aber die Stelle, an der soeben noch die Gewahrerin stand, ist leer. Auch die Glaskabine ist verschwunden. In all der Aufregung ist es niemanden aufgefallen, dass die junge Frau entmaterialisierte.

»Welche Frau? Geht's dir wirklich …«

Waylons wissenden Blick zufolge liegt ein Stückchen Wahrheit in seinen Worten. Doch er sagt Karoline auch, dass er im Moment nicht darüber reden möchte.

»So gut ging es mir schon lange nicht mehr«, wiegelt

Waylon ab. »Das bisschen Aufregung haut mich zwar von den Beinen, aber nicht um.«

Einer der zwei Typen legt ihm die Hand auf die Schulter.

»Wollte mich entschuldigen …«

Waylon beachtet ihn nicht weiter. Langsam geht er zur Bühne, um sich ein eigenes Bild vom Tatort zu machen.

Vier

Vereinigtes Königreich, fünfzehn Jahre vorher.

Es ist ein Tag wie jeder andere. Jedenfalls hat er ganz normal begonnen. Dieser Samstag ist ein schöner Samstag; die Sonne scheint und es ist schulfrei. Alle Zeit gehört Großmutter und Ethan allein. Nicht alltäglich, deshalb ein Grund zur Freude. Alles was Ethan sich wünscht, könnte in Erfüllung gehen. Die Zeichen stehen günstig.

Noch ist es sehr früh am Morgen, als er behände aus dem Bett steigt und beginnt, den Frühstückstisch zu decken. Dann stellt er Wasser auf den Herd, damit auch der Kaffee rechtzeitig fertig gebrüht ist. Großmutter zieht frischgebrühten Kaffee den neumodischen Automaten vor. Auch die Bohnen mahlt sie selbst. Ethan liebt den würzigen Duft des Getränks.

Das Wasser köchelt. Schnell ist die Kaffeekanne und den Aufsatz mit dem Sieb aus dem Schrank geholt. Die Fußbank dient ihm als gewollte Erhöhung, damit schlägt er seiner Kleinwüchsigkeit ein Schnippchen. Routiniert sitzen die Handgriffe. Großmutter wird darüber entzückt sein! Ethan stellt sich ihr überraschtes Gesicht vor und empfindet kindliche Vorfreude.

Nachdem er das Kaffeepulver in den Aufsatz umgefüllt hat, schüttet er vorsichtig das kochend heiße Wasser darüber. Langsam fließt es durch den Filter und tröpfelt in die Kanne. Ist das so richtig? Bei Großmutter sieht das anders aus, geht irgendwie schneller …

Ethan hört knarrende Dielenbretter. Sie ist schon wach?! Die Luft anhaltend, lauscht er in die oberste Etage des Hauses. Das Knarzen verstummt. Aufatmend kippt er etwas Wasser nach.

Auf dem Tisch fehlen nur noch die Brötchen. Rasch holt er einige aus dem Brotbeutel. Wie schrecklich, die sind hart!

Krampfhaft überlegt Ethan. Was macht Großmutter in solch Augenblicken? Altbackene Brötchen schmecken nicht, und verderben obendrein die Überraschung! Wenn er sie nur weich bekäme …

Der im Takt tropfende Wasserhahn bringt Ethan die erleuchtende Idee! Er hält die Backwaren unters Wasser, legt sie anschließend in die Ofenröhre. Die Hitze kommt ihm nicht ausreichend vor. Jeden Moment kann Großmutter in der Küche stehen. Schnell schiebt er einige Holzscheite in den Herd. Die noch vorhandene Glut ist von Asche bedeckt. Er rüttelt am Ofen-Rost; die Asche stiebt auf und er muss husten. Aber es gelingt, dass kleine Flammen am Holz aufzüngeln. Zur Sicherheit schiebt Ethan noch ein Scheitel auf. Dadurch schließt zwar das Türchen nicht richtig, aber das ist das kleinere Übel. Hauptsache der Ofen wird warm und die Brötchen rechtzeitig fertig.

Während das Feuer das Holz knisternd auffrisst, kippt Ethan Wasser nach. Deutet er das Geräusch richtig, müsste die Kanne bald voll sein. Zufrieden setzt sich Ethan schon mal an den Tisch. Ein paar Minuten noch, dann hat er es geschafft.

Ein wiederkehrendes Knarzen der alten Dielenbretter lässt es zur Gewissheit werden, dass Großmutter aufgestanden und auf den Weg nach unten ist. Rasch springt Ethan auf. Nimmt den Aufsatz von der Kanne und stellt sie mittig auf den Tisch. Stolz betrachtet er sein Werk. Fehlen nur noch ein paar Blümchen! Sie liebt Blumen und der Garten ist voll damit. Um keine Zeit zu verlieren schlüpft Ethan ins Freie. Die Tür lässt er offen, damit spart er einige Sekunden. Schon knarren die Treppenstufen unter Großmutters Gewicht. Also schnell – Beeilung!

Durch den Luftzug werden die Flammen im offenen Ofen mit frischem Sauerstoff versorgt und explodieren regelrecht. Funken sprühen, werden vom Windstoß erfasst, wirbeln chaotisch umher. Die Herdplatte beginnt zu Glühen. Entweichende Hitze strömt bis unter die Decke. Erste Rauchschwaden sammeln sich.

Unterdessen pflückt Ethan seelenruhig einige von den Margeriten, die er sorgfältig zu einem Strauß zusammenstellt. Es macht Spaß, Großmutter eine Freude zu machen. Auf der Wiese herrscht emsiges Geflattere; hunderte von Schmetterlingen tummeln sich im morgendlichen Sonnenbad und erfreuen sich des Lebens. Freudig springt Ethan dazwischen. Wild flattern sie auseinander. Er würde gern einen der Schmetterlinge fangen. Dann hätte er einen, und es wäre *seiner*! Beseelt von dieser Idee fällt der halbfertige Strauß achtlos zu Boden. Ethan hechtet einen besonders buntschillernden Schmetterling hinterher, der im Zickzack-Flug zu entkommen versucht. Im letzten Moment entkommt er Ethans fahrigen Armbewegungen.

Die ältere Dame ist froh gelaunt aufgestanden. Für heute hat sie einiges vor. Endlich will sie mit Ethan den lang versprochenen Parkbesuch nachholen, der sooft verschoben werden musste. Die Witterung ist günstig. Ein perfekter Tag steht bevor! Voller Vorfreude wirft sie sich den Morgenmantel über. Ein Kaffee zu Tagesbeginn ist genau das, was sie braucht.

Oft ist der Wunsch eines Gedankens so stark ausgeprägt, dass sämtliche sinnliche Wahrnehmungen allein das suggerieren, was in der Erinnerung abgespeichert ist. So vermeint sie, bereits den Kaffeeduft in der Nase zu haben. Ein Lied summend, betritt sie den Flur des alten Elternhauses. Unter ihren Füßen knarrt es. Darüber erschrickt sie, denn Ethan wird noch schlafen. Ihn will sie nicht vorzeitig wecken, schließlich soll er in Ruhe ausschlafen.

Schon auf der ersten Stufe der Treppe bemerkt sie die unnatürliche Wärme. Auch der Blick ist seltsam nebelig verschleiert. Ihre innere Stimme alarmiert sie. Nach weiteren Stufen eilt sie hektisch herunter. Und bleibt erschüttert im unteren Flur stehen. Dicke Rauchschwaden haben die ganze Küche in einen undurchdringbaren Hexenkessel verwandelt, aus dem vereinzelt Flammen schlagen.

»Oh mein Gott!«, schreit sie heraus.

Ihr erster Gedanke gilt Ethan. So schnell es möglich ist, rennt sie in sein Zimmer. Das Bett ist leer! Wo steckt der Junge?

»Ethan?!«

Die Antwort bleibt aus. Panische Angst schnürt ihr das Herz zusammen.

»ETHAN?!!«

Mittlerweile füllt der Rauch fast komplett die unterste Etage aus. Es ist unmöglich frei zu atmen. Zudem beißt der Qualm fürchterlich in den Augen. Hustend rennt sie in die Küche, wo das Feuer offenbar ausgebrochen ist. Weshalb bleibt unklar, denn in dem alten Haus herrschen strenge Brandschutzregeln. Durch die Rauchschwaden ist die gelbglühende Ofenplatte erkennbar. Beim Herankommen fällt ihr die offene Ofentür auf; hieraus ragt ein verkohlter Holzscheitel, das jederzeit herunterfallen wird. Ohne weiter zu überlegen, schlägt die Frau das Türchen zu und verschließt es fest.

Plötzlich erreicht der Verbrennungsschmerz das Hirnareal, welches ihn weiterleitet und die Frau handeln lässt. Ein martialischer Schrei entfährt ihrer Kehle. Die ganze Innenhand ist dunkelrot und voller Blasen, die an den Rändern weiß werden. Der Schmerz übertrifft alles andere, dennoch hat sie nur eines im Sinn: Ethan!

Die Tür ins Freie steht weit offen. Soweit sie sehen kann, brennt sonst noch nichts. Aber es muss für ausreichend Kühlung gesorgt werden, will sie ein nachträgliches Entzünden des Gebälkes verhindern. Sie reißt sämtliche Türen und Fenster im Untergeschoss auf und rennt hinaus. Endlich frische Luft! Hastig atmet sie ein. Ein sorgenvoller Blick ins Haus lässt sie ruhiger werden. Kein Feuer! Gott sei Dank!

Unweit des Gebäudes steht ein uralter Brunnen, aus den die Eltern noch Wasser schöpften. Der Eimer ist bemoost, das Seil schäbig. Sie stößt das Gefäß vom Brunnenrand, wodurch durch das Eimer-Gewicht surrend das Seil abgewickelt wird. Plätschernd taucht er in vier Metern Tiefe ins abgestandene Wasser.

Es kostet sie einiges an Mühe und Kraft, den Eimer wieder herauf zu kurbeln. Das morsche Holz der Welle geht schwerfällig, und aufgrund der Handverletzung kann sie nur einarmig drehen. Doch schließlich gelingt es ihr, den Eimer sicher empor und auf den Bruchsteinrand zu befördern. Erleichtert hält sie die versehrte Hand ins kalte Brackwasser, das den Schmerz lindert.

Langsam verschwindet der Qualm, bis auf eine kleine Rauchfahne, die weiterhin aus der Küche dringt. Schimpfend geht sie zurück.

Die Schmetterlingsjagd hat Ethan ganz außer Puste gebracht. Gefangen hat er keinen. Darüber enttäuscht lässt er von den *Leichtflüglern* widerwillig ab und kehrt brummig um. Ethan scheint, die Schmetterlinge lachen ihn triumphierend aus. Er zuckt mit den Schultern. Sollen sie doch. Die sind doch doof, den ganzen Tag über die Gräser zu flattern.

Der Tag hat einen ersten Dämpfer erhalten. Missgelaunt sammelt er bockig den vorher gezupften Strauß auf. Wenigstens das ist ihm geblieben. Ein vager Hoffnungsschimmer auf gute Laune am sich anbahnenden dunklen Horizont.

Mit den Blumen in der Hand hüpft Ethan vergnügt von einem auf das andere Bein zurück. Überzeugt, Großmutter eine Freude zu bereiten, geht er in einen Dauerlauf über. Ethan will nicht Großmutters Gesicht versäumen.

Als er hinterm Haus wieder ankommt, befällt ein verbrannter Geruch seine Nase. Augenblicklich erinnert er sich an die Brötchen und das geschürte Feuer im Herd. Das Unterbewusstsein ahnt Schreckliches! Zum wiederholten Male heute Morgen entgleitet der Blumenstrauß seiner Hand. Ethan rennt was das Zeug hält, überwindet die letzten Meter bis ins Haus im Sprint. Atemlos erreicht er die Küche, in der schwarze Rauchschwaden aus dem Backofen entweichen. Beißender Gestank macht die Luft schneidend.

Gleichzeitig hört er hinter sich Schritte und Großmutters polternde, krächzende Stimme.

»Raus mit dir!«

Er zuckt innerlich zusammen. Ihr Gesichtsausdruck ist streng und gnadenlos. Erschrocken rennt Ethan hinaus.

Sein Herz pocht wie wild. Was hat er nur getan? Warum musste nur alles schiefgehen? Es sollte doch eine Überraschung sein!

Das kindliche Gemüht ist maßlos überfordert. Weder ein noch aus wissend, bemächtigt sich Ethan ein seltsames Gefühl körperlicher Anspannung. Es gleicht dem Zieleinlauf eines fünf Kilometerrennens auf Zeit. Ausgepowert, die Gefäße geweitet und außer Atem. Das Gefühl wächst weiter. Die Unruhe, die Ethan nun verspürt, bereitet ihm höllische Angst. Sterne blitzen vor den Augen und das Blickfeld wird übermäßig stark eingeengt. Er verliert jegliche Kontrolle über den Körper. Sein Geist verliert den Bezug zur Gegenwart, und driftet ab in nebulöses Vakuum.

Fünf

Auf der Bühne riecht es eigenartig nach Ozon, teilweise aber auch nach elektrischer Entladung. Die Schleimhäute werden übergebührlich gereizt. Dazu gesellt sich eine unangenehme Kühle, die nach einigen Atemzügen im Bereich der Nasenwurzel Schmerzen verursacht. Zusätzlich ist eine unsagbare Präsenz spürbar.

Waylon fühlt eine Beunruhigung aufsteigen, die bald darauf in eine Furcht mündet. Trotz aller Bemühungen wird er ihr nicht Herr. Erregt schreitet Waylon unschlüssig auf und ab.

Inspektor Gomery betritt das Parkett. Seine schweren Schritte lassen vermuten, wie gewichtig er eintritt. Waylon schaut nicht auf. Etwas sagt ihm, dass er weiß, wer da kommt.

»Ein unschöner Duft«, platzt Gomery heraus. »Gibt es Zeugen?«

Einer im Zuschauerraum deutet auf Waylon, der unbeirrt seinen Gang fortsetzt. Gomery nickt unmerklich und sein Blick schwenkt in die angegebene Richtung.

»Nervös?« Die Stimme des Inspektors dröhnt wie ein Donnerhall. Er sieht nicht Waylons Gesicht, dafür steht Gomery ungünstig.

»Mister! Ich rede mit Ihnen!«

Nun hält Waylon inne und schaut den Inspektor an. Dieser verzieht die Miene schlagartig und ein Hauch von Erkennen ist hinein interpretierbar.

»Geht's Ihnen gut, Inspektor?«

Gomery zaudert. Ihm kommt es vor, als wiederhole sich gerade ein Vorfall, den er so bereits erlebt hat. Ein unangenehmer kalter Schauer überzieht seinen Rücken. Den Typ da kennt er doch! Die Augenlider zum Schlitz zusammengezogen mustert er Waylon. Doch was er auch anstellt, es will Gomery partout nicht einfallen.

»Kennen wir uns?«

»Nicht das ich wüsste«, antwortet Waylon wider besseren Wissens. »Vielleicht liegt's an meinem Allerweltsgesicht.«

Der Inspektor schnalzt mit der Zunge. Dann lässt er es darauf bewenden.

»Was haben Sie gesehen, Mister …«

»Latham, Sir.«

Wieder ist es Gomery, als komme ihn auch der Name bekannt vor.

»Dann berichten Sie doch mal, Mr Latham.«

○ ☆ ○

Diese Welt hält nicht, was sie verspricht. Die Wesenheit bereut die einst getroffene Entscheidung seiner Wahl. Eine Rückkunft zum gegebenen Zeitpunkt ist unmöglich. Um diese Welt wieder verlassen zu können, bedarf es ein höheres Eingreifen. Dazu fehlt ihr allerdings die Macht. So bleibt der Wesenheit nur eines: Die hiesigen Umstände schlichtweg akzeptieren und aushalten.

Die Schutzsphäre, in der die Wesenheit sich befindet, beginnt auffällig zu flackern. Es scheint, sie würde jederzeit implodieren, und gibt für Sekundenbruchteile komplett die Sicht ins Innere frei. Zum Glück ist die Gegend nur dünn besiedelt. Wäre sie nicht zusätzlich im Lichtspektrum verschoben, hätte dies unerwünschte Auswirkungen und niemand kann sagen, wie genau die für die Menschen ausfallen.

Trotzdem, dass dieser Planet ein Teil des Universums ist, ist es für Menschen unerklärlich, was sich in der auf dieser Welt unbekannten Sphäre abspielt. Ein scheinbar chaotisches Durcheinander, das doch gewisse wiederholende Strukturen aufweist, begleitet von elementaren Energien. Wird das Licht hier als hell und in verschiedenen Nuancen wahrgenommen, zeigt es sich nun ungewöhnlich dunkel mit flachen Farben.

In Bewegung geratene Linien zeichnen ein leuchtendes Rundgebilde. Das unvollkommene Rund beginnt langsam zu rotieren. Für einen Moment verliert es vollständig die Kreisform. Dafür streben die Linien nach allen Richtungen, und verlieren scheinbar den Bezug zum Drehmittelpunkt. Eine Weile hält die Fluktuation an. Bis die Drehung alle wegstrebenden Linienformationen einfängt. Auf diese Weise entsteht wieder der Rundwirbel. Im Inneren wird dadurch die vertraute *Atmosphäre* erzeugt, in welcher die Wesenheit sich ungehindert bewegt und mit Energie versorgt wird.

○ ☆ ○

Gomery hört aufmerksam zu, ohne Waylons Zeugenaussage zu unterbrechen. Hin und wieder beschleicht dem Inspektor das Gefühl, diesen Latham doch zu kennen; nur wo er ihn hinstrecken soll, verbirgt sich weiterhin im Verborgenen.

»Und der ›Nebel‹ ist wohin?«, fragt Gomery, nachdem Latham endet.

»Löste sich auf, wie ich es beurteilen kann.«

»Sie meinen, erst versetzt er alles in Aufruhr, nur um wieder … zu verschwinden?«

Waylon hebt die Schultern.

»Vergessen wir mal das mit dem Nebel für eine Weile. Was ist mit diesem Riley, den Sie erwähnten?«

»Was soll mit ihm sein? Ich hab mich wohl geirrt.«

Gomery lacht abfällig laut auf.

»Woher kennen Sie diesen Riley?«

»Von einer meiner früheren Reisen bestimmt. Der Kerl sieht ihn einfach ähnlich, was soll's! Geht es Ihnen nicht auch manchmal so?«

Wenn der wüsste, denkt Gomery spontan.

»Das steht hier nicht zur Debatte, Mr Latham. Also nochmal: Woher …« Er hält inne. Ein Fragment eines flüchtigen Gedankens geht ihm durch den Kopf; nicht fassbar, aber doch mit einer ungewöhnlich starken Präsenz.

»Wann war das?«

»Wann?« Nun lacht Waylon. »Was weiß ich. Ich war viel unterwegs in all den Jahren. Im groben kann ich mich vielleicht erinnern, aber doch nicht an Einzelheiten.«

Irgendwas stört den Inspektor. Lathams Verhalten, sein Tonfall, *wie* er es sagt.

›Du verschweigst doch was!‹, ist sich Gomery sicher. ›Du weißt mehr, als du zugibst!‹

»Wenn Sie sich an den Namen und an gewisse Äußerlichkeiten so genau erinnern, dann hat der doch etwas getan, was die Erinnerung ausgelöst hat. Denken Sie nach!«

Ja, Riley hatte etwas getan? Aber das war in einer anderen Zeit und einer anderen Gegenwart! Gomery würde das nicht verstehen. Niemand würde ihm glauben; für andere hört sich das viel zu verrückt und abstrakt fremd an.

»Also?«, bohrt Gomery unnachgiebig nach.

Waylon fühlt, wie die Enge, in der er getrieben wird, immer auswegloser wird. Insgeheim schellt er sich einen Idioten! Flucht nach vorn?

»Er war recht jung«, beginnt Waylon. »Hatte seltsame Vorstellungen. Vermutlich blieb er mir deshalb im Gedächtnis.«

Gomery nickt. Wird er sich mit dieser Erklärung zufriedengeben?

»Sowas kenne ich auch. Die Jungen haben eine ganz andere Sichtweise auf die uns umgebenden Dinge. Das hat auch was mit der sogenannten Fortentwicklung zu tun.«

Schweigen setzt ein, in dem jeder eignen Gedanken nachgeht.

Der Ort, dem ich entstamme, ist ein trister Ort. Steril, nicht vergleichbar mit Welten des Lebens. Gedankensteuerung machte einst unsere Körper überflüssig. Wir befreiten uns der sterbenden Hüllen, die uns einzwängten. Von da an waren die Atmane

frei! Eine nicht endende Freiheit lag von nun an vor uns. Kör-
perlos durchdringen wir natürliche Barrieren. Wir brauchen
keine Luft, um zu atmen. Keine Wege, um zu gehen. Keine Lager,
um zu ruhen. Keine Sprache zur Verständigung, keine Worte um
phrasenreich zu berichten. Wir reduzierten alles auf ein optima-
les Mindestmaß. Dadurch bleibt uns mehr für anderes.

Auf diesem Planeten ist mein Dasein völlig widersprüchlich,
gegenüber meiner eigentlichen Heimat. Mag sein, dass es am
fehlerhaften Transfer liegt, weshalb ich keine Erfüllung finde.
Oft denke ich in meiner Heimatsprache. Dann ist es mir fast un-
möglich, die passenden, hier gebräuchlichen Worte zu finden.
Andersherum ist es viel einfacher. Doch dies spielt nur am
Rande eine Rolle, wenn überhaupt.

Für uns ist alles beherrschbar. Wir Atmane sind nicht an
physikalische oder anderweitige Gesetzmäßigkeiten gebunden.
Wie rückständig doch die Lebensformen sind! Gefangen auf ei-
ner Welt, glauben sie, dies sei alles. Und dabei gibt es viel mehr.
Erstrebenswertes Wissen mag ein winziger Schritt sein. Im At-
manen-Zeitalter ist Wissen genauso überflüssig, wie Wasser und
atembare Luft. Denn das Wissen sind wir!

Bräuchte ich nicht die Erfahrungen von dieser Ebene einer
Form des Seins, würde ich alles daransetzen, den jetzigen Auf-
enthalt abzubrechen. Aber mir sind die Hände gebunden. Meine
Moleküle folgen unweigerlich den eingeschlagenen Weg; unauf-
haltsam und rücksichtslos gegenüber jeglicher Befindlichkeit.
Die Sphäre wird mich bald wieder freigeben. Dann werde ich
im Alltag wieder gefangen sein. Werde erleben, was ich erleben
muss. Wie ich doch das Leben verabscheue!

○ ☆ ○

Ein Lieutenant hat die Befragung im Zuschauerraum abgeschlossen und sich die Personalien notiert. Jeder der Anwesen-

den muss sich verpflichten, weiterhin zur Verfügung stehen. Damit sind die Zeugen entlassen; darunter auch Karoline und Olivia.

Karoline ist ziemlich gefasst und erkundigt sich, wann ihr Mann gehen kann.

»Der Inspektor benötigt noch einige Angaben«, erklärt der Lieutenant geduldig. »Wird sicherlich nicht mehr lange dauern.«

»Würden Sie meinem Mann ausrichten, dass wir draußen warten?«

»Sehr wohl, Ma'am.«

Damit sind die Frauen entlassen.

Inspektor Gomery bekommt einfach den Eindruck nicht los, den er von Waylon gewonnen und der sich im weiteren Verlauf noch verstärkt hat. Er weiß, will er tiefer vordringen, braucht er Fingerspitzengefühl. Gomerys Erfahrung spielt ihm zu; ein wenig Smalltalk hier, eine banale, nicht zum Fall gehörende Äußerung da, bringt jeden irgendwann soweit durcheinander, dass der sich in Widersprüche verstrickt. Und dort kann Gomery ansetzen. Hier aber ist es anders. Entweder hat Latham sich im Griff und ist ausgekocht genug, um ein mögliches Lügengebäude aufrechtzuerhalten, oder er weiß wirklich nicht mehr.

Für den Moment lässt der Inspektor es darauf bewenden. Geduld ist eine seiner Stärken. Zusätzlich wiegt er Waylon in scheinbarer Sicherheit.

»Sie haben nicht vor, die Stadt zu verlassen, oder?«

»Nein, Inspektor. Sie wissen ja, wo Sie mich finden.«

Damit kann auch Waylon gehen. Unschlüssig bleibt er stehen. Der ätzende Geruch ist fast weg, dennoch hätte er gern in aller Ruhe sich noch ein bisschen umgesehen.

»Ist noch etwas?«

Gomerys Skepsis ist nicht zu übersehen.

Wortlos verlässt Waylon das Theater.

Sechs

Gleiche Zeit, Uridräo.

Es ist schon ein erhebendes Gefühl, einfach mit dem Zeitgleiter ›abzuheben‹ und in einer anderen Zeit oder an einem anderen Ort nahezu ohne Verzögerung wiederaufzutauchen. Manchmal unternimmt die Gewahrerin aber auch wirkliche Flüge. Immer wieder ist sie fasziniert und verängstigt zugleich, trennt Deborah doch nur eine hauchdünne Haut von der Außenwelt. Solange der Flug auf der Erde stattfindet, hat sie keine Probleme. Auf anderen Planeten oder gar im Weltraum bekommt sie aber häufig panische Angst.

Deborah landet auf Uridräo, dem Mond von Zartak. Der Riesenplanet ist größer als Jupiter. Die Scheibe am Himmel hinterlässt den Eindruck, der Planet berühre jeden Moment den Mondhorizont. Anfangs fiel es ihr schwer, sich vom spektakulären Anblick zu befreien. Dann erledigte sie, so schnell es ging, die Aufgaben und war genauso schnell wieder weg. Mittlerweile hat sie sich ein wenig daran gewöhnt. Nichtsdestotrotz bleibt ein vages mulmiges Gefühl in der Magengegend.

Kurz darauf erreicht Deborah den alten unterirdischen Stützpunkt. Die Zeit scheint stehengeblieben zu sein. Einrichtung und Instrumentarien stammen aus der Ära der ›Sternenbruderschaft‹. Und das ist etliche tausend Jahre her. Dennoch sind Technik und Apparaturen auf einem höheren Stand, als die der Menschheit. Ein Wunder, wie sie findet, dass bisher nichts in falsche Hände geraten ist. Dafür wird sie zukünftig die Verantwortung tragen – eine wahnsinnig hohe Bürde.

Solcherart Gedanken gehören schon fast zum Ritus, die dann aufkommen, wenn sie den Stützpunkt betritt. Deborah lächelt müde. In den letzten Monaten hat sich ihr Leben total verändert. Wollte sie vor kurzem noch Karriere im Polizeipräsidium machen, ist sie stattdessen auf einer anderen Welt, mit gewichtigen Aufgaben. So unähnlich ist die jetzige Tätigkeit gar nicht vom alten Fachgebiet. In beiden Fällen ist Deborah für Sicherheit und Schutz zuständig; nur mit veränderten Vorzeichen.

Automatisch schaltet die Gewahrerin den Holo-Projektor ein. Lebensgroß und mitten im Raum erscheinen die Arimeaner. Es sind *Wächter* der ›Sternenbruderschaft‹, soweit hat sie verstanden. Noch herausfinden muss Deborah dagegen, ob und was sie von den Atmanen wussten. Laut indischer Philosophie bedeutet es Seele und Atem. Die *Shaddarshana*, Philosophiesysteme, derer es sechs in Indien gibt, unterscheiden noch einmal zwischen sechs Sichtweisen, den *Darshana*. Das war's auch schon mit den Ähnlichkeiten.

In den Überlieferungen, mündliche wie schriftliche, hat Deborah nichts finden können. Eigentlich hätte sie die Suche abbrechen können, denn Gefahr besteht nicht; aber sie will ganz sichergehen. Über das, was noch kommt, wird der ›RZG‹ Aufschluss geben und gegebenenfalls warnen.

Wäre doch nur Waylon Latham hier! Nayati ließ kurz vor sein Ableben dessen Namen in einem Zusammenhang fallen, der sie aufhorchen ließ. Leider sprach Nayati nicht weiter. Einige Tage darauf suchte er seine Heimat auf. Deborah bekommt jetzt noch Gänsehaut, wenn sie daran denkt. Er sprach mit fester Stimme und seine Worte wirken als Vermächtnis eines Mannes nach, der sein Gleichgewicht gefunden hat.

Deborah springt auf. Solche Episoden machen ihr Angst. Es gibt vieles, was sie nicht versteht. Aber die Situation mit dem Indianer gehört in die Rubrik unbegreiflicher Begebenheiten schlechthin. Nayati würdigte in einem endlichen Monolog die Menschen, die ihm in seinem langen Leben beeindruckt hatten. Darunter fielen auch Namen, die fremd und exotisch auf Deborah wirkten. Von dem Alten ging eine ungeheure Aura aus, die charakteristisch für ihn war. Deswegen wagte sie auch nicht, ihn mit Fragen zu unterbrechen. Hätte sie es nur getan! Dann würde Deborah sich jetzt nicht den Kopf zerbrechen.

Ihr Armreif beginnt zu vibrieren. Deborah fährt erschrocken

zusammen, bedeutet dies Alarm. Unwillkürlich zieht sie den Kopf ein. Aufgeregt betätigt die Gewahrerin das unscheinbare glänzende Feld, worauf ein kleines Hologramm darüber zu schweben scheint. Das Live-Bild zeigt die unmittelbare Umgebung des Zeitgleiters. Keine besondere Auffälligkeit. Doch das soll nichts heißen. Eingestellt sind die Sensoren mit einer Vorwarnzeit von mehreren Minuten. Hat die Zukunftsschau-Automatik eine Unregelmäßigkeit aufgespürt? Deborah ist alarmiert. Wenn ja, dann sollte sie sofort von hier verschwinden. Deborah rennt los. Ein Blick auf die Armbanduhr zeigt ihr, sie hat etwa sieben Minuten. Äußerst knapp, findet sie, aber zu schaffen.

Bevor sie den schützenden Eingang am Felsvorsprung verlässt, schaut sie sich um. Sehen kann Deborah nichts, was den Alarm begründet. Sie wartet ab, bis die Tür den Zugang verschließt. Dann huscht sie zum Gleiter. Ein wenig außer Atem, startet sie ihn. Noch während sie den Befehl über die Virtual-Konsole eingibt, befällt Deborah ein weiterer beängstigender Gedanke. Wenn der ›RZG‹ eine Warnung absendet, ist die eintretende Situation mindestens ebenbürtig!

Arimeaner? Sie sollte sofort den Mond und diesen Zeitstrahl verlassen!

Bevor der ›Raum-Zeit-Gleiter‹ entmaterialisiert und somit auch in umgekehrter Blickrichtung Uridräo sich auflöst, erblickt Deborah einen gigantischen Schatten. In letzter Sekunde erkennt sie den Grund: Ein noch größeres, nicht zu überschauendes Raumschiff schwebt herab.

Deborah erschaudert. Die vom Raumschiff ausgehende Düsternis kann bedrohlicher nicht sein. Das ist alles, was sie sieht. Alles um sie herum wird unscharf und verschwindet ganz. Für die Dauer eines Lidschlages fühlt sie sich schwerelos. Sie weiß, gleich erfolgt der Eintritt in den Zielkoordinaten. Erleichterung spürend, bleibt sie innerlich angespannt. Plötzlich ruckt es unerwartet. Sie verliert die Sitzposition, rutscht unkontrolliert seitlich weg und prallt gegen die Rogalit-Wand. Benommen denkt

Deborah noch darüber nach, findet aber keine schlüssige Erklärung. Beim nächsten Ruck wird sie gegen die andere Seite gepresst. Der Aufprall ist so heftig, dass das Material an dieser Stelle durch die Last feine Risse bekommt. Den dritten Ruck bekommt sie nicht mit …

⌘

Zwei Stunden Zartak-Zeit davor.

Die »Sternengral IV« fliegt ohne Kennung und äußerliche Merkmale durchs All. Gleich wird der Kreuzer das Zartak-System erreicht haben. Der Durchstoß verlief wie erwartet reibungslos und ohne Vorkommnisse. Alles verläuft wie geplant. Der *Vorher-Seher* ist zufrieden. Alte arimeanische Technologie und seine Gabe bilden eine unschlagbare Symbiose. Er ist einer der wenigen *Methelems*, der die Enklave überlebt und entrinnen konnten. Vorurteile gegenüber seinesgleichen gehören endgültig der Vergangenheit an. Zugegeben – es war ein langer Kampf; entbehrungsreich, aufopferungsvoll und der Verlust sämtlicher Bindungen. Auf dem Kreuzer der vierten Klasse fand er dann lang ersehnte Anerkennung.

Nach der Evakuierung Arimeas übernahmen fortan die *Wächter* die Regierungsaufgaben. Das Patriarchat verlor an Vertrauen, missachtete das System doch jegliche Fürsorgepflicht gegenüber der Bevölkerung. Seit damals hat der *Wächter*-Magistrat seinen Sitz im jeweils modernsten Raumschiff seiner Zeit. Und er gehört dazu – was einmalig in der Geschichte von Arimea ist.

Sho-Ril verlässt die Brücke. Nicht mehr lang und der Kreuzer wird das Ziel erreichen. Der alte Stützpunkt erscheint dem Magistrat als geeigneter Knotenpunkt zukünftiger Entscheidungen. Sho-Ril lächelt stolz, war es doch ein Vorschlag von ihm. In Regentin Shatlimya hat er eine dankbare Verbündete gefunden, die die *Methelems* ins rechte Licht zu setzen weiß.

Zwischen beiden liegen unzählige Generationen, und die Lebensweisen könnten unterschiedlicher nicht sein; dennoch knistert es zwischen ihnen. Sho-Ril hält sich aber zurück, um gewisse Verwicklungen bereits vorzubeugen.

Shatlimya ist äußerst attraktiv. Stehen sie beieinander, wirkt die Regentin älter als er, wenn auch unwesentlich. Dabei könnte sie eine mehrfache Ururenkelin Sho-Rils sein.

Der *Methelem* wischt den Gedanken mit einer geistigen Geste beiseite. Er ist ihm nicht fremd, auch könnte er es sich vorstellen. Aber trotzdem will er darüber nicht zu oft nachdenken; das lenkt nur ab und ist kontraproduktiv und gehört auch nicht hierher.

Sein Weg führt Sho-Ril aufs Panorama-Deck. Von hier aus hat man den besten Ausblick aufs Sonnensystem. Die riesige Scheibe Zartaks nimmt fast die Hälfte des Bildes ein und wirkt störend. Es ist schon ein Wunder, wie so ein kleiner Mond wie Uridräo über Jahrmillionen nicht auf Zartak stürzt. Allerdings hat Sho-Ril nicht das nötige Wissen, um sich tatsächlich eine aussagekräftige Meinung zu bilden. Er gehört nicht zum wissenschaftlichen Team. So kann er sich nun ganz ohne *Druck von oben* dem angenehmeren Teil widmen.

Auf dem Riesenplaneten ist Leben unmöglich. Die Kreaturen, die dort existieren würden, wären unförmig von Gestalt und hätten eine große Last zu tragen. Außerdem besteht Zartak hauptsächlich aus Gas, der einen Gesteinskern kilometerdick ummantelt.

Winzig klein dagegen ist dessen angestrebter Trabant; wie ein Staubkorn umkreist er den Riesenplaneten. Scheint die Sonne den Mond an, bricht sich ihr Licht in der Atmosphäre und wirft es zurück in den kalten Raum. Dann glitzert es auf, und aus dem unscheinbaren Klumpen wird ein Diamant.

Durch das Audiosystem ertönt die metallene Computer-Stimme, in dreißig Minuten Bordzeit sei das Ziel erreicht. Eine Landung ist nicht vorgesehen. Aber man wolle so nah als möglich heran.

Die »Sternengral IV« ist so gewaltig, dass von Bord aus nach allen Seiten hin nur das letzte Stück vom Horizont zu sehen ist. Erste Zweifel beschleichen Sho-Ril am reibungslosen Ablauf der bevorstehenden Mission. In seiner blühenden Fantasie sieht er schon die phantastischsten Dinge; ein ungewollter Zusammenstoß, bei dem der Mond ins Trudeln gerät, daraufhin seine dünne Atmosphäre verliert und fortan als toter Fels durchs All treibt; oder, dass das Gestein den Kreuzer nicht aushält und einfach birst. In Wahrheit wird Shatlimya in einer verträglichen Höhe das Schiff stoppen lassen. Anschließend wird der Transportroboter die Utensilien auf die Oberfläche verbringen, gleichzeitig sicherheitshalber einige Luftchecks durchführen. Alles durchläuft einen gut durchdachten Automatismus.

Einige sporadische Gedankengänge später erreichen sie die Parkposition. *Der Mond hält tatsächlich*, durchblitzt es Sho-Rils Hirn. Das unmerkliche Vibrieren deutet auf den Beginn der Unternehmung an. Der *Methelem* atmet durch. Er denkt noch, wie einfach doch manche Dinge letztendlich sind, als an Bord der Alarm ertönt.

»Nicht-arimeanische Lebensform lokalisiert«, dröhnt warnend eine synthetische Stimme wiederholend aus den Lautsprechern. Sho-Ril rennt regelrecht in die Kommandozentrale zurück. Gerade als er sie betritt, schaltet Shatlimya den Alarm stumm. Sein fragender Blick tastet über ihre Gesichtszüge. Vom Schock ist sie unnatürlich blass.

»Was ist …« Er beißt sich auf die Lippen und verschluckt den Rest.

Shatlimyas Augen blicken ins Leere. Nach einer endlichen Ewigkeit flüstert sie betroffen: »Der Mond … wo ist … der Mond …«

Was soll das? Der Mond liegt doch unter ihnen!

Doch die Hologramm-Schirme zeigen nur gähnende, ins Nichts führende Leere …

Sieben

Vereinigtes Königreich, fünfzehn Jahre vorher.

Was geschieht mit ihm? In manch einsamer Stunde hat Ethan schon des Öfteren *anders* gefühlt, als noch Stunden vorher. Es gehört zu seinem Leben und er hat sich inzwischen daran gewöhnt; es ist Teil seiner Existenz, die für ihn eine Normalität darstellt. Trotzdem spricht er mit keinem darüber, behält für sich, weil er ahnt, dass er *anders* ist, als die Anderen.

Zudem hat sein Anderssein an Schrecken verloren, da in regelmäßigen Abständen etwas geschieht, was er mittlerweile akzeptiert. Großmutter hat nichts mitbekommen, und wenn doch, dann versteht sie es ausgezeichnet, sich nichts anmerken zu lassen. Dieses Mal weiß Ethan, dass sein Anderssein vom Bisherigen abweicht. Es mag nur eine Nuance an Veränderung geben, doch es reicht aus, den Kleinen zu verunsichern.

Großmutter ist im Moment ungehalten. Nach dem ersten Schock überwiegt die Freude, dass Ethan unversehrt ist. Doch gleich daraufhin kippt die Stimmung. Allein konnte das Feuer nicht ausbrechen! Großmutters Blick verdächtigt selbstredend Ethan, denn sonst ist niemand im Hause. Er druckst herum und schaut zu Boden. Alle Fragen, die die Frau ihm stellt, beantwortet er mit Schweigen. Großmutter wird immer wütender. Ihre sonstige Selbstbeherrschung bekommt ernsthafte Risse.

Mit dieser ausufernden Reaktion hat er nicht gerechnet. Still lässt er es über sich ergehen. Er wollte doch nur Freude bereiten! Sie überraschen, ihr damit zeigen, dass er schon groß ist!

»Du kannst froh sein, dass ich noch rechtzeitig runtergekommen bin! Wolltest du uns obdachlos machen?« Sie hat sich in Rage geredet. Ethan macht keinen Mucks. Er versteht, er hätte besser aufpassen müssen. Aber da spielte ihm die Idee mit den Blumen einen derben Streich. Und dann die schönen, bunt schillernden Schmetterlinge …

Sein Schweigen macht sie rasend; sie versteht es als Trotz-reaktion. So gewinnt Großmutters Schimpfen immer mehr an Schärfe und besteht bald nur noch aus Vorwürfen. In Ethan geht etwas vor, was er nicht einschätzen kann. Seine Hände beginnen zu zittern, Schweiß bricht aus. Feine weiße Schaumbläschen treten zwischen Ethans Lippen hervor. Den Jungen wird schwind-lig. Er spürt Panik und lässt die gepflückten Blümchen fallen. Röchelnd geht sein Atem. Dann trifft sein Blick Großmutter, der die Frau auf der Stelle verstummen lässt. Blankes Entsetzen steht in ihren Augen geschrieben. Ein Lidaufschlag darauf rennt Ethan davon.

Unweit des Hauses gibt es eine kleine Grotte. Nicht sehr groß, aber für Ethan ausreichend und sogar etwas geräumig. Hierher kommt er, wenn wieder einer dieser Anfälle droht. Und jetzt scheint es wieder soweit zu sein, nur eben *anders*.

Zusammengekauert erwartet er das Unvermeidliche. Gedul-dig gibt er sich des nun Kommenden hin. Und dann geschieht es. Ein dem gesamten Körper erfassender Krampf durchschüttelt den Jungen. Ethan verdreht unnormal die Augen. Feiner Dunst erfüllt die Grotte, wahrscheinlich hervorgerufen durch seine enorme Körperwärme im nasskalten Umfeld. Er bekommt von der Umgebung nichts mit. Völlig weggetreten, fällt er wie in ei-nen tiefen, traumlosen Schlaf. Bis auf einzelnen Zuckungen liegt er fast regungslos auf dem steinigen Boden.

Ethan spürt keinerlei Schmerz. Er ist in einem Stadium an-gelangt, das einem Delirium gleicht. Doch nur äußerlich; geistig erwacht er allmählich und betrachtet seinen verdrehten mensch-lichen Körper und wundert sich. Niemals zuvor hatte er eine der-artige Erfahrung gemacht. Das ist wirklich neu! Zu Ethans Er-staunen macht es ihm überhaupt keine Angst. Es ist, als sei es das Normalste von der Welt.

Eine nicht kennende Freiheit bemächtigt Ethans Geist. Keine Spur mehr von den Beschränkungen seines irdischen Körpers.

Er sieht plötzlich genauso klar, wie vor dem Transfer. Jetzt weiß er, dass etwas schiefgegangen ist. Körper und Geist passen nicht. Doch weshalb bleibt er auf der Erde? Warum kehrt er nicht zurück? Ethan betrachtet den Körper, der leblos in unnatürlicher Lage auf dem kalten Boden liegt. Nachdenklich bemerkt er es erst gar nicht, doch dann dämmert es ihm. Sein Erdenleben ist noch nicht vollendet. Wie auch, steht ihm doch ein recht passables Alter bevor. Allerdings sollte auch seine Mum noch bei ihm sein, und das ist definitiv nicht der Fall.

Ethan schwebt näher an seinen Körper heran. Kann es sein, dass er sich verschwommen sieht? Trotz des Zwielichts in der Grotte, kann er feine Details im Gestein erkennen. Ein seltsamer Dunst umgibt den Daliegenden. Ist es etwa eine optische Täuschung? Neugierig ändert Ethans Geist den Blickwinkel. Dabei verringert er den Abstand, bis auf etwa einen Meter. Plötzlich flimmert die Luft grell auf und entlädt sich in einem sogar die Sonne überstrahlenden Blitz. Er begreift nicht, wie ihm geschieht. Die Grotte, der Körper – alles versinkt im gleißenden Licht, bis es mit einem Schlag verschwindet. Allerdings umgibt Ethan nicht völlige Dunkelheit. Nein, es ist etwas, was auch er – der Atman – nicht kennt. In rascher Folge wechselnde, anscheinend aus dem Nichts kommende Strukturen entstehen, verblassen wieder und ändern fortwährend das Aussehen. Dabei wirken sie ungemein realistisch.

Das Wechselspiel wird immer rasanter und endet in einem Stroboskop-Effekt. Ethan kann sich nicht entziehen. Hüllenlos ist er dem Chaos schutzlos ausgeliefert und wird zu dessen Bestandteil. Ihm wird unheimlich bang zumute. Immer wieder zucken dicke Blitze in unmittelbarer Nähe. Alles geschieht in totaler Stille, was es noch gespenstischer macht. Könnte er etwas hören, gäbe es vielleicht Hinweise darauf, was hier vor sich geht.

In dem Moment verschwindet das Blitzchaos. Ethan ist noch geraume Zeit davon erfüllt. Ohne sichtbaren Bezug weiß er nicht, ob er treibt oder sich still am Platz befindet. Weder Kälte noch Hitze fühlt er. Dennoch umströmen ihn unsägliche Glücks-momente. Er denkt an Großmutter, deren Bild daraufhin vor ihn erscheint. Sie lacht. Als der Gedanke an ihr verblasst, verschwindet auch Großmutters Abbild. Unwillkürlich kommt Ethan das Feuer in den Sinn. Ihm wird unwohl beim Anblick der jetzt aufschlagenden Flammen.

Ganz leise dringt ein zartes Geräusch an Ethan. Hoch konzentriert versucht er es zu deuten. Nur allmählich bekommt er eine vage Ahnung, was es sein könnte. Es währt einen unbestimmten Zeitraum in gleichbleibender Lautstärke, die er als ein Gesäusel einstuft, worauf es allmählich anschwellt. Aus dem Gesäusel wird ein sanfter Windhauch, und aus dem eine auffrischende Brise. Ohne das Gefühl für Zeit ist es schwierig, die Spanne bis jetzt abzuschätzen. Es können Sekunden, aber auch mehrere Stunden oder gar Tage vergangen sein. Es spielt keine Rolle. Hauptsache Ethan kann wieder hören. Und was er hört!

Hätte er eine Stimme, dann wäre jetzt sein Lachen weithin hörbar. So erfüllt ihn aufwallende Glücksseligkeit. Endlich kommt Bewegung ins Spiel. Eine Art Sog erfasst ihn. Er ist so stark, dass Ethan glaubt, endgültig auseinander gerissen zu werden. Aber er denkt noch zu sehr in menschlichen Dimensionen. Egal wie heftig der Sog auch werden mag – Ethans Ich treibt unbeschadet mit.

Das Geräusch verändert sich. Ist es bisher als ein Rauschen vernehmbar, wird es nun zu einer Stimme. Die Stimme ist überall.

Öffne die Augen, fordert sie Ethan auf.

Er sieht sich um, kann aber nicht sehen, wer da spricht.

Kehre zurück und öffne deine Augen, Ethan!

Seine Gedanken gehorchen ihm nicht. Ist es Einbildung?

Sei beruhigt. Es ist alles gut. Kehre um!

Der Sog wird übermächtig, erfasst Ethan mit voller Wucht und reißt ihn abermals mit. Dann setzt völlige Stille ein. Erneut tauchen die plastisch-realistischen Strukturen auf. Diesmal kommen sie Ethan bekannt vor, ähnlich, als treffe man alte Freunde wieder. Willfährig lässt er geschehen, was er nicht ändern kann. Dann erbebt alles.

⌘

Irgendwo zwischen Zeit und Raum.

Deborah kommt zu sich. Dröhnend klopft der Schmerz in ihrem Kopf. Im Mund hat sie den Geschmack von Blut. Benommen macht sie eine vorsichtige Bewegung. Sämtliche Gelenke tun weh, doch gebrochen scheint nichts zu sein. Ein klein wenig dreht sie den Kopf, verharrt jedoch sofort wieder. Ein elektrisierender Stich durchfließt sie; ein Nerv muss eingeklemmt sein. Damit die Panik sie nicht übermannt, atmet Deborah tief ein.

Im unscheinbaren Stauraum hinter dem Sitz befindet sich I-ATRA, eine mobile medizinische Nano-Dienstleistungseinheit. Diese zu erreichen ist für Deborah momentan schwierig. Jede Bewegung erfordert Überwindung und bedeutet noch mehr Schmerz. Hinzu kommt, dass sie nicht weiß, ob sie innere Verletzungen davongetragen hat. Halb liegend betätigt sie endlich den Knopf des Gerätes. Sofort erscheinen leuchtende Schriftzeichen an der Seite. Deborah sinkt kraftlos gegen die Seitenwand. Es hat sie doch stärker angestrengt, als gedacht. Nun kann sie eh nur warten.

Ein leises, monotones Summen verrät Deborah, dass die I-ATRA arbeitet. Es ist das erste Mal, auf diese Weise, die eigene Gesundheit einem Automaten anzuvertrauen, noch dazu einem, der für menschliche Verhältnisse als antik zu bezeichnen ist. Dako hat darauf geschworen, gibt es doch unerwartete Situationen auf den Morgenreisen, in denen ärztliche Kunst vonnöten sein kann. Aber irgendwie beruhigt ist die Gewahrerin schon, ist es doch die einzige Möglichkeit, wieder zu Kräften zu kommen.

Deborah fällt in einen leichten Dämmerzustand. Der medizinische Roboter unterdessen verrichtet seine Dienste. Er scannt

Deborahs Körper nach Frakturen oder anderweitigen Verletzungen, und leitet dann die entsprechenden Gegenmaßnahmen ein. Die ganze Prozedur dauert etwa eine Dreiviertelstunde. Dann geht das IATRA wieder in den Standby-Modus. In einigen Minuten wird die Gewahrerin wieder vollständig hergestellt sein; doch bis dahin wird der Schlaf seine heilende Wirkung entfalten.

⌘

Das Beben bringt die Luftmoleküle zum Schwingen. Dadurch entsteht eine beachtliche Unruhe, die Ethan aus der Bahn wirft. Haltlos treibt er durch unbekannte Sphären. Die Strukturen sind verschwunden. Überall nur leeres Nichts. Ihm fällt es schwer an etwas zu denken. Zu sehr ist er im gegenwärtigen Zustand gefangen. Und es wird auch nicht besser, denn gerade wird die Sicht schlechter. Statt dem allgegenwärtigen Nichts wird es zunehmend nebeliger.

Der All-Nebel ist bald undurchdringlich. Zu Ethans Erstaunen beginnt es heller zu werden. Was er wahrnimmt, will er zuerst nicht glauben. Sind das wirklich winzige Wasser-Tröpfchen? Immer dichter wird der Nebel; er besteht aus mehreren, selbstleuchtenden Schwaden, die so gar nicht hierher passen. Ethan glaubt sogar wieder diese früheren Strukturen auszumachen. Zeit zum Nachdenken bleibt ihm kaum. Denn jetzt gewinnt sein Flug erneut an Geschwindigkeit; dieses Mal ist die Bewegung spiralförmig und angesichts des Leuchtnebels führt es Ethan eindeutig in die Tiefe. Wäre er jetzt noch der Erdenjunge, müsste er sich mehrmals übergeben oder verlöre gar das Bewusstsein. Rasant und ohne absehbares Ende wirbelt Ethan einem unbestimmten Punkt entgegen.

⌘

Als Deborah zu sich kommt, fühlt sie sich gestärkt und voller

Tatendrang. Als erstes überprüft sie den Zeitgleiter; alle Funktionen scheinen in Ordnung, doch solang der noch andauernde Flug nicht vorbei ist, kann Deborah nichts tun. Es ist ihr schleierhaft, wieso sie noch nicht angekommen ist. Stimmen etwa die Raum-Zeit-Koordinaten nicht? Zweifel bemächtigen sich ihrer Logik. Leider fehlt ihr die Erfahrung, um das Rätsel dieses Irrflugs zu lösen. Alle Eingaben sind augenscheinlich korrekt. Wo also liegt das Problem?

Da kommt ihr die Idee, die Zielkoordinaten visuell darstellen zu lassen. Eine Weile benötigt sie, bevor die Grafik erscheint. Lange betrachtet sie die dreidimensionale holographische Darstellung. Ein Bündel von Linien stellt den Zeitstrahl dar, ein weiteres den für den Raum. Beide beschreiben den Zielpunkt. Mit einer Hand bewegt die Gewahrerin die Darstellung und dreht sie in die unterschiedlichsten Richtungen. Dabei wird der Zielpunkt mal in den Vorder-, oder in den Hintergrund verschoben. Jede Ansicht wird ausgiebig studiert.

Ihr brennen die Augen. Gedankenleer wechselt sie den Blick. Außerhalb der dünnen Rogalit-Haut des Zeitgleiters kommt Nebel auf. *Nebel?*

Die Analyse der automatischen Messung fällt vage aus. Es handelt sich zu sechzig Prozent um diverse Gase und der Rest ist nicht identifizierbar. Deborah stutzt! Unbekanntes Material? Bisher ist sie davon ausgegangen, die Arimeaner kannten alle Elemente, Gase, Mineralien und was es sonst noch im Universum gibt. Waren sie doch nicht so bewandert und intelligent?

Jetzt wird es mitten im Nebel arg hell. Schützend hebt sie die Hand vor die Augen, damit sie nicht zu stark geblendet wird. Die Nebelgase verstärken das Licht zusätzlich. Deborah wird es langsam unheimlich zumute.

Eine Linie des Zeitenstrahls beginnt in der Grafik intensiv zu blinken, verblasst dann zusehends, bis ein Teil ganz verschwindet. Aufgeschreckt ruft Deborah die betreffenden Daten auf. Zahlenkolonnen rattern in der Anzeige, die keinen Sinn ergeben.

Der Zeitgleiter erhält einen heftigen Stoß, der wiederum unerwartet die Gewahrerin trifft. Glücklicherweise kann sie sich abfangen, ohne größeren Schaden zu nehmen. Plötzlich ergießt sich eine unvorstellbare Lichtflut. Unmöglich jetzt noch etwas zu erkennen. Nur die Sensoren erfassen ein nicht natürliches Objekt in unmittelbarer Nähe, das sich auf Kollisionskurs befindet.

Acht

Waylon sitzt im Garten. Die Tasse Kaffee steht unberührt auf dem kleinen, runden Tisch. Eine verirrte Fliege schwimmt darin zappelnd herum und versucht, den Rand der Tasse zu erreichen. Die zurückliegenden Ereignisse haben ihn übermäßig nachdenklich gemacht. Während Karoline mit einer Freundin telefoniert, hat Waylon seine Mühe, mit der Situation fertig zu werden.

Im Alter wird so mancher weiser und bedächtiger. Zelebrierte Rasantheit, die über Jahrzehnte den Alltag beherrschte, versinkt in Bedeutungslosigkeit. Der Blickwinkel ändert sich, Prioritäten neu geordnet. Geschuldet durch die langsam voranschreitende, kaum vermeidbare, körperliche Gebrechlichkeit. Gedanken werden tiefgreifender, Handlungsabläufe durchdachter. Das Leben bekommt einen tiefsinnigeren Sinn, obwohl sich die Umstände nicht oder nur wenig geändert haben. Dieser Prozess beginnt irgendwann im Leben eines Jeden und folgt einer nicht sofort durchschaubaren Gesetzmäßigkeit.

Seit der Zusammenkunft mit Rogal, dem sagenumwobenem arimeanischen Urtier, sind mittlerweile neun Monate vergangen. Den Kindern erzählt er gern diese Geschichte, die – auch heute noch – immer mit großen Augen zuhören. Zwischen ihm und Olivia herrscht, das Thema betreffend, allerdings Schweigen. Sie vermeidet es, darüber ein Wort zu verlieren; er erwähnt es ebenfalls mit keiner Silbe. Die Tage, an denen damals beide unabhängig voneinander Nayati folgten, sind in beiden Sichtweisen nicht existent.

In seinem Besitz befindet sich ein Zeitgleiter, den Deborah organisiert hat. Ihre Beweggründe kann Waylon immer noch nicht nachvollziehen. Um das fremdartige Gefährt vor Entdeckung zu schützen, integrierte er die Glaskapsel einfach in den aufgemöbelten Schuppen, den er einfach vergrößerte; eine perfekte Tarnung. Niemand schenkt den eigenhändigen Bretterbau sonderlich Beachtung. Eben ein stinknormaler Schuppen, was ist daran schon besonders? Aufpassen musste Waylon nur auf die Kinder, die die Erweiterung natürlich vereinnahmen wollen. Aber auch das löste er perfekt und simpel. Nicht weiter benötigte Gartengeräte wurden vor dem unsichtbaren Zeitgleiter verstaut. Und kein Verbot nährte die Neugier.

Interessanterweise beschäftigt Waylon dieser Teil der Vergangenheit kaum noch. Sein Leben verläuft wieder in normaler Bahn. Mit allem zufrieden, genießt er es unbekümmerter denn je. Körperlich fit wie kaum zuvor, könnte es Waylon getrost und bedenkenlos mit jedem vierzigjährigen aufnehmen; jedenfalls was Kraft und Ausdauer betrifft. Geistig schweift er immer wieder ab und versinkt in seine Welt, die ihn nach außen hin als eher skurril und eigenbrötlerisch wirken lässt. Ihm stört das nicht im Geringsten, weiß er es doch besser.

Und nun die Geschichte im Theater! Wird der Kristall ihn denn nie mehr in Frieden lassen?

Inzwischen hat die Fliege im Kaffee den Tassenrand erreicht. Sichtlich erschöpft und mit langsameren rudernden Bewegungen sucht sie nach einen weniger schlüpfrigeren Halt. Eine Stelle ist erfolgversprechend. Dem Insekt gelingt es, sich aus dem dickflüssigen Sud zu befreien. Ausgiebig beginnt sie mit der Säuberung ihres Körpers.

Karoline beendet das Telefonat. Langsam geht auch sie, mit verschränkten Armen, in den Garten, bleibt jedoch nach einigen Metern unschlüssig stehen. Ihr ist kalt, obwohl die Sonne angenehm warm scheint. Waylon ist tief in Gedanken versunken. Sie sucht nach passenden Worten, um ihn   wenigstens in die Gegenwart zu holen, gibt den Versuch aber sofort auf. Nach so vielen Ehejahren kennt sie ihren Mann.

»Wie geht es Olivia und Ben?«, fragt Waylon leise.

Karoline atmet tief ein, als könne sie dadurch Zuversicht erlangen. In Wahrheit erhofft sie Zeit zu schinden. Ebenso leise antwortet sie: »Benjamin haben sie in der Klinik behalten. Zur Beobachtung, wie sie sagen. Olivia ist bei ihm geblieben.«

Waylon nickt bedächtig. Soweit ist es also schon gekommen! Nun nimmt die Sache Formen an, die nicht nur ihn betreffen, sondern auch auf die Familie übergreifen. Das hätte er verhindern müssen! Alles daransetzen, dass es nicht hätte geschehen dürfen! Wut steigt auf. Abrupt erhebt er sich. Dabei kommt er unglücklich an den Tisch, sodass die Kaffeetasse überschwappt und die Fliege, die sich gerade erholt und bedauerlicherweise den Keramikrand nach Rückständen abtastet, vom Kaffee erfasst und erneut ein unfreiwilliges Bad nimmt.

»Verdammt!«, ruft er ungebührlich laut aus. Karoline zuckt zusammen und auch ein Vogel wird im Gebüsch aufgeschreckt. Flatternd erhebt der sich in die Luft.

»Du kannst doch nichts dafür …«

Er will etwas sagen, verharrt aber mitten in der Bewegung mit übel gelaunten Knurren. Dieses Verhalten macht Karoline stutzig. »Du hast doch damit nichts zu tun, oder?!«

»Ich weiß es nicht, Karo. Hätte ich nicht geglaubt … jemanden zu erkennen …«

Hellhörig ruft sie sich besagtes ins Gedächtnis.

»Wer ist dieser … Rily?«

Waylons Pupillen verengen sich schlagartig.

»Jemand, der nicht hierher gehört …«, entgegnet er zerknirscht.

Sie will gerade nachhaken, als ein lautes Sirren aus Richtung des Schuppens ertönt. Auf Waylons Stirn erwächst eine tiefe

Falte. Die Glaskabine?

»Was ist das?«

Karoline weicht einige Schritte zurück.

»Werden wir gleich wissen. Am besten du gehst ins Haus.«

Ohne ihre Reaktion abzuwarten, geht Waylon vorsichtig zum Schuppen, öffnet beherzt die Tür. Kaum offen, schlägt ihn ein greller Schein eines außergewöhnlichen Lichts entgegen, der bei weitem das Tageslicht überstrahlt. Geblendet schreit Waylon kurz auf, wobei er die Tür zustößt.

»Alles okay, Way?«

Er hebt einen Arm als Zeichen, einen Moment zu warten, die andere Hand presst er sich auf die Augen. Das gleißende Licht hat die Netzhaut überreizt.

Der sirrende Ton ändert die Frequenz um eine Oktave nach oben. Die Scheiben des Hauses vibrieren beängstigend und drohen zu zerbersten. Karoline hält sich die Ohren zu, was den Ton nur ein wenig abmildert.

Ein Entrinnen erscheint Waylon unmöglich. Mit aller Kraft die ihn im Moment zur Verfügung steht, betritt er den Schuppen. Die als Schutz bietende Hand weiter vor die Augen haltend, blinzelt er durch einen Fingerspalt. Soweit er es beurteilen kann, ist der Zeitgleiter das Zentrum des Lichts. Schritt für Schritt tastet er sich näher, stößt dabei einige Gartengeräte um. Dann entfernt er, so gut es geht, mit zugekniffenen Augen die verstauten Gartenutensilien und setzt sich in die Kabine. Hier wird er – einmal abgesehen von den Lichtpunkten, die die Netzhaut produziert – weder geblendet, noch von dem schwirrenden Ton taub.

Kurz durchatmend ruft er mit gewohnter Geste die virtuelle Konsole auf, die sofort aufglimmt. Überrascht hält Waylon inne. Die Glyphen auf der Tastatur sind ihm unbekannt! Wie soll er damit arbeiten? Und noch etwas ist anders: Die unterschiedlichen Farben. Ratlos betrachtet er das Tableau. Aus dem Bauch heraus würde er das einzig rötlich leuchtende Tastenfeld betätigen. Meistens ist die erste Eingebung ja richtig, dennoch hadert

Waylon. Was, wenn er falsch liegt? Resolut legt er den Finger auf das Symbol …

⌘

Bange Minuten vergehen. Es sind Minuten, in denen alles möglich erscheint. Der höher ansteigende Ton erfüllt die Luft, das Haus und die verschüchterte Karoline, die zusammengekauert auf dem Sofa liegt. Auf ihrem Gesicht ist blankes Entsetzen zu sehen. Der Schmerz, den sie empfindet, ist qualvoll. Alles in ihr wehrt sich gegen die sirrende Pein, ebenso im Garten die Bäume, Sträucher, Gräser und Blumen, die sichtlich zittern. Sogar die inzwischen ruhig im Kaffee treibende Fliege sendet winzige Wellenberge aus.

Von jetzt auf gleich erlischt das grelle Licht und der Ton verstummt. Nur ein Nachklang im Ohr bleibt, der einen Tinnitus gleichkommt. Karoline wartet in der eingenommenen Embryostellung ab. Die einsetzende Stille macht einen gebrechlichen Eindruck. Jederzeit könnte der Ton wieder erschallen und die Pein fortsetzen. So schreiten die Minuten dahin.

Irgendwann steht Karoline auf und setzt einen Fuß in den Garten. Weiter braucht sie nicht zu gehen. Sie weiß, dass Waylon nicht mehr da ist. Visuell ist alles beim Alten. Bis auf die Tatsache, dass ein Stück des Schuppens stark beschädigt ist. Mühevoll schleppt sie sich wieder ins Haus, sinkt aufs Sofa. Für die nächsten Stunden bleibt sie wie erstarrt zusammengekauert liegen. Erst dann wird Karoline in der Lage sein, zu realisieren.

⌘

Vom Sturm aufgepeitschte Wellen schlagen urgewaltig gegen den Felsen. Unter der Wucht starker Böen brechen einzelne Bäume wie Streichhölzer. Loses Pflanzenmaterial wird umher gewirbelt. Überall wirbelt Staub und feiner Sand durch die Luft.

Ein vom Sturm mitgetragener Ast kommt surrend angesaust, schlägt heftig gegen die Glaskabine. Waylon atmet schwer. Von der Stärke des Windes überrumpelt, kann er nur im Schutze des Zeittransmitters den Sturm abwarten. Am Himmel zucken ellenlange, nicht enden wollende Blitze, die das Umland widernatürlich erhellen. Ihm gegenüber liegt der dunkle Ozean, mit den weißen gischtenden Wellenkämmen. Und ganz weit hinten am Horizont nähert sich ein Ungetüm von Monsterwelle …

Neun

Zwischen Zeit und Raum.

»*Unus versus*« – *in eins gekehrt* – ist der alte lateinische Begriff für Universum und bezeichnet die vorhandene Ordnung mit all ihrer Materie, den Elementarteilchen und Objekten, einschließlich der Galaxienhaufen. Im Altgriechischen gibt es die Bezeichnung Kosmos, die zusätzlich die Ordnung beinhaltet und somit das Gegenstück des Chaos' bildet.

Aller Begrifflichkeit zum Trotz befindet sich Deborah inmitten eines Wirrsals ungekannten Ausmaßes. Ein Entrinnen erscheint nicht möglich. Die Zusammensetzung des Universums im Vakuumraum ist für biologische Wesen unverträglich und lebensbedrohlich. Zwischen sich und dem lebensfeindlichen Raum trennt sie nur das Rogalit der Glaskabine. Noch hält sie den unermesslichen Druck weitestgehend unbeschadet stand. Doch angesichts der von Deborah soeben entdeckten Gefahr, ist es nur eine Frage der Zeit, wann das Material nachgibt.

Hinter dem Gasnebel ist ein riesiges Raumschiff, mit seltsam anmutenden Auswüchsen, aufgetaucht. Es hebt sich nur darum vom dunklen Hintergrund ab, weil sein Rumpf die spärlich leuchtenden Sterne verdeckt. Gegenüber den Ausmaßen wirkt der Zeitgleiter wie ein Staubkorn.

Seltsam, dass es noch nicht zur Kollision gekommen ist. Augenscheinlich bleibt die geringe Entfernung konstant, was sich Deborah überhaupt nicht erklären kann. Zudem beobachtet sie, dass der Gleiter dieselben Manöver vollführt und auch die Richtung gleichermaßen beibehält, als wären beide Raumfahrzeuge miteinander verbunden. Eine Drehung folgt der Nächsten. Nach Augenblicken des Beobach-tens konzentriert sie sich darauf, das unbekannte Schiff prüfend zu mustern.

Der Rumpfdurchmesser ist von ihrem Standpunkt aus nicht zu ermitteln. Einzig und allein ist eine Spiralform mit einzeln abstehenden, ebenfalls in sich verwundenen, stählernen Armen erkennbar. Es gibt keine Öffnungen. Alles wirkt wie aus einem Stück.

Deborah reißt sich vom Anblick los. Unter anderen Umständen wäre sie fasziniert gewesen, doch jetzt …

Ein wenig hektisch fliegen ihre Finger über die Leuchtkonsole. Laut Gleiter-Anzeige ist die Glaskapsel voll funktionstüchtig. Der Antrieb arbeitet normal. Kurzerhand verringert sie die Geschwindigkeit, korrigiert den Kurs, der nun vom Raumschiff wegführt. Der Transmitter schlägt auch die erwogene Richtung ein, dass war's aber auch schon; die Distanz bleibt konstant.

Nach kurzer Überlegung ändert sie die Zeitkoordinaten. Still zählt sie einen Countdown herunter und geht auf Start. Jetzt sollte draußen allmählich alles verschwinden. Gespannt schaut sie auf das Schiff. Nichts! Nochmal überprüft Deborah die Daten. Bis aufs Äußerste angespannt leitet sie erneut die Startsequenz ein. *Nada!* Zu guter Letzt lässt die Gewahrerin ein Service-Programm durchlaufen. Vielleicht ist vor lauter Hektik ja ein Zeichen falsch gesetzt worden. Doch die Analyse bleibt erfolglos. Wie es aussieht, ist sie des Raumschiffs Anhängsel.

✦

»Wir bekommen keine Werte!«, schreit Or'dul nervös. Der ansonsten stets gefasste Navigator verliert zusehends die Nerven.

»Überprüf nochmal die Sensoren«, bestimmt Shatlimya.

»Hab ich! Mehrfach! Hier funktioniert nichts mehr!«

Die Regentin beißt sich auf die Unterlippe. So aufgebracht hat sie Or'dul noch nie erlebt. Es gab schon schlimmere Situationen, die er wie kein Zweiter meisterte.

»Jetzt tu, was ich gesagt habe«, befiehlt sie im scharfen Ton.

Shatlimya rechnet mit heftigem Widerspruch. Doch Or'dul befolgt willfährig den Befehl. Inzwischen studiert sie immer wieder die letzte verlässliche Position. Dort fand etwas statt, was die »Sternengral IV« regelrecht aus der Bahn geworfen hat.

»Arlo, die Aufzeichnung von Uridräo auf den Großschirm.«

An der Stelle, die eine junge Frau sitzend in dem Gefährt zeigt, lässt sie stoppen.

»Wer bist du?«, fragt die Regentin raunend. »Und woher hast du den Gleiter …«

Alte Aufzeichnungen der *Wächter* berichten über einen Zeitgleiter aus dem Kristall Rogalit. Doch über Generationen hinweg galten sie als verschollen. Auf Uridräo wurden die Ersten dann durch den Erkundungstrupp wiederentdeckt. Über Bedienung und Zweck steht in den Überlieferungen jedoch nichts.

»Holt Sho!«, ruft Shatlimya. »Ich brauche seine Fähigkeiten.«

⌘

Nach den erhaltenen Instruktionen hat sich Sho-Ril in seine Kabine zurückgezogen. Gegenüber der Besatzung heuchelt er vor, allein sein zu müssen, damit er Verbindung mit dem *Morgen* aufnehmen kann. Die Wahrheit ist weniger spektakulär und ganz anderer Natur. Sein Hilfsmittel ist ein handtellergroßes Stück Kristall, den er auf Methua aus der Grotte herausgebrochen und an sich genommen hat. Für mehr war damals kein Platz. Um seinen Status aufzuwerten, macht er daraus ein Geheimnis. Es ist nicht auszuschließen, dass auch andere mit dem Rogalit Verbindung aufnehmen können.

Sorgfältig verschließt Sho-Ril seine Kabine. Bisher hat noch niemand ungefragt die Schiffskabine betreten. Heute erscheint es dem *Methelem* jedoch ratsamer, jegliche Vorkehrungen zu treffen, dass es so bleibt; denn die Situation ist heikel.

Das Schott ist geschlossen und gesichert, die Überwachung abgeschaltet. Vor unautorisierten Augen verborgen, öffnet er schließlich die Schlafröhre. Am Fußende hat er eine Schatulle versteckt, die er wie ein Heiligtum behandelt. Im Inneren liegt, umwickelt mit einem die Eigenenergie absorbierenden Stoff, der Kristallsplitter.

In der Kristallgrotte auf Methua war es durch die Bündelung nicht notwendig, den direkten Kontakt herzustellen. Jetzt, Lichtjahre entfernt reicht die Kraft des Splitters nicht aus. Es wird also eine Weile in Anspruch nehmen, die Verbindung aufzubauen.

⌘

Unüberlegtes Ausprobieren bringt Deborah nicht weiter. Alle möglichen Szenarien hat sie durchgespielt, mit dem einzigen Ergebnis, nicht weiter zu kommen. Der Gleiter bleibt gefangen. Aber Aufgeben kommt nicht infrage! Irgendeinen Ausweg wird es mit Sicherheit geben. Sie kommt sich vor, als seien ihre Gedanken in einem Labyrinth verirrt und stehen nun vor einer dicken, unüberwindbaren Mauer aus Unverständnis.

Allmählich besinnt sie sich aufs Wesentliche. Immer wieder funkelt ein Impuls auf, den sie nicht zu fassen bekommt. Liegt dort der Schlüssel? Deborah ruft die Bilder zurück ins Gedächtnis, die sie auf Uridräo gesehen hat. Oder gesehen zu glauben scheint. Es kommt ihr vor, als ist es Ewigkeiten her.

Konzentriert und in sich gekehrt betrachtet sie die Erinnerung. Da war der Alarm, der auch jetzt schrill in den Ohren sirrt.

Kopflos und überhastet hat sie den Gleiter gestartet. Dann kam dieser Schatten! Deborah friert das Bild geistig ein. Außer der Schattenwirkung ist daran nichts auffällig. Könnte auch eine Wolkenfront sein. Doch da war noch das Gefühl von Schwerelosigkeit. Auf dem Mond unmöglich, es sei denn … Es sei denn, eine gegensätzliche Kraft hebt die eigentliche Schwerkraft gleichermaßen auf! Das war das Raumschiff, logisch. Und dann ruckte es heftig …

Störend ist nur der Zeitpunkt, an dem der Ruck erfolgte. Wie sie glaubt, sich zu erinnern, war das nach dem Start.

Plötzlich reißt Deborah die Augen auf. Wenn der Zeitgleiter bereits im Stadium der Entmaterialisierung war, wieso … Sie hält den Atem an. Eine Möglichkeit wäre, das Schiff war zu nahe. Nein, dafür reicht die Energie der Glaskabine nicht aus. Oder, die Zeit war zu knapp bemessen. Wenn das Raumschiff schon länger im Orbit schwebte? Hätte dann der Alarm nicht früher reagiert?

Bleibt nur eine Schlussfolgerung: Die Fremden haben ein Energienetz über den Gleiter gelegt. Vielleicht sehen sie ja einen Feind in ihr. Deborah lacht kurz auf. *Eher seid* ihr *Feinde*, denkt sie bitter. Das mit dem Energienetz ist schlüssig, aber hält es auch stand?

Sie denkt nach. Was für Möglichkeiten stehen zur Verfügung? Die Gewahrerin kommt sich wie ein Insekt in einem Spinnennetz vor. Sind die Fäden auch unsichtbar, sind sie um ein Vielfaches stabiler. Wenn man doch das Ganze rückgängig machen könnte …

Während sie in Grübeleien versinkt, tippen Deborahs Finger auf der Konsole herum. Menü folgt auf Menü. Es ist im Grunde nur ein Zeitvertreib und dient auch der körperlichen Betätigung, um nicht völlig wegen Bewegungsarmut durchzudrehen. Es ist zum Verrücktwerden. Was jetzt helfen würde, wäre eine Runde um den Block. In ihr juckt es richtig! Aber es hilft alles nichts. Weit entrückten Blicks starrt Deborah, durch den Hologrammschirm hindurch, das Raumschiff an.

Da fällt ihr plötzlich etwas ein, was einer gewissen Logik folgt, aber verrückt erscheint. *Zeitumkehr* nennt sie es im Stillen. Der ›Raum-Zeit-Gleiter‹ ist im Grunde genommen eine Zeitmaschine, von der nicht nur H. G. Wells träumte. Ob der Gleiter auch einen *Rückwärtsgang* hat? Die jetzige Sequenz müsste theoretisch nur umgekehrt werden.

Von dieser Idee beseelt durchsucht die Gewahrerin mit zunehmend klopfenden Herzen die menübasierende Steuerung. Nach einiger Zeit findet sie tief im System ein blass leuchtendes Schriftsymbol, welches sie nicht kennt. Im nächsten Atemzug berührt sie es auch schon etwas voreilig. Deborah lauscht. Für Augenblicke scheint sich nichts zu ändern; nur ein stetig wachsendes ungutes Gefühl bemächtigt sie. Erst nach weiteren ereignislosen Sekunden erscheint eine neue Anzeige. So richtig schlau wird Deborah daraus nicht. Anstatt von Zahlen umfließt glyphischer Text eine offene Raute, in der wiederum weitere Zeichen ständig wechseln.

Kurzzeitig entsteht der Eindruck von Leichtigkeit. Wieder wird die Glaskabine gepackt und diesmal ein wenig durchgerüttelt. Und erneut wird Deborah davon überrumpelt und gegen die Rogalitwand geschleudert. Die Zeichen und Symbole in der Raute weichen einer Animation, die bald den ganzen Schirm ausfüllt. Der Leichtigkeit folgt bleierne Schwere. Deborah verliert endgültig die Orientierung. Etwas reißt an ihr. Dann fällt sie in Ohnmacht.

✦

Der Kristall scheint seine Kraft verloren zu haben. Sho-Ril gelingt es nicht, Verbindung aufzunehmen. Auch die Berührung selbst bleibt kalt und ohne das gewöhnliche Kribbeln. Sorgsam legt er den Splitter zurück. Seine Gedanken werden düster. Ohne den Kristall wird es unmöglich sein, zukünftige Geschicke zu sehen. Er wird an Achtung verlieren und auch Shatlimya wird sich letztendlich abwenden.

Unvermittelt verliert Sho-Ril seinen festen Stand. Alles fühlt sich so unwirklich weich an. Sein Sichtfeld wird zusehends eingeengt. Er bekommt Kopfweh. Das, was grade noch oben war, ist jetzt unten. Die Schlafröhre hängt seitlich an der Wand. Er umklammert das seltsam weiche Metall, dass sich eigenartig *lebendig* anfühlt. Mit enormen Kraftaufwand legt er sich hin und kann noch rechtzeitig die Röhre verschließen. Sofort fällt Sho-Ril in einem ereignislosen Schlaf, fernab aller Realitäten.

Der Nebel zieht Ethan in neue Bahnen. Mittlerweile findet er Gefallen an diese Form der Existenz. Zeit spielt keine Rolle mehr. Gegenstandslos geworden, ergibt er sich vollends in sein Schicksal. Als Teil vom Ganzen zieht er fortan seine Kreise, die ihn ins Irgendwo bringen werden.

⌘

Als Deborah sich umsieht, sitzt sie im Stützpunkt. Sie weiß nicht, wie sie hergekommen ist, noch was sie hier soll. Ein dunkler Fleck übertüncht die Erinnerung. Die Gewahrerin fühlt Unruhe aufsteigen. Etwas liegt in der Luft, die sie bald ausfüllt. Dem Instinkt folgend, verlässt sie geradewegs den Stützpunkt. Dann verschwindet sie mithilfe des Zeitgleiters fluchtartig von Uridräo.

Allein wird Deborah unmöglich das Geheimnis der zwielichtigen Atmane lösen können. Dazu benötigt sie sachlichen Rat. Und den kann ihr nur einer geben …

Zehn

Das Datum der Tageszeitung stimmt mit dem in ihrer Wahrnehmung überein. Und dennoch ist es nicht so wie immer. Nachdem Deborah wieder in ihrer Zeit auf der Erde gelandet war, suchte sie Waylon auf. Hausnummer und Grundstück waren richtig, nur der angeschlagene Name der Bewohner verriet ihr das Gegenteil. Auf Nachfrage kannte keiner in der Straße einen Waylon Latham. Der hätte nie hier gelebt, sie müsse sich irren. Es war wie ein Schlag ins Gesicht. Direkt im Anschluss begab die sich zu Olivia McGowan, deren Adresse sie noch im Kopf hat. Das Haus war zwar da, aber auch hier Fehlanzeige. Auf Deborahs Klingeln hin öffnete eine Frau Mitte Dreißig. Nein, eine Mrs McGowan sei hier nicht wohnhaft und ebenfalls nicht bekannt. Unverrichteter Dinge verließ sie enttäuscht und mit hängendem Kopf den Ort.

Lang ist sie umhergeirrt. Waylon Latham gibt es nicht! Ausgelöscht aus dieser Realität. Getilgt aus dem Leben. Wie ist das möglich? Hat sie etwas übersehen, sich geirrt? Ein Zeitungsstand verschafft Klarheit. Deborah überfliegt die Schlagzeilen, die ein ihr nur allzu bekanntes Bild der Weltlage bestätigen. Zweifellos ist das die Gegenwart, der sie entstammt – und doch eine andere …

Ziellos geht sie umher; im Kopf nimmt eine erschreckende Leere zu, die sich wie Watte anfühlt. Umgebungsgeräusche erreichen sie nur dumpf.

Am späten Nachmittag betritt Deborah Sheffield erschöpft ihre Wohnung. Schleppenden Schrittes schafft sie es bis ins Bett, lässt sich fallen und schläft auf der Stelle ein. Mitten in der Nacht fährt sie auf. Ihr Atem geht hastig. Benommen braucht sie mehrere Minuten um sich zurechtzufinden. Nachdem sie realisiert, was ganz offensichtlich, bemerkt sie den knurrenden Magen. Widerwillig geht Deborah in die Küche.

»Scheiß Alptraum«, entfährt es ihr. Unbewusst sucht ihr Unterbewusstsein nach einer schlüssigen Erklärung. Auch der heiße Tee, den sie kurz darauf schlürft, hilft nicht weiter. Richtig zur Besinnung kommt sie erst, als sie ins frisch getoastete Brot beißt.

Fortan spukt Deborah unentwegt der Name *Latham* durch den Kopf. *Wieso erinnere ich mich?* So sehr sie darüber auch nachsinnt, gelingt es ihr nicht, ein passendes Gesicht im Geiste zu projizieren. Dort prangen nur die Lettern: L-A-T-H-A-M; wie eine Mahnung, wie ihr scheint. Doch wovor? Hat sie etwas vergessen, oder versäumt zu tun, was sie hätte tun sollen?

Genervt springt sie auf, wobei der Schwung auf dem Stuhl übertragen wird, der nun laut auf die Bodenfliesen aufschlägt. Laut fluchend hebt ihn Deborah auf und stellt ihn nicht gerade sanft an seinem Platz.

»Verdammt!«, zischt sie. *»Shit!«*

Aus der Nachbarwohnung dringt ein derber Ruf nach Ruhe, mit einer eindeutigen Zweideutigkeit unterster Schublade. Deborah erhebt drohend den Mittelfinger und formt mit den Lippen ein stummes *»Fuck you«.*

Es ist nach ein Uhr nachts. Hellwach und keinen Appetit mehr, geht sie joggen, und hofft, an der frischen Nachtluft wieder einen klaren Kopf zu bekommen …

⌘

Am darauffolgenden Tag findet sie im Präsidium Zeit für Recherchen. Nirgends ist ein Latham verzeichnet. In der angrenzenden Grafschaft, etwa zwei Autostunden entfernt, lebt eine Dame, die eine geborene Latham ist. Die will Deborah nach Dienstschluss aufsuchen. Besser natürlich wäre es, zum Vier-Uhr-Tee bei der Dame zu sein, am besten mit Konfitüre.

Unter einem Vorwand verlässt sie zur gegebenen Zeit das Präsidium, mietet einen Wagen und fährt los. Während der Fahrt kommen Deborah unzählige Dinge in den Kopf. Manchmal beschleicht sie ein Verdacht, der wiederum zu vage ist, als ernsthaft diesen Strang des Fadens zu verfolgen. Dass sie bis gestern ein anderes Leben geführt hat, kommt ihr nicht in den Sinn. Ganz offensichtlich hat sie es verdrängt und nicht einmal ansatzweise beschleichen sie Zweifel.

Etwas über die veranschlagte Zeit kommt Deborah an. Ihr öffnet eine ältere, wohl situierte Dame, der dieses Prädikat zweifelsohne zusteht. Nach ein paar erklärenden Worten lässt Mrs Latham die Polizistin eintreten. Sie hätte Glück, so die Dame. Erst vor wenigen Minuten wäre sie von einer längeren Reise heimgekehrt. Deborah möge die Unordnung doch entschuldigen, aber die Zeit …

»Kein Problem«, versichert die Polizistin.

»Was kann ich denn für Sie tun?«

Deborah sucht nach den passenden Worten. »Ich bin auf der Suche nach einem Mann, weil er … weil er mir mal das Leben rettete. Leider habe ich seine Adresse nicht mehr …«

Mrs Latham nickt. »Verstehe. Aber hier werden sie ihn nicht finden, mein Kind.«

»Ich habe nur seinen Namen. Waylon Latham.«

Die Dame sieht Deborah lang in die Augen. Dann erwidert sie gedehnt und leise: »Waylon … Mein Gott … wie lang habe ich … diesen Namen nicht mehr gehört …« Ihr Gesichtsausdruck wirkt verändert, ihre Augen sehen durch Deborah hindurch in eine weit zurückliegenden Ferne.

»Sie kennen Waylon?« Hoffnung glimmt auf; ein vager, irreführender Schimmer.

»Ja …« Die adrette Dame ist sichtlich dem Hier entrückt.

Deborah muss sich zusammenreißen, um keinen etwaigen dilettantischen Eindruck zu hinterlassen. Mehrfach beißt sie sich auf die Zunge.

»Waylon …« Ehrfürchtig haucht Mrs Latham den Namen aus. Was wohl gerade in ihrem Kopf vorgehen mag? Ihre Züge sind eigenartig entspannt. Dann zuckt es kurz in ihren Augen. »Entschuldigen Sie … Erinnerungen … sie kommen immer zum ungünstigsten Zeitpunkt …«

Auch Deborah lächelt. Ob sie *jetzt* nachbohren sollte? Im Augenblick unterlässt sie es. Die Unterhaltung stockt und droht im Schweigen zu ersticken.

»Rückblenden führen uns zu den Wurzeln«, beginnt Mrs Latham unerwartet und leise zu sprechen, »die wir längst vergessen oder verdrängt haben.« Ein tiefer Seufzer unterstreicht diesen ausgesprochenen Gedanken. »Es ist ein Ausdruck von emotionsträchtiger Hinterlassenschaft früherer, naiver Jahre. Und manchmal auch schmerzbeladen.«

Deborah kommt nicht umhin, dem zuzustimmen. Nachdenklich schweigt sie.

»Ich habe einmal jemanden gekannt, der Waylon hieß. Es ist so lange her, dass es nicht einmal mehr wahr ist. Er ist einfach über Nacht verschwunden … Einfach so … Mutter war sehr, sehr traurig. Verdammt lang her …« Sie macht eine Pause. Dann fährt sie mit normaler, aber irgendwie anders gefärbten Stimme fort: »Ich hab ihn dafür gehasst! Er hat uns wehgetan! *Sein* Glück, dass er nie wieder gekommen ist …«

Die Polizistin erschrickt. War bis eben Mrs Lathams Miene weich und zart, ist sie nun verhärtet. In welch ein Wespennest hat Deborah da nur hineingestochen?

»Lebt er noch?«

»Nein. Das heißt, ich kann es nicht mit Bestimmtheit sagen. Waylon war damals drei Jahre.«

Mrs Latham unterbricht die Unterhaltung und setzt Tee auf. Offenbar ist das Thema für sie – wie man so schön sagt – durch. Nach zehn Minuten kommt sie, mit einem dampfenden, würzig duftenden Aroma verbreitenden Kanne Tee und zwei goldverzierten Tassen wieder, und knüpft, zu Deborahs Überraschung, genau dort an, wo sie aufgehört hat.

»Es ist nicht einfach für mich, müssen Sie wissen«, sagt sie und schenkt ein.

»Tut mir leid, wenn ich …«

»Muss es nicht, Kind!«, beeilt sich Mrs Latham ihr zu versichern. »Es kommt nur nicht alle Tage vor, dass sich jemand nach meinem Bruder erkundigt.«

Deborah schluckt. Das war es, was sie hat die ganze Zeit unbewusst beschäftigt hat! Spätestens seit das Wort ›Mutter‹ gefallen ist.

»Und das nach«, sie denkt kurz nach, »sechzig Jahren …«

Erneut schluckt Deborah hart. Der Klos im Hals will einfach nicht weichen. Reflexartig räuspert sie sich.

»Ihr Bruder«, wiederholt sie mit belegter Stimme. Ein wenig ungeschickt trinkt Deborah einen Schluck, bedenkt allerdings nicht, wie heiß der Tee ist.

»Er war zwei Jahre jünger. Ich hatte damals große Angst. Angst um Waylon, Angst, dass auch ich eines Tages verschwinde. Ich hatte Alpträume. Jeder Fremde war eine potentielle Gefahr. Ich brauchte lang, bis ich diese Angst ablegen konnte.« Mrs Latham schlürft an der Tasse. »Mutter schwieg dazu. Erst kurz vor ihrem Tode erwähnte sie etwas, was mich erschüttert hat.«

Die nun folgende Pause empfindet Deborah als kleine Ewigkeit. Sie brennt regelrecht darauf, dass Mrs Latham endlich weiterspricht. Doch die Dame lässt sich nicht aus der Ruhe bringen. Die Polizistin rechnet ihr hoch an, überhaupt dieses Gespräch führen zu dürfen.

»Da erfuhr ich wenigstens ein Stück Wahrheit. Es war weder eine Entführung noch irgendein anderes Verbrechen.«

Deborah runzelt nachdenklich die Stirn. »Sondern?«, fragt sie automatisch, bereut aber sofort ihren ungeduldigen Vorstoß.

»Mutter vertraute Waylon *seinem* Vater an …«

⌘

Weit ab von jeglicher Zivilisation in einem der trockensten Gebiete der Erde, ereignet sich zur selben Zeit etwas Unglaubliches. Ein nicht von dieser Welt stammendes Strudel-Gebilde erscheint in Nähe der sandigen, zerklüfteten Hochebene. Kleine wendige Tiere fühlen sich gestört; im Schutz der unterirdischen Tunnel warten sie das nun Kommende ab. Etlichen Naturereignissen ausgeliefert, ziehen die Tiere sich hierher zurück und sichern ihren Fortbestand. Das gesamte Gebiet wird in Aufruhr versetzt. Wären da nicht die elektromagnetischen Entladungen mit einem bedrohlichen Zischen, die nicht selten fauchend in den Sand einschlagen und wiederum seltsame Sandformen hinterlassen, gäbe es nur unnatürliche Stille, in der selbst der Wind schweigt.

Der mächtig anwachsende Strudel nimmt gigantische, apokalyptische Ausmaße an. Dort, wo am Tag erbarmungslos die Sonne brennt, setzt nun grauschwarze Dämmerung ein, die von den Blitzen grell und gespenstisch erhellt werden. Mit zunehmender Dunkelheit wirkt das Terrain diffus unrealistisch fremd.

Wie schon vor langer Zeit entsteht ein wabernder Kreis, der nur göttlichen Ursprungs sein kann. Und tatsächlich kommt inmitten der freigesetzten Gewalt ein unnatürliches Ding zum Vorschein.

Elf

Fünfzehn Jahre vorher, Vereinigtes Königreich.

Großmutter findet Ethan Stunden darauf regungslos und in verrenkter Haltung. Sie befürchtet das Schlimmste und ruft einen Krankenwagen. Der Junge ist nicht ansprechbar, Puls und Atmung sind flach. Nur wenige Minuten nach dem Eintreffen der Sanitäter, jagt der Transporter mit Sirenengeheul davon.

Mehr als zweiundsiebzig Stunden bleibt Ethan im Koma. Die Ursache hierfür bleibt ein medizinisches Rätsel. Fremdverschulden schließen die Ärzte aus, innere Verletzungen hat er keine und die Blutwerte sind normal. Ethans Zustand gilt als kritisch, aber stabil. Großmutter wacht unermüdlich am Krankenbett. Am dritten Tag dann geschieht etwas Merkwürdiges. Ein nebliger Schleier legt sich um den Körper des Jungen. Plötzlich beginnt der Oszillograph wie wild auszuschlagen. Sofort eilen Schwestern herbei, kontrollieren die Vitalwerte. Eine Krankenschwester zieht kurz aufschreiend ruckartig ihre Hand zurück.

»Ich habe einen Schlag bekommen«, erklärt sie fassungslos.

Niemand will ihr so richtig glauben, schon gar nicht Ethans Großmutter. Dennoch wagt keiner der Anwesenden den Jungen zu nahe zu kommen.

Die Monitore zeigen steigende Werte an. Der Schleier verändert die Farbe und beginnt eigentümlich zu glimmen. Einige Herzschläge darauf erfolgt ein ohrenbetäubender Lärm.

⌘

Fremde Geräusche umsäuseln Ethan. Noch immer hält der Allnebel ihn gefangen. War der bis jetzt relativ durchlässig, wird er nun dunkler und undurchlässiger. Ethan braucht eine Weile, bis er realisiert, dass es sich um Staub handelt. Feine Partikel glitzern hin und wieder auf. Ein unendliches Glücksgefühl, mit einhergehenden tiefen Friedens, erfüllt ihn. Doch bereits allzu bald verschwindet das Hochgefühl. Ein heftiger Sog erfasst Ethans

Energien. Mit rasanter Geschwindigkeit wird er dem Staubnebel entrissen. Sterne rasen vorüber, ein Galaxiehaufen kommt blitzschnell näher, die er in Windeseile durcheilt. Kurzzeitig wird die Fahrt durchs Vakuum abgebremst, doch Millisekunden darauf wieder ums Vielfache beschleunigt. Von der Geschwindigkeit ist fast nichts zu merken, bis auf die langgezogenen Lichtstreifen an allen Seiten, die von seiner Perspektive aus einen seltenen Anblick gewähren.

Nach Durchkreuzung der immensen Galaxie liegt vor Ethan nur noch Leere. In diesem Teil gibt es weder Atome, dunkle Energie noch irgendwelche Rest-Strahlung aus den Anfängen des Universums. Der Bereich ist ein von Menschen genannter *Void*, indem völliges Nichts herrscht. Mehrere Lichtjahre umfasst dieses Loch, die Ethan in wenigen Minuten durchquert. Und dann ist eine Galaxie erreicht, die er sehr gut kennt; es ist sein Heimatgestirn.

Mit einem Aufblitzen geht die Reise zu Ende. Im Anschluss ist Ethan in totale Dunkelheit gehüllt, in der nichts zu sehen, noch zu fühlen ist. Was Ethan überrascht ist die Tatsache, dass er sich plötzlich in vertrauter Umgebung der Atmane wiederfindet.

⌘

Atmanicum, Existenzort der Atmane.

Die Wesenheit ist im Archivtempel und kontrolliert das Kugelgebilde, die das zu erwählende Leben auf der Erde beinhaltet. Wieder und wieder betrachtet sie die Vorschau. Keine der eingetroffenen Situationen werden gezeigt. Warum also gab es derartig abnormale Abweichungen? Hat die Selbstkontrolleinheit versagt? Jede Lebenskugel besitzt eine Art Schutzmechanismus, um jedwede Änderung von außen zu unterbinden. Bei der hier ist offenbar dieser Schutzmechanismus empfindlich gestört. So sehr die Wesenheit auch sucht, kein Fehler ist zu finden.

Gedankenvoll dreht die Wesenheit die Kugel in alle Richtungen. Die feinen Energielinien überziehen die Lebenskugel, wie ein engmaschiges Netz. Ein Punkt des Netzes sticht auffallen heraus, der aussieht, wie eine verlängerte *Synapse* eines Gehirnes. Vergleicht man alle *Synapsen* miteinander, fällt schon bei der direkt daneben befindlichen eine Unregelmäßigkeit auf; die Größe weicht deutlich ab und ist bedeutend kleiner.

Die Wesenheit überprüft die Selbstkontrolleinheit der Kugel. Hierfür wird das Netz energielos gemacht, was einem Neustart eines Computers gleichkommt. Ganz genau beobachtet die Wesenheit dabei die *Synapse*. Als das Energienetz besagten Knotenpunkt erreicht, bläht sich dieser sichtbar auf und überstrahlt das Geflecht grell. Quälend langsam wird der Energiepunkt regeneriert. Da geschieht gleichzeitig und für die Wesenheit unvorhersehbar das, was vor sieben Erdenjahren hätte geschehen sollen …

⌘

Vereinigtes Königreich, früher Samstagmorgen.

Beim ersten Hahnenschrei ist Ethan wach. Voller Erwarten springt er aus dem Bett. Was für ein Alptraum, den der Hahn unterbrochen hat! Er sieht sich um. Ja, es ist sein Zimmer. Beruhigt schlüpft er in seine Hose und streift das T-Shirt über. So einen Alptraum hatte er noch nie. Überhaupt waren bisherige Träume nicht so – nicht so realistisch! Ethan hat geglaubt, alles *wirklich* zu durchleben. Aber es ist nicht so gewesen.

Heute wird ein schöner Tag! Die ganze Woche freut er sich auf den gemeinsamen Ausflug. Rasch geht er in die Küche. Ethan setzt Teewasser auf. Mutter liebt Tee. Ein Grund, ihr eine Freude zu machen. Die Sonne scheint und die Vögel zwitschern lebenslustig. Schon nach ein paar Handgriffen verliert der Traum an Schrecken und Intensität; angesichts der Vorfreude verblassen kontinuierlich die geträumten Bilder und Gefühle.

Zwanzig Minuten darauf staunt Megan nicht schlecht, als sie

den gedeckten Frühstückstisch sieht und in die strahlenden Augen ihres Sohnes blickt. Auch sie empfindet jedes Mal Dankbarkeit. Es grenzt schon an ein Wunder, ihn munter und gesund zu sehen.

»Gehen wir gleich los, Mum?«

»Hast du es aber eilig«, antwortet sie lächelnd. »Hast du deswegen alles so schön vorbereitet?«

Ethan beeilt sich mit dem Kopfschütteln. »Ich wollte nur, dass du dich freust.«

»Keine Hintergedanken?«

Wieder heftiges Kopfschütteln.

»Kein einziger – klitzekleiner Gedanke?«

Ethan senkt verlegen den Kopf. »Vielleicht ein ganz, ganz kleiner … Aber der gilt nicht, weil der so richtig klein ist!«

»Okay. Dann warten wir eben nicht auf Tante Lilly und gehen gleich los, wenn du es so eilig hast.«

Ethan schaut auf. »Tante Lilly kommt mit?«, fragt er mit einem freudigen Lachen.

»Wollte sie, ja. Aber sie kommt erst gegen neun.«

»Kein Problem, Mum. Dann warten wir.«

Megan macht ein ernstes Gesicht, als könne sie es nicht glauben. »Wirklich?«

Die Antwort erfolgt prompt mit einem ebenso heftigen Nicken.

Pünktlich trifft Megans Schwester ein. Ethan hat einen Narren an Lilly gefressen. Wenn es Sachen zu bereden gibt, die nicht für Mum geeignet sind, geht er zu seiner Tante. Sie versteht ihn, hat stets ein offenes Ohr und ihr gelingt der Spagat, sich nicht in Megans Erziehung einzumischen. Lilly ist so für beide eine Vertraute.

Am Nachmittag wird der Park voller. Menschen strömen herein, die meisten davon sind Kinder aller Altersgruppen. Ausgelassene Stimmung, wohin man schaut, und von überallher erschallt erfrischendes Lachen. An einem Stand hat Megan eine Kleinigkeit zu Essen und Trinken besorgt.

Ethan beobachtet andere Kinder, die vergnügt und ausgelassen den Tag genießen. Etwas scheu schaut er auf die Väter. Seinen Dad kennt Ethan nicht. Kommt die Rede darauf, so erwidert er immer, er habe keinen. Mum spricht nie darüber und er selbst sieht keine Veranlassung dazu. Doch manchmal – so wie jetzt – merkt er, wie etwas in ihm nagt. Und dann wird Ethan ganz still.

In einigen Metern Entfernung steht ein hochgewachsener Mann mit einer Zigarette in der Hand und sieht zu ihnen herüber. Besonders fällt Ethan dessen langes, ungewöhnlich hagere Gesicht auf, dessen eingefallene Wangen ihn Angst machen. Das Aussehen des Mannes und dessen scharfer, stechender Blick hinterlassen in Ethan einen mulmigen Eindruck. Ein eisiger Schauer jagt über seinen Rücken.

»Schmeckt 's?«

Nachdem Ethan nicht reagiert, stupst ihn Lilly einfach lässig an. Darüber erschrickt er und lässt beinahe das Essen fallen.

»Hey! Erde an Ethan!«

Sein Herz pocht wild und er atmet heftig. Eine Weile braucht er, bis er begreift, dass Tante Lilly etwas von ihm will. Verstört erwidert er ihren Blick.

»Hast du was? Ist alles okay?«

Ethan antwortet nicht. Stattdessen sucht er nach dem fremden Mann. Doch die Stelle, an der er stand, ist leer.

»Ethan!«

Wieder fährt er erregt herum.

»Was ist los? Komm, sag schon!«

Im Bruchteil eines Augenblicks entschließt er sich, lieber zu schweigen. Es tut Lilly beinahe weh, als er so vehement den Kopf schüttelt; sie verzieht ein wenig das Gesicht und fasst sich an den Hals.

»Das macht er jetzt häufig«, flüstert Megan der Schwester zu. »Ist irgendwie zu einer Eigenart geworden.«

»Meinst du, das hat eine Bedeutung?«

Megan hebt die Schultern.

»Oft ist er einfach nur still und starrt Löcher in die Luft. Würde gern wissen, was in sein Köpfchen so vor geht …«

Als sei dies ein Stichwort, sehen die Frauen gleichzeitig in Ethans Richtung. Der wiederum sucht aufgeregt nach dem schmalgesichtigen Mann. Nirgends kann er ihn ausmachen. Und genau das bereitet ihn unterschwellig Sorgen.

»Kann ich ein bisschen rumgehen, Mum?«

»Aber lauf nicht zu weit, Ethan. Wir warten hier auf dich.«

Ethan hört seine Mum schon gar nicht mehr, so beseelt ihn der Gedanke, den Fremden ausfindig zu machen. Anfangs achtet er noch halbherzig darauf, in Sichtweite zu bleiben. Doch je länger Ethan Ausschau hält, umso weiter entfernt er sich. Bald sind die zwei Frauen, die sich angeregt unterhalten, nicht mehr zu sehen. Dafür glaubt Ethan eine Spur gefunden zu haben. Allerdings keine physische. Auch wenn er es nicht erklären kann, fühlt Ethan, dass der Fremde nicht weit ist. Es ist wie eine Eingebung, Intuition oder wie man es sonst benennen kann. Nicht greif-, dafür aber fühlbar.

Ethans Aufmerksamkeit wächst, ebenso die aufkeimende Angst. Nicht vor dem Typen, eher vor das, was der verkörpert. Und als hätte er es heraufbeschworen, stand der von Ethan Verfolgte unerwartet vor ihn.

»Hello Boy«, grüßt der Fremde den Jungen. »Alles gut?«

Vor Schreck ist Ethan zu einer Entgegnung unfähig. Erstarrt bleibt er auf der Stelle stehen.

»Du weißt, dass du mich kennst?«

Kaum merklich nickt Ethan.

»Ich habe dich gesucht«, fährt der Fremde unbeirrt fort. Und nach einer geraumen Weile fügt er murrend hinzu: »Du hättest nie den Verlaufsknotenpunkt reparieren dürfen …«

Zwölf

Gegenwart, Vereinigtes Königreich.

Die Welt ist aus den Fugen geraten. Krieg und Gewalt stehen auf der Tagesordnung. Gegengewalt heizt die Konflikte zusätzlich an, verschärft sie, macht einen Entspannungsprozess unmöglich. Jeden Tag sterben irgendwo auf der Welt Menschen. In den Krisengebieten herrscht Hungersnot. Vertreibung und sogenannte ethnische Säuberungen sind die Folge einer jahrzehntelangen verfehlten Politik. Humanitäre Katastrophen sind die Folge. Hinzu zeigt schrecklicher Terror seine blutige Fratze. Angst macht sich breit. Es kommt zur größten Völkerwanderung der modernen Welt.

Die Nachrichten überschlagen sich. Deborah schwirrt der Schädel von alldem Hickhack in der Weltpolitik. Aufgewühlt und mit einem gärenden Gefühl von Unsicherheit, schaltet sie das Gerät ab; sie hat andere Probleme. Dass die Welt wieder einmal verrücktspielt, ist kein Geheimnis; dies war immer so und wird auch immer so bleiben. Trotzdem wird Deborah flau zumute. Ein winziger Funke genügt, um einen Weltenbrand hervorzurufen! *Haben wir denn überhaupt nichts dazu gelernt?*

Auch früher gab es Situationen, in denen Zukunftsängste eher hemmten. Scheinbar gehört das dazu, dass jede Generation damit einmal in Berührung kommt. Und dieses Mal wird allzu offensichtlich, wie wacklig das Fundament doch ist, auf welche die moderne Zivilisation aufgebaut ist …

Denkt Deborah weiter darüber nach, wird sie wütend. Sie kommt sich diesbezüglich ziemlich alleingelassen und hilflos vor. So sinnlos auch alles erscheinen mag, kann sie mit der ihr eigenen Kraft nichts dagegensetzen. Frustrierend das alles!

Zeit, sich um Wichtigeres zu kümmern! Energisch steht sie auf. Was macht sie eigentlich noch hier? Seit Tagen jagt Deborah einem Phantom hinterher, das es nicht gibt, obwohl Waylon Latham in dieser Zeit lebt! Jedenfalls bisher … Was ist passiert?

Und vor allem: *Wann*?

Es ist spät geworden. Deborah ist müde vor lauter grübeln. Sie gähnt lautstark, löscht das Licht und geht ins Bett. Dann beginnt sie sich hin und her zu wälzen. Alle paar Minuten wechselt sie die Liegeposition. Durch das Fenster schimmert das Licht eines Wagens herein, wirft einen wandernden Schatten an die Wände. Eine Autotür klappt auf. Das Geräusch von Schuhen auf Asphalt wird laut. Die Wagentür wird zugeschlagen. Schritte entfernen sich.

In der nun einsetzenden Stille macht Deborah im Schlaf hastige, fahrige Bewegungen, wirft dabei unkontrolliert den Kopf herum. Für Sekunden kehrt absolute Stille ein; nicht einmal ihr Atmen ist zu hören. Auch auf der Straße ist es ruhig. Kein Windhauch geht, kein Motorenlärm. Nirgends brennt ein Licht. Eine Wolke hat sich vor den Mond geschoben, was die Nacht augenblicklich diffus-geheimnisvoll macht. Obwohl des nachts für menschliche Augen kaum Details erkennbar sind, gibt es auffällige Nuancen. Da ist zum Beispiel eine Katze, die im Schutze der Dunkelheit auf Jagd geht. Das Tier ist graziös und geschmeidig unterwegs, und nur wegen seiner dezenten Bewegungen zu sehen. Da sich allerdings niemand auf der Straße befindet, ist die Katze ungestört. Ein wenig scheint es, die Zeit sei stehengeblieben.

Da sträubt die Katze das Fell und schiebt den Buckel auf. Leise faucht sie, obwohl eigentlich keine unmittelbare Gefahr besteht. Katzen haben ein ausgeprägtes Gespür für nahende Veränderungen. Und eine Veränderung wird es gleich geben …

Unbeobachtet von anderen materialisiert eine menschenähnliche Gestalt, deren Konturen sich jedoch sogleich wieder auflösen. Nur die Katze weiß um die Ankunft des Wesens; sie drückt sich in eine Fuge und verhält sich still. Gleich darauf wird der Vorgang wiederholt und eine weitere Gestalt für einen Wimpernschlag sichtbar.

‹Wir sind da›, schwirrt eine Energieschwingung durch die

Atmosphäre in Richtung des anderen Ankömmlings. Bei den beiden handelt es sich um Transfer-Hüter der Wesenheiten.

‹Der Raum stimmt, doch was ist mit der Zeit?›, erwidert der Zweite per Gedankenübertragung.

‹Finden wir es heraus!›

Erneut flimmern Luftmoleküle. Die Katze nutzt die Zeit, um zu entschwinden; denn obwohl auch sie nicht das Geringste erblickt, spürt das Tier die Anwesenheit zweier Energiewesen. Kaum ist sie auf Samtpfoten der Situation entschlüpft, ist die Umgebung erfüllt von wiederholter Molekülbewegung. Aus dem seltsamen Flirren schält sich eine Kontur, eines nicht von dieser Welt entstammenden Gebilde heraus, dessen glänzende Oberfläche wiederum nur Bruchteile einer Millisekunde zu sehen sind. Doch dies reicht aus, um eine Ahnung ihres Ausmaßes zu erhaschen.

‹Analysator startbereit›, denkt die eine Wesenheit. Sogleich wird die Luft von einem Vibrationsbrummen erschüttert, das sich wellenartig ausbreitet. Einige Fensterscheiben nehmen den Schall auf.

‹Anpassung der Signaturabtastung – jetzt!›

Die einsetzende Stille macht dem Spuk ein abruptes Ende. Mithilfe der Apparatur, die die Zeit nach typischen Signaturen absucht und vergleicht, können kleinste Abweichungen in der Gegenwart aufgespürt werden. Hinzu kommen die Identifikationssignaturen jedes Atmanen, die jede Wesenheit besitzt und sie eindeutig identifiziert. Das Verfahren ist sicher und nicht manipulierbar.

‹Zeit als korrekt eingestuft›, denkt die den Apparat bedienende Wesenheit.

‹Gut›, entgegnet die Andere. ‹Finden wir, weshalb wir gekommen sind!›

Die Transfer-Hüter lassen den Analysator verschwinden.

‹Wie ist der Name der Zielperson?›

‹Sheffield.›

Von den Vorkommnissen auf der Straße hat Deborah nichts mitbekommen. In der REM-Phase ihres unruhigen Schlafes träumt sie ebenso unruhig und wirr, was sich in unkontrollierten Bewegungen widerspiegelt. Manchmal stöhnt sie auf, dann ist sie wieder seltsam ruhig. Doch plötzlich fährt sie empor, die Augen weit aufgerissen. Irgendetwas passt nicht! Hat es was mit dem Traum zu tun? Laut klopfenden Herzens und verschwitzt folgt Deborah den inneren Drang aufzustehen. Gegen ihre Gewohnheit streift sie sich den Jogginganzug über, schnappt sich die seit Tagen gepackte Tasche und verlässt eilig die Wohnung. Noch einmal bleibt sie stehen, lauscht in die Dunkelheit. Nichts Auffälliges, und doch spürt Deborah eine undefinierbare Unruhe aufsteigen. Wenige Momente darauf ist sie in einem Seitenweg verschwunden.

Keinen Augenblick zu früh, denn kaum das Deborah in den Weg abgebogen ist, betreten die Hüter auf unkonventionelle Weise die Wohnung. Es ist fraglich, ob Deborah sie überhaupt wahrgenommen hätte, sofern sie in der Wohnung geblieben wäre, denn die Wesenheiten können von hiesigen Lebensformen nicht gesehen werden. Allerdings besitzt die Gewahrerin den Lichtwellen-Wandler, der schon im Theater sichtbar machte, was bis dahin unsichtbar war.

Eines der Energiewesen denkt für das Andere klar vernehmbar: ‹Nicht hier!› Der Mensch mit Namen Sheffield ist nicht vor Ort.

‹Das Wesen ist entwischt. Luftwiederstandskorridor klar erkennbar.›

‹Signatur speichern. Weit kommt es nicht.›

Die Wesenheiten folgen Deborahs *Spur*, die sie hinterlassen hat, ohne dies zu ahnen. Die Erdatmosphäre besteht aus mehreren Gasen, die bei geringsten Bewegungen aufgewirbelt werden und ein bestimmtes, unverkennbares Muster hinterlassen, das nur allmählich verschwindet. Schwieriger wird es bei stärkeren Winden, die das gesamte atmosphärische Konstrukt verwirbeln.

Sieht man die Luft als eine Art Ozean, auf dessen Grund sich die Landwesen fortbewegen, sind für die Hüter die Wirbel eindeutig identifizierbar, ebenso wie für einen Taucher die Strömungen des Wassers deutlich erkennbar sind.

In kürzester Zeit haben sie den Weg erreicht, den Deborah genommen hat. Die Transfer-*Hüter* beschleunigen, führt der Korridor doch geradewegs in einen unbewohnten Waldabschnitt. Es währt nicht lang und die Flüchtige ist erkannt.

Deborah hat plötzlich das Gefühl, nicht mehr allein zu sein. Im Rücken spürt sie auf sie gerichtete, bohrende Blicke. Dem Verlangen trotzend, beschleunigt sie umgehend ihre Schrittfrequenz, ohne zurück zu blicken. Die Nackenhaare richten sich auf, ein kalter Schauer jagt ihr über den Körper. Hastig greift sie in die Tasche und findet, was sie sucht – den Fernauslöser des Zeitgleiters. Gleich hat sie ihn erreicht. Geistesgegenwärtig wägt Deborah weitere Schritte ab. Es muss schnell gehen. In Gedanken zählt sie die verbleibenden Sekunden, bis der ›Raum-Zeit-Gleiter‹ in Sichtweite kommt.

Da Gehirnströme generell messbar sind, empfangen die Hüter natürlich ebenfalls diese Information, allerdings mit Verzögerung. Auch die Wesenheiten beschleunigen drastisch ihr Vorwärtskommen.

Die Gewahrerin sprintet, sämtliche Sehnen und Muskeln extrem angespannt, augenblicklich los. Vier Sekunden später materialisiert der Zeitgleiter in etwa fünfzig Metern Entfernung. Ihre unsichtbaren Verfolger sind für einen winzigen Moment irritiert und fallen zurück. Dies reicht Deborah. Die letzten Meter legt die athletisch-durchtrainierte Frau in Bestzeit zurück. Im Sprung gibt sie das Startsignal.

Hart schlägt sie auf, besitzt aber noch so viel Verstand, eine sichere Sitzposition einzunehmen. Während des folgenden Lidschlags verschwimmt die Umgebung. Im allerletzten Moment detoniert ein ungeheurer Energiefeuerball an der daraufhin leeren Stelle, an der soeben noch der Gleiter stand.

⌘

Mit brachialen Getöse rast der Wellengigant heran. Der ganze Untergrund bebt unter der nahenden Gewalt. Waylon reagiert nicht angesichts der drohenden Gefahr; er ist paralysiert, so wie eine Maus in den Fängen ihres Feindes hypnotisiert wird. Das Alarmsystem des ›RZG‹ ist für solche Notsituationen hervorragend gerüstet. Jedoch nützt das nichts, wenn der Bediener keine richtigen Schlüsse daraus zieht und Gegenmaßnahmen einleitet, die Leib und Leben sichern. Zumal der herrschende Lärm ohrenbetäubend ist und das akustische Alarmsignal der Glaskabine diesen nicht übertönt. Eine schier aussichtslose Lage, die unbeherrschbar scheint.

Unaufhaltsam schiebt sich der Wellenberg in die Höhe, wächst gigantisch zu einem Monstrum an, droht alles zu vernichten. Die Macht solch gebündelter Wassermassen ist verheerend und tödlich. Durch die Ausmaße ist es unmöglich, den genauen Aufprall abzuschätzen. Jederzeit erwartet Waylon das Unvermeidliche, in das er sich, seitdem er das Ungetüm erblickte, ergeben hat.

Waylons Lippen formen stumme Worte. Überraschenderweise ist er seltsam gelassen. Ein paar Sekunden noch, höchstens eine Minute, dann ist es soweit. Schrill tönt der Alarm des Gleiters. Doch der reißt Waylon nicht aus seiner Apathie. Dafür sorgt etwas Anderes …

Dreizehn

Vereinigtes Königreich, fünfzehn Jahre vorher.

»Wer bist du?«, fragt Ethan mit eigenartig fester Stimme.

Der Fremde lacht. »Du erkennst mich nicht?«

Beider Blicke treffen sich und halten einander stand. In Ethans Augen flackert etwas auf, was der Fremde wohl als eine Art Erkennen deutet.

»Du brauchst dich nicht zu verstellen«, sagt der schließlich blinzelnd. »Uns hört weder jemand zu, noch werden wir beachtet. Diese Welt ist schon seltsam, nicht wahr?«

Was meint der Mann damit?

»Wie bist du darauf gekommen? Keiner schaut sich das Netzt an. Warum hast du es getan?« Der schmalgesichtige Fremde holt eine neue Zigarette aus dem Päckchen heraus und entzündet sie. Ethan rümpft die Nase.

»Also? Warum?«

Der Junge zuckt die Schultern. *Was will der Mann von mir? Woher kennt der mich?*

»Du bist nicht gerade kooperativ«, stellt der Fremde zwischen zwei Zügen lakonisch fest. »Du wirst es hier schwer haben, glaub mir. Keine Freunde. Du bist bald ganz auf dich allein gestellt …«

»Woher willst du das wissen, Onkel? Ich hab meine Mum und Tante Lilly und Großmutter …«

»Sicher«, nickt der Mann mit ernster Miene. »Und der Osterhase bringt die Eier.«

Ethan runzelt die Stirn. Er versteht nicht, was das soll.

»Denk darüber nach, Ethan Mason! In drei Tagen sehen wir uns wieder!«

Des Fremden Worte klingen bedrohlich, worüber Ethan nachdenklich den Blick senkt. Als er wieder aufsieht, ist er allein. Irgendwie hat er damit gerechnet, aber jetzt staunt er. Seine Augen suchen die Gegend ab, doch der Fremde ist weg. Voller

Gedanken geht Ethan zurück. Mum und Tante Lilly sind noch immer in einem Gespräch vertieft und merken nicht, dass er wieder da ist.

Viel zu schnell vergeht der Tag und ehe sich Ethan versieht, liegt er im Bett. Die Schatten an der Wand beobachtend, die langsam und stetig wandern, denkt er an die eigenartige Begegnung. Zwei Szenen wechseln miteinander: Das schmale Gesicht und die Worte *In drei Tagen sehen wir uns wieder*! Dennoch ist Ethan weder beunruhigt noch verspürt er Furcht. Sein kindliches Gemüt findet es sogar spannend.

Wenige Atemzüge später schlummert er ein.

Am vorausgesagten Tag taucht der Schmalgesichtige tatsächlich nachmittags auf. Insgeheim hat es Ethan gehofft, verspricht der Fremde doch eine gewisse Abwechslung. Seine Mum allerdings darf davon nichts wissen, warnt sie ihm doch, mit Unbekannten in Kontakt zu treten. Hier, so sagt ihm sein Gefühl, könne er getrost eine Ausnahme machen. Erstens ist Ethan ziemlich schnell, wenn es darauf ankommt und zweitens glaubt der Junge nicht daran, sich irgendeiner Gefahr auszusetzen. Dennoch achtet Ethan darauf, einen gewissen Abstand einzuhalten.

»Willst du mir heute nicht die geschuldete Antwort geben?« Über das Gesicht des Fremden huscht ein flüchtiges Grinsen.

Ethan schüttelt den Kopf.

»Ist auch egal«, meint der Schmalgesichtige sichtlich enttäuscht. »Ist eh nicht mehr zu ändern …«

»Ich weiß nicht, was du meinst, Onkel.«

Die Augen des Fremden werden schmal. »Du hast … du hast keine Ahnung?«

Wieder schüttelt Ethan den Kopf. »Nein, Sir.«

Langsam begreifend nickt der Fremde.

»Wie heißt du, Onkel?«

»Ich heiße …«, er bricht ab und scheint zu überlegen. »Nenn mich Uncle Sam.«

»Etwa *der* Uncle Sam?« Ethan ist beeindruckt.

»Nein, nein«, lacht Uncle Sam. »Aber es sollte genügen.«

Der Junge zuckt mit den Schultern, als empfinde er es als nicht so wichtig, und blinzelt nun seinerseits.

»Erklärst du's mir?«, nimmt Ethan den Faden wieder auf.

»Du willst eine Geschichte hören?« Das Nicken ist eindeutig. »Na gut, mein Junge. Hast du Zeit …?«

⌘

Die Geschichte des Fremden wirkt viele Stunden nach. Sie verfolgt Ethan sogar in seine Träume, bestimmt für einige Zeit seine Gedanken. Es ist eine Geschichte, die sich in nichts ähnelt mit den Erzählungen seiner Mum. Ethan ist aufgewühlt, als fühle er, dass es nicht bloß *eine* Geschichte ist. Die Worte wählte der namenlose Fremde mit Bedacht. Einige davon erschließen sich den Jungen noch immer nicht.

In zwei oder drei Tagen will der Schmalgesichtige wiederkommen; so richtig konnte er es nicht sagen. An derselben Stelle, gleich hinter der alten, verkrüppelten Kiefer, hat Uncle Sam gemeint. Ethan ist schlau genug zu wissen, dass dies nicht sein richtiger Name ist. Aber darüber denkt der Junge nicht weiter nach. Vielmehr interessiert ihn, was Uncle Sam noch für phantastisch-abenteuerliche Geschichten kennt.

Die beiden folgende Tage verlaufen ohne besondere Vorkommnisse. Vormittags besucht Ethan die Schule, nachmittags streunt er durch den Garten. Das halbwegs von einer Wildhecke zugewachsene Loch im Zaun, das er zum heimlichen Verlassen des Geländes nutzt, um zu der alten Kiefer zu gelangen, ist unberührt. Unweit befindet sich eine alte, zerfallene Holzhütte, die vermutlich einmal als Wintergarten gedient hat, jedenfalls, wenn man die Glaskuppel in die Überlegung einbezieht. Nochmals schielt Ethan in Richtung seines *Geheimweges*. Da sich dort nichts tut, wendet er sich der Holzhütte zu. Dicke Äste wachsen aus dem Inneren heraus. Auf der Rückseite sieht Ethan den Stamm des Baumes, der sich gekrümmt weiter in die Höhe schlängelt.

Dass er nicht früher die Hütte gefunden hat, ist Ethan ein Rätsel. Aber Mum hat ihm ja verboten, soweit in den hinteren, verwilderten Gartenbereich zu gehen. *Hoffentlich erwischt sie mich nicht*, kommt es Ethan in den Sinn. Er sieht sich um. Das Buschwerk ist dicht und außerdem ist es hier zwielichtig dunkel; unmöglich von draußen Einzelheiten zu erkennen. Wenn er unnötige Geräusche vermeidet, ist es ein recht sicherer Ort.

Es dauert eine geschlagene Weile, bis es Ethan gelingt, in die Hütte hineinzugelangen. Seltsam, dass es keine Tür oder ähnlichen Zugang gibt. Darüber kann man sich wundern, wie der Junge findet, muss es aber nicht. Sofort überkommen ihn die absurdesten Einfälle, die nur zu einer Antwort führen: Die Hütte *soll* keiner betreten! So muss sie, folgt er dieser Logik, ein großes Geheimnis beherbergen; ein Geheimnis, was es jetzt zu lüften gilt!

Von der Idee beseelt, fiebert Ethan regelrecht vor Abenteuerlust. Sein Atem geht schneller. Er hat kalte, verschwitzte Hände. Deshalb kommt es dem Jungen nun auch so kalt und unwirtlich vor, dass er fröstelt. Er beachtet es nicht weiter. Vorsichtig setzt er einen Fuß vor. Der Untergrund ist trocken und eigentümlich weich. Nachdem er sicher ist, einen festen Stand gefunden zu haben, zieht er den anderen Fuß nach. Ethans Vorsicht mag übertrieben erscheinen, ist allerdings angesichts fehlenden Lichts nachvollziehbar. Es nützt alles nichts, wenn er es vermeiden will, sich in irgendeiner Form zu verletzen. Dann wäre es nur eine Frage der Zeit, dass Mum – und nicht nur sie! – ebenfalls die Hütte entdeckt. Das will Ethan aber aus egoistischen Gründen vermeiden. Wenn es etwas zu entdecken gibt, dann möchte er es sein!

Vom aufflammenden Ehrgeiz angespornt macht er einen

weiteren Schritt. Mittlerweile erkennt Ethan ein paar Einzelheiten mehr, wenn auch nur als plumpe Schattengebilde. Einer davon ist der Stamm des Baumes, dessen Form allein schon verräterisch genug ist. Dennoch atmet Ethan erleichtert auf, als seine Hände die feuchte Rinde berühren. Ein wenig zittrig lässt er sich darauf sinken. Auch der Stamm ist vom Moos überzogen. Eigentlich keine Überraschung, trotzdem verwunderlich, wo doch hier so gut wie kein Licht hereinscheint.

Etwa zwei Armeslängen entfernt ist die Oberfläche glatt. Ethan streicht darüber und ein wohliges Gefühl befällt ihn. Es erinnert an einen von Wasser rund geschliffenen Stein, nur um einiges wärmer. An einer Stelle schimmert es leicht. Neugierig beugt er sich tiefer. Keine Zweifel, im Holz ist etwas, was bei seitlichem Lichteinfall und Blickwinkel funkelt.

»Ein Schatz«, flüstert Ethan ehrerbietig.

Ohne Hilfsmittel kommt er nicht an das Eingeschlossene heran. Vom Material her ist es ebenso glatt wie der Stamm. Wenn er nur ein Werkzeug hätte! Überlegend durchsucht Ethan seine Hosentaschen. Meistens hat er immer etwas Spitzes einstecken, was er irgendwann, irgendwie in die Hände bekommen hat und glaubt, es mal gebrauchen zu können. Und wirklich: ein verrosteter Nagel gehört zu diesem Sammelsurium. Frohlockend grinsend macht er sich ans Werk.

Es erfordert unerhörten Kraftaufwand sowie Geschicklichkeit, die glatte Oberfläche anzukratzen. Nach mehreren Anläufen gelingt es, eine Kerbe neben den Einschluss einzuritzen. Geduldig fährt er fort und verfeinert die Kerbtechnik. Ist die Oberfläche erst einmal *geknackt*, kommt er schneller voran. Dennoch dauert es und Ethan ist sich sicher, einige Tage damit beschäftigt zu sein.

Nach einer empfundenen kleinen Ewigkeit macht Ethan verschwitzt eine Pause. Es ist verdammt anstrengend. Kräftesammelnd schaut er sich um. Gegenüber entdeckt er ein Regal, das dem Jungen erst jetzt auffällt. Die Zeit über in diesem fahlen

Zwielicht, sind die Augen mittlerweile daran gewöhnt. Auf den einzelnen Brettern, von denen mindestens eines vermorscht und angenagt ist, ist nichts zu finden, bis auf Schmutz und eine dicke Staubschicht. Das oberste Regalfach kann Ethan von seinem Stand aus nicht einsehen, vermutet jedoch im Schatten etwas.

Sein Gewicht werden die morschen Bretter bestimmt nicht aushalten. Was Ethan braucht ist ein Steigmittel, etwa einen Stuhl oder eine Leiter. Sorgsam verstaut er den verrosteten Nagel. Dann klettert er über den Baumstamm. Beinahe wäre er abgerutscht und auf der anderen Seite hingefallen, kann sich aber noch an einem überraschend flexiblen Ast festklammern. Als er ihn loslässt, peitscht der Ast sirrend in seine ursprüngliche Position zurück.

Hörbar atmet Ethan ein. *Nochmal Glück gehabt!* Auf dieser Seite des Raumes scheint durch die Ritzen Tageslicht herein und zerschneidet sichelartig die Dunkelheit. Staub liegt in der Luft, der durch seine Bewegungen ständig aufgewirbelt wird. Der Boden ist hier trockener, als auf der anderen Seite. Auch erzeugt jeder Schritt ein eigenwilliges, unheilvolles Knarren.

In der äußersten Ecke findet der Junge eine alte Kiste. Sie ist schwer und lässt sich nur mit unsäglicher Mühe über den Dielenboden zerren, was wiederum knarrenden Lärm verursacht. Irgendwo scharrt etwas, wird lauter, verschwindet dann fluchtartig. Ein Tier? Ethan steigt auf die Kiste. Der Deckel hält, auch wenn er etwas nachgibt. Langsam streckt sich Ethan hoch, bis er schließlich auf Zehenspitzen steht. Es reicht immer noch nicht; gerade einmal bis zur Brettunterkante kommt er heran. Doch Ethan gibt nicht auf, reckt sich noch ein paar Millimeter und streckt den Arm. Bedachtsam fühlt er den obersten Bretterboden ab.

Um die gesamte Breite erreichen zu können, muss Ethan die Kiste dreimal verschieben. Und dann finden seine Fingerkuppen doch etwas Spitzes. Wie sich herausstellt, ist es ein altes, stark angerostetes Halbmondmesser – ein altes Sattlerwerkzeug.

Daneben sind kleine Lederreste aufgeschichtet.

Zuerst erschließt sich Ethan die Sichel nicht, die vom Rost stumpf gefressen worden ist. Doch nachdem er ein paarmal über das unterste Brett schabt, findet er es als nützlich. Schließlich ist er sicher, dass sich nichts weiter da oben befindet und steigt endgültig von der Kiste herunter. Ethan ist enttäuscht. In solch einer Hütte hätte er sich mehr zu finden erhofft. So wie es aussieht, wird sie seit vielen Jahren nicht mehr genutzt. Vermutlich ist die Hütte einfach vergessen worden.

Schon wendet sich Ethan wieder dem Baumstamm zu, als ihm einfällt, auch die Kiste zu untersuchen. Zwei Scharniere neueren Datums sind angebracht und jeweils mit einem ebenfalls modernen Vorhängeschloss gesichert. Sosehr er auch rüttelt – die Verriegelung hält. Leise flucht er und tritt verärgert mit dem Fuß dagegen. Durch das mehrmalige Hin- und Herrücken und letztendlich den festen Fußtritt lösen sich einige verrostete Nägel. Während Ethan sich mit dem gefundenen Werkzeug näher befasst und die bereits vorhandenen Kerben erweitert, geschieht mit der Kiste etwas. Ethan hat dem Behältnis den Rücken zugewandt und ist vertieft in das Freilegen des glitzernden Einschlusses.

Er kommt schneller voran, als mit dem kleinen, unhandlichen Nagel; vor allem kann mehr Druck ausgeführt werden – ein Vorteil, hinsichtlich des schnelleren Vorankommens. Insgeheim jubelt Ethan schon und schwelgt in Vorfreude, endlich den Einschluss freizulegen. Die Neugierde ist stark und treibt zusätzlich an, eine hervorragende Motivation.

Trotzdem vermeidet es Ethan, dem Gebilde zu nahe zu kommen. Deshalb schabt er auch vorsichtiger, um tiefer ins Holz zu kommen. Der Stamm ist kerngesund. Dickflüssiges Harz verklebt die Klinge des Halbmondmessers und muss immer öfter gesäubert werden. Ethan wischt es anfangs an der Hose ab, später an der Borke. Alles in allem hält die Prozedur auf.

Ungeduldig wird der Junge ungeschickter. Sein Arm

schmerzt und wird schwer wie Blei, durch die andauernden Schläge. So steigt auch eine gewisse Aggression. Und dann rutscht er ab und berührt für einen Moment mit der Hand die bisher freigelegte Fläche. Das Material ist kalt und heiß zugleich und brennt höllisch. Wieder stößt Ethan einen Fluch aus, dieses Mal derber und lauter. Er zieht instinktiv die Hand weg und verbirgt sie hinter dem Rücken. Täuscht es oder funkelt das Material heller?

Plötzlich fühlt er sich unbehaglich. Ethan kann nicht genau sagen warum. Es ist allenfalls ein recht sonderbares Gefühl. Es kostet Überwindung weiterzumachen, beziehungsweise nicht Hals über Kopf die Hütte zu verlassen. Die Neugier ist stärker, als die unterschwellige Angst. Von der vermeintlichen Verbrennung merkt er nichts mehr.

Von dem *Glitzerding* im Stamm geht wirklich etwas Magisches aus. Sorgfältig schnitzt Ethan etwa in einen Fingerbreit Abstand das Holz weg, und je mehr er freilegt, umso schneller geht ihm die Arbeit von der Hand. Seine Wahrnehmung ist einseitig, beruht sie doch auf subjektive Erwartung. In Wahrheit hat Ethan längst den Bezug zur Realität verloren und darüber die Zeit vergessen. Der Fund ist eine ausgezeichnete Abwechslung und kommt seiner Abenteuerlust entgegen.

Als die Dämmerung hereinbricht ist sein Gesicht voller Schweiß und er außer Puste gekommen. Ethan sieht nachdenklich auf sein Werk. Also dauert es doch länger. Schlagartig wird ihm bewusst, dass er jetzt besser gehen sollte, wolle er nicht Mumms Zorn heraufbeschwören. Etwas überhastet übersteigt Ethan den Baumstamm und rutscht mit dem Fuß auf dem Moos aus. Dadurch das Gleichgewicht verlierend, stürzt er hintenüber und schlägt hart auf die Kiste auf. Laut birst das Holz unter seinem Gewicht.

Das wird eindeutig blaue Flecken geben! Er reibt sich den linken Oberschenkel und das Hinterteil mit finsteren Blick. Augenblicklich vertreibt der beginnende Schmerz seine gute

Laune. Er will nur noch hier raus! Lustlos besieht Ethan das angerichtete Debakel. Wenigstens würde es niemanden stören; ein kleiner Trost. Achtlos stochert er in den Resten der Holzkiste herum und erstarrt …

Ein etwa fußballgroßer Apparat ragt zwischen den Holzsplittern hervor. Sofort ist der Schmerz vergessen und neue Abenteuerlust entflammt. Was ist das? Zaghaft berührt Ethan das fußballähnliche Ding vorsichtig. Die Oberfläche ist matt-dunkel und wird von einem sich wiederholenden Muster überzogen. Seitlich gibt es eine mehreckige, unsymmetrische Aussparung. Ihm kommt der *Apparat* bekannt vor, doch er muss sich irren. In seinem Kopf schwirren Bilder herum, die genauso eine *Kugel* zeigen. Hat der Schmalgesichtige mit seinen Geschichten etwa Recht?

Fragen stürzen auf den Jungen ein; Fragen, die scheinbar jegliche Grundlage entbehren. Und noch etwas macht Ethan stutzig: Er fühlt eine Art Verbindung mit dem Kugelgebilde. Als bilde sie und er eine symbiotische Einheit. Was wiederum neue Fragen aufwirft. Wie kommt die Kugel hierher?

Alle Angst verfliegt. Beherzt ergreift er den Apparat, von dem Ethan annimmt, dass es eine ist. Es erstaunt ihn noch nicht einmal, wie leicht die Kugel in seinen Händen liegt. Ohne weiter darüber nachzudenken, legt er sie auf den Baumstamm ab, direkt neben den Einschluss. Sofort flackert das Kugelmuster mehrmals auf.

Vierzehn

Durch das Tosen des Sturmes und die Riesenwelle vor Augen, reagiert Waylon nicht. Heftige Böen zerren am Zeitgleiter, der darunter unnormal ächzt. Die Gefahr, in der er schwebt, nimmt Waylon nur am Rande wahr. Die Glaskapsel wiegt ihn in einer vagen, bröckelnden Sicherheit, die nicht das hält, was sie verspricht. Gebannt starrt er auf das herannahende Ungetüm, das den gesamten Horizont einnimmt.

»Waaaayyyy …«

Er realisiert den Ruf nicht wirklich, der über die interne Kommunikation eingeht. Die Wand brodelnden Wassers kommt gefährlich nahe. Ein Unterdruck entsteht und das Atmen fällt enorm schwer.

»Waaaayyyylloooon …«

Gleichzeitig behindert ein Schleier seine Sicht und es dauert mehrere Atemzüge bis er realisiert, was gerade passiert. Direkt vor ihm materialisiert ein weiterer Zeitgleiter. Verblüfft glaubt Waylon einer Sinneswahrnehmung erlegen zu sein. Doch nach mehrmaligen Blinzeln steht es unumstößlich fest.

»Nun mach schon«, erklingt Deborahs Stimme im Kommunikationslautsprecher. »Ich übermittle die Daten. Dort treffen wir uns!«

Waylon bleibt keine Zeit zum Antworten. Der andere ›Raum-Zeit-Gleiter‹ verschwindet auf der Stelle, an der die Stimme der Gewahrerin geendet hat. Ein oder zwei Atemzügen darauf übernimmt er die Koordinaten und erteilt den Startbefehl. Genau zu diesem Zeitpunkt erreicht die Riesenwelle Waylons Standort …

⌘

Nosy Be vor zweitausend Jahren.

Idyllische Landschaft, soweit das Auge reicht. Unberührte Natur hat etwas Magisches an sich. Heute würde man es als

Insel-Biotop bezeichnen und das Gebiet unter Naturschutz stellen, um wilden Tourismus Einhalt zu gebieten oder anderen Interessen entgegenzuwirken. Zum damaligen Zeitpunkt ist Nosy Be vom Menschen noch nicht bevölkert. Die Einzigen, die sich hier aufhalten, verdanken diesen Umstand der ›Raum-Zeit-Gleiter‹ und Nayati, der Deborah zu diesem herrlichen Platz geführt hat.

Unweit des von Nayati gezimmerten Unterstandes, am gegenüberliegenden Ufer des Kratersees, haben sich die Gewahrerin und Waylon eingerichtet. Inzwischen ist eine Woche vergangen, seitdem sie auf der Insel gelandet sind. Das Land sieht der Umgebung von Uridräo ähnlich. Und als nach wenigen Stunden der Mohrenmaki freudig angerannt kam, war Waylon felsenfest der Überzeugung, auf den Mond zu sein. Doch Deborah widersprach ihm vehement, was beinahe in einem Streit gemündet hätte.

Ein Umstand verändert Waylons Sicht grundsätzlich. Sie sitzen am Feuer und essen gefangene Fische, als am anderen Ufer vor dem Unterstand die Luft flimmert und eine weitere Glaskabine auftaucht. Deborah entfährt ein ärgerliches »*Shit*!«, gefolgt vom hektischen Löschen des Feuers. Sie legt den Finger auf die Lippen und bedeutet Waylon, ruhig zu sein. Dann ziehen sie sich duckend ins Gebüsch zurück.

»Was ist …«, raunt er, verstummt aber angesichts ihres finsteren Blicks. Angestrengt beobachtet Deborah den Ankömmling, der keinen Verdacht zu schöpfen scheint, durchs Gestrüpp. Nach einer Weile gibt sie Waylon ein Zeichen, ihr zu folgen. Beiden fällt es schwer, dabei geräuschlos vorzugehen, denn jedes Geräusch kommt ihnen unsäglich laut vor. Dementsprechend langsam kommen sie tief gehockt voran. Bald wird der Boden abschüssig und dahinter erstreckt sich eine mannshoch gewachsene Wiese, an deren Rand Deborah nun geduckt abwartet.

»Was ist los?«, stellt Waylon nun endlich die auf seiner Seele lastenden Frage.

Deborahs Augen wollen Waylon durchbohren.

»Scht«, macht sie. »Er darf uns nicht finden!«

»Er?!«

Die Gewahrerin presst Waylon derb die Hand auf den Mund. Dann zischt sie raunend: »Ruhe, verdammt! Ja, *er*! Und jetzt komm mit. Aber still!«

Er deutet ein Nicken an und fügt sich. Halb gebückt legen sie eine passable Strecke zurück. Wenn der Ankömmling sie bis jetzt nicht gesehen hat, stehen die Chancen gut, das es auch so bleibt. Als sie weit genug entfernt sind, bleibt Deborah stehen.

»Ich glaube, jetzt kann er uns nicht mehr hören«, sagt sie ein wenig nach Atem ringend.

»Wer ist *er*?« Es ist für Waylon die brennendste Frage seit langem.

»Nayati …«

»Was? Nayati? Dako?«

Deborah bejaht.

»Und warum rennen wir vor ihn weg? Er kennt uns doch!«

»Der alte Nayati hat mir eingeschärft, den jungen Nayati in der Zukunft nicht zu begegnen. Alles was noch nicht geschehen ist, ist die Zukunft.«

Die Stirn in Falten gelegt setzt Waylon zu einer Entgegnung an. Deborah kommt ihm zuvor. »Eine Begegnung hier würde alles nur noch komplizierter machen. Auf die Insel kommt nur Nayati und ich. Und du weißt, dass ein Gewahrer einen anderen nicht begegnen darf.«

»Aber wir kennen uns …«, wendet Waylon etwas kleinlaut ein.

»Spielt keine Rolle. Er kann uns nicht helfen. Im Gegenteil. Würden wir nochmal aufeinandertreffen, könnte es für uns alle sehr unangenehm werden. Wir brächten einiges durcheinander, was unser aller Zukunft beeinträchtigen würde.«

Mit purer Logik ist es kaum zu verstehen. Und Waylon fällt

das Verstehen gerade unheimlich schwer. Als ob Deborah seinen Gedanken lesen kann, fährt sie fort. »Ich hab's auch nicht gleich kapiert. Nayati, ich meine den Älteren, hat es mir öfters erklären müssen, als ihm lieb war.«

»Vielleicht hat es ja bereits eine Änderung gegeben«, wirft Waylon nachdenklich ein. »Du hast mir doch erzählt, dass es mich in der Gegenwart nicht mehr gibt …«

Deborahs Augen sind schreckgeweitet. »Du meinst …«

»In meinen Augen ist es ein *Notfall*«, sagt Waylon und deutet mit den Händen Gänsefüßchen an. »Wenn ich in meiner Realität nicht mehr bin, warum bin ich aber dann hier?«

»Ich denke nicht, dass Nayati etwas damit zu tun hat.«

»Wenn wir nun unsere Energien bündeln, vielleicht gelingt es uns, hinter den wahren Grund zu kommen. Irgendeinen muss es ja schließlich geben.«

›Atmane‹, schießt es ihr in den Sinn. Pausbäckig bläst Deborah ihre Wangen auf. Darüber schweigt sie vorläufig. Waylons Gedankengang hat jedoch was für sich. Laut sagt sie: »Und was ist, wenn *er* uns nicht kennt? Ich meine, wenn das jetzt ein Zeitpunkt wäre, der vor unserem Kennenlernen liegt?«

Ein wahrlich berechtigter Einwurf, der jedoch nur theoretisch weiter erörtert werden kann.

»Lass es uns rausfinden, Gewahrerin«, antwortet Waylon. »Wir verlieren nichts dabei.«

Schon von weitem erkennt Nayati die Freunde, die unverhofft auftauchen. Besonders Deborahs Anblick zaubert ihn ein sanftes Lächeln ins Gesicht. Wundern tut Nayati sich offensichtlich nicht, wie Waylon glaubt, was nun aber ihn wiederum verwundert. Kann es vielleicht sein, dass Nayati sogar damit gerechnet hat?

Der Mohrenmaki springt von Waylon herunter und verschwindet auf dem Baum, an dessen Fuße der Unterstand steht. Die Wiedersehensfreude ist groß und herzlich, wennschon keiner sagen könnte, wann man sich letztens gesehen hat; es kommt einem allerdings so vor, als sei es erst gestern gewesen. Über ihren Köpfen raschelt es auffällig. Waylon schaut hinauf, kann aber nichts weiter entdecken. Vermutlich ist der Maki auf Beutefang.

Angeregt unterhalten sich Deborah und Nayati angeregt, da möchte Waylon nicht stören. Außerdem hat er den Eindruck, dass es eh besser sein wird, die notwendigen Schritte der Jugend zu überlassen. Und wenn er ehrlich ist, fehlt ihm die Lust dazu, irgendwelche Entscheidungen zu treffen. Er ist müde geworden. Sehnsuchtsvoll denkt Waylon an Haus und Garten und besonders an Karoline. Wenn Deborahs Worte stimmen, dann ist nichts von seinem Leben übriggeblieben, oder besser gesagt, sein Leben ist *ausradiert*. Ihm schaudert 's.

Wiederholt raschelt es in der Baumkrone. Kleine abgebrochenen Zweige und vereinzelte Blätter schweben herab.

Die Unterhaltung zwischen Deborah und Nayati verläuft gestenreich. Was die wohl besprechen? So wie es aussieht, prallen Meinungen aufeinander. Waylon ist gespannt, welche sich durchsetzt! Lang muss er nicht darauf warten, denn Deborah winkt ihn heran. Dann weiht sie ihn in ihrer Vermutung ein. Viel kann Deborah über die Atmane nicht berichten. Ihr Wissen beruht vielmehr auf Vermutungen und Verdachtsmomente. Und dies war eben der Hauptgrund für die Diskussion, an deren Ende Nayati die Gewahrerin überzeugt hat, Waylon mit einzubeziehen. Sie hätte es von Anfang an tun sollen, gesteht Deborah ein.

»Ich hätte es auch erst einmal verschwiegen«, sagt Waylon nach kurzem Überlegen. »So, wie ich mich angestellt habe …«

Gequält lächelt Deborah.

»Außerdem fühle ich mich der Sache genauso hilflos ausgeliefert wie du, Deborah.«

Damit trifft Waylon einen wunden Punkt.

Über ihren Köpfen beginnt ein lautes Gezeter, gefolgt von dumpfen Schlägen. Ein lautes Knacksen lässt den Baum regelrecht erbeben und ein Blätterregen setzt ein. Waylon bleibt als einziger stehen.

»Alles klar, *Kleine*?« Auf seinen Ruf hin wird es still. Kaum ein Laut dringt noch zu ihnen. Was ist da bloß los? Um etwas sehen zu können, geht Waylon noch weiter heran. In der Baumkrone ist es zwielichtig, in dem es fast unmöglich ist, vom Boden aus etwas zu erkennen. Noch einmal ruft Waylon nach dem Maki. Daraufhin beginnt es hoch oben im Geäst abermals zu rascheln. Automatisch gehen alle drei Köpfe gleichzeitig in die Höhe.

Wie zum Zeichen, alles im Griff zu haben, kuckt der Maki mit frechen, weit aufgerissenen Augen durch die Blätter.

»Wihakayda!«, ruft Nayati strengeren Tones. »Komm runter!«

Das Äffchen denkt überhaupt nicht daran. Es meckert kurz und entschwindet ihrem Sichtfeld. Der Dakota ist sichtlich genervt, wenn auch nur im Moment. Eigentlich lässt er Wihakayda tun und lassen was sie will; nur manchmal eben stört ihre affige Art. Zudem *will* er auch nicht gerade jetzt auf des Makis durchaus humorvolle Ader eingehen. Stattdessen durchschwirrt seinem Kopf etwas Anderes.

»Rufen wir die Geister an«, sagt Nayati nachdenklich.

Deborah wirft einen fragenden Blick zu Waylon, dessen Gesichtszüge einfrieren. Sein Gesicht wirkt gemeißelt. Die Gewahrerin ist besorgt; so hat sie ihn noch nie gesehen. Überhaupt hat Deborah so einen Gesichtsausdruck nie jemals beobachten können. Die tiefen Falten gleichen einer zerklüfteten Kraterlandschaft.

»Ist das nötig?«, fragt Waylon mit brüchiger Stimme.

Nayati erwidert den bestürzten Blick gelassen. »Der weiße Mann weiß um die Zeremonie?«

Die Dakota haben, wie andere Indianerstämme auch, einen tief verwurzelten und ausgeprägten Glauben an übernatürlichen Kräften. Die Lebhaftigkeit der Welt, einschließlich aller elementaren Ereignisse, werden einer höheren Macht von Geistern zugeordnet. Ohne jegliche Gesichtsregung deutet Waylon ein Nicken an.

Deborah sieht abwechselnd zu beiden Männern. Ein seltsames Gefühl beschleicht sie. Was geht da vor sich?

»Du hast deinen Schutzgeist gefunden …«

Nun ist es Nayati, dessen Gesichtsausdruck maskenhaft wird.

»Ich habe ihn im Traum gefunden«, entgegnet er leise.

»Ist er … da …?«

Wieder bejaht Nayati. Aufeinandertreffende Blicke lesen den jeweils anderen, deuten kleinste Regungen der Iris und Pupille. Außenstehende könnten leicht den Eindruck bekommen, die zwei liefern sich ein hasserfülltes Augenduell. So wie Deborah, die weder Nayati noch Waylon näher kennt. Einen Menschen zu *kennen*, bedeutet nicht zwangsläufig, ihn auch wirklich zu verstehen.

»Ja«, sagt Nayati nach einer Weile des Nachdenkens. Und Waylon glaubt zu wissen, um wen es sich dabei handelt. Wihakayda! Plötzlich wird Waylon einiges klar. Seit seinem ersten Zusammentreffen mit dem Mohrenmaki wich dieser kaum von seiner Seite. Das ist also das fehlende Puzzleteilchen. Darum war die *Kleine* stets dort, wo er gerade war. Wie ein Schatten wachte das Makiweibchen über ihn, und durch die Verbindung zu Nayati war der immer informiert. Natürlich weiß Nayati jetzt nichts davon, denn für den Dakota liegt das Vergangene noch in ferner Zukunft.

Waylons Miene entspannt sich.

»Tu es!«

»Der Weiße Mann vertraut mir?«

»Ja, Nayati. Ich vertraue dir.«

»Es sei.«

Fünfzehn

Vereinigtes Königreich, fünfzehn Jahre vorher.

Durch das stark verschmutzte Glaskuppeldach fällt das letzte Tageslicht herein. Die gefundene Kugel nimmt Ethans ganze Aufmerksamkeit in Anspruch, dass er den beginnenden Abend nicht bemerkt. Das Leuchtmuster ist faszinierend. Beinahe scheint es, als atme das Netz, so flimmern die Schnittpunkte. Es wirkt auf eine ganz bestimmte Art eigenwillig lebendig. Ethans Puls geht extrem schnell. Eine eigenartige Anziehungskraft geht von der Kugel aus. Sie ist ihm vertraut, obwohl er sie niemals in seinem Leben gesehen hat. Wie kommt sie hierher? Wer hat sie hergebracht? Ob Mum etwas damit zu tun hat, oder Großmutter?

Er kann sich der Kugel nicht entziehen; weder den Blick abwenden noch … Mit verspielter Neugierde wandert sein kleiner Zeigefinger in die Mitte der Felder. Täuscht es, oder ist sie warm? Ethan testet es bei allen Feldern aus, die erreichbar sind, ohne die Kugel zu drehen. Das Ergebnis ist immer gleich und verblüfft.

Ohne jegliches geistige Zutun entstehen im Kopf des Jungen verwaschene Fraktal-Bilder. Diese zeigen genauso ein Gebilde wie das, welches er vor sich hat. Schnell fällt ein Unterschied auf: die im Geist auftauchenden Netzbilder haben nicht dieses Eigenleuchten. Hat das etwas zu bedeuten? Wie tausend Ameisen jagt ein ständiger kalter Schauer über seinen Rücken; rauf und runter, runter und wieder rauf. Der immer wiederkehrende Wechsel zwischen realen und geistigen Bildern lässt Ethan unvorsichtig werden. Die schwindende Konzentration ist ursächlich dafür verantwortlich, dass der kleine Junge einen fatalen Fehler macht. Ungewollt berührt er eine der glimmend-leuchtenden Netzfäden …

Im selben Moment wird ihm schwarz vor Augen. Urplötzlich taucht er in die schwärzeste Nacht seines kurzen Lebens ein. Sieht so das Ende aus? Eine schiere Ewigkeit fühlt Ethan rein gar nichts. Wirklich nichts? Ist da vielleicht doch etwas? Nach einer Weile des eigenartigen schwebenden Zustands verblasst die Schwärze und sie wird durchlässiger. Umgeben von eigentümlichen Energienebel, beginnt sich die Sicht nach und nach aufzuklaren. Doch statt des Inneren der Kuppeldachhütte mitsamt der Kugel, sieht Ethan nur schemenhafte Andeutungen einer seltsam anmutenden Landschaft. Diese gleicht dem Anblick eines Bildes, das hinter geriffelten Buntglas gehalten und seitlich beleuchtet wird. Was Ethan umgibt ist reelle Unwirklichkeit.

Irgendwann beginnt der Energienebel sich wabernd in Bewegung zu setzen. Überall zucken Blitze. Gewitter machen Ethan eigentlich Angst, da er darin etwas Böses sieht, dem nichts entgegengesetzt werden kann. Viele Geschichten erzählen in diesem Zusammenhang von übernatürlichen Kräften, die nur eines zum Ziel haben: Über andere Unheil zu bringen! Blitze haben etwas unheimliches und Unheilvolles an sich, die stets Schlimmes ankündigen. Jetzt allerdings sieht Ethan sie höchstens als Beiwerk des Geschehens an, die ihn noch nicht einmal schlechte Gefühle bereiten. Er akzeptiert sie fraglos, als Bestandteil des Kommenden.

Nach der Zeit des Betrachtens und anfänglichen Staunens folgt Ethan einen mächtigen Drang, sich seiner Innenwelt zuzuwenden. In einer ihm vollkommen fremden Erinnerung findet Ethan weitere Hinweise dafür, dass er nicht der ist, der er zu glauben scheint. Verwirrt folgt sein Geist den ablaufenden Sequenzen, die eine Welt zeigen, die ihm vertraut vorkommt und doch abstößt. Diese Welt ist steril und kalt und – leblos. Wohin er sich auch wendet, bietet sich Ethan das gleiche Bild, abgesehen von den hin und wieder willkürlich auftauchenden Nebelfeldern.

Bisherige Stille, die vollkommener hätte nicht sein können, weicht einer seltsamen Geräuschkulisse. Ethan begreift schon bald, was das für Geräusche sind, die er in Form von Schwingungsfeldern aufnimmt; es ist die Sprache von Wesenheiten.

Ihm wird schlagartig bewusst, dass er zu ihnen gehört. Der Anblick wird vertrauter denn je. Sein Selbst befindet sich inmitten des Archivtempels – dem Ort, an dem sich größtenteils ihrer aller Existenz abspielt. Hier verbringen die Wesenheiten die meiste Zeit. Verlassen wird der Tempel nur auf geistig-mentalem Weg des Transfers. Zurück bleibt ein die Wesenheit sowie die Kugel einhüllender Energienebel.

‹Was mach ich hier?›, durchfließt es seinem energetischen Ich verwundert.

Unversehens gibt es ein heftiges Energiegewitter seiner Sphäre.

Ethan verliert zum Zeitpunkt der Berührung das Bewusstsein. Der kurzfristig eingesetzte Traumzustand währt nur wenige Herzschläge, infolgedessen er, der Schwerkraft folgend, an der Kugel abrutscht und zu Boden geht. Sobald der Kontakt zum Leuchtnetz unterbrochen wird, kehrt er in die Realität des Jetzt zurück. Verdattert bleibt er Sekunden liegen, dann rappelt er sich umständlich wieder auf und braucht noch einmal dieselbe Zeit, um sich zu orientieren.

Etwas verängstigt begutachtet er die Kugel, deren Leuchten allmählich abflaut. Ethan fühlt sich, als habe er einen schlechten Traum gehabt. Doch schon verblassen die Bilder und zerfließen ineinander bis zur Unkenntlichkeit. Erst jetzt bemerkt er, wie schnell sein Herz pumpt. Von dem Artefakt geht eine seltsam anmutende fragile Bedrohung aus; nicht direkt fassbar, aber spürbar.

Er wendet den Blick ab und stolpert eher aus der Hütte, als das er geht. Dadurch strauchelt er mehrmals, was die aufkommende Panik anheizt, die sich seiner bemächtigen will. Gehetzt und außer Atem, verliert er den Bezug zur Umgebung; plötzlich wirkt alles fremd und ebenso kalt und leblos, wie in dem soeben erfahrenen Traum. Zurück bleibt ein gärendes Missbehagen, durch das er diese Erfahrung wohl nie vergessen wird.

⌘

Der Abend verläuft wie immer. Mum ist heute nicht sehr gesprächig, doch eigentlich ist sie das nie. Ethan ist froh darüber, da sein kleines Abenteuer unentdeckt bleibt. Seit Tagen sitzt sie oft nur schweigend da. Manchmal wollte Ethan sie schon darauf ansprechen, doch ihre traurigen Augen hindern ihn. Irgendetwas hat sie, davon ist Ethan felsenfest überzeugt. Doch im Augenblick plagen ihn selbst Gedanken und Eindrücke, die erst einmal verdaut werden wollen, ehe er sich anderen Dingen widmen kann. Und dass mit der Kugel will erstmal verarbeitet sein!

Lang liegt Ethan an diesem Abend noch wach im Bett. Aufgewühlt wie er ist, findet er keine Ruhe. Zwischenzeitlich denkt Ethan sogar daran, Mum einzuweihen. Aber wie soll er es ihr plausibel machen, was er selbst nicht versteht? Es hört sich doch alles nach einem fantasievollen Hirngespinst an. Und er weiß genau, wie Mum dann reagiert.

Solang Ethan an die Decke starrt, bleiben es nur Gedanken. Richtig schlimm wird es, als die Müdigkeit einsetzt und seine Augen zufallen. Dann treten wieder die erfahrenen Bilder in den Vordergrund und werden bestimmender; beinahe so plastisch, wie die Wirklichkeit. Vor Schreck reißt Ethan die Augen auf, sieht sich schweißgebadet um. Ja, dass Zimmer ist das seine; die Schatten, die das Mondlicht an die Wände malt, auch und selbst der Riss in der Decke ist da.

Die Leuchtzeiger des alten Weckers glimmen in derselben Farbe, wie das umspannende Netz der Kugel. Durch die Reflexion wirkt der Schimmer größer, als er tatsächlich ist. Zusätzlich wird das Dielenknacken zu einer untermalenden Geräuschkulisse, die Ethan die Nackenhaare aufstellen lässt. Er zieht die Zudecke übers Kinn. Im Zimmer ist es kalt geworden. Ethan ist unsicher, ob es wegen des Knackens des Holzes ist, oder ob es sich um Nachwirkungen vom Nachmittag handelt. Darüber uneins, verfliegt schlagartig das bisschen Müdigkeit.

Bis zum Morgengrauen ist an Schlaf nicht zu denken. Nachdem am Horizont der morgendliche Silberstreif den neuen Tag ankündigt, fällt er in einen dumpfen Dämmerzustand, aus den er kurz darauf unsanft gerissen wird. Er muss den Wecker überhört haben, denn sonst wäre seine Mum nicht ins Zimmer gekommen und hätte ihn nicht mit scharfer Stimme geweckt. Darüber erschrickt Ethan ungemein, dass wiederum er in eine Art Schockstarre fällt.

Ethan kann dem nichts entgegensetzen, sich nicht gegen die erneut einsetzende Elektronebelbildung erwehren. Die ersten Blitze der aufziehenden Sphäre bleiben noch unbemerkt. Doch nachdem Mum vergeblich auf ihren Sohn wartet, geht sie noch einmal ins Zimmer und prallt an der Tür schockiert zurück. Eine wabernde Masse hat Ethan kugelartig eingehüllt. Sein Gesicht ist nur schemenhaft zu sehen. Der Körper, von der Bettdecke verborgen, lässt sich nur erahnen.

Sie schreit auf, wagt aber nicht, näher heran zu gehen. Zahllose Herzschläge später, ist von Ethan nichts mehr zu sehen. Die Nebelmasse wirkt schwer und weist Strukturen auf, die sie noch nie gesehen hat. Zudem durchziehen Blitzverästelungen das Gebilde. Die Angst um ihr Kind beherrscht ihr Denken. Einer Intuition folgend, hält sie sich zurück. Etwas sagt ihr, dass Ethan sicher ist.

Sechzehn

Nosy Be vor zweitausend Jahren.

Als die Nacht hereinbricht, geht vom Lager ein heller Lichtschein aus. Ein würzig aromatischer Duft umgibt sie. Nayati hat mehrere Feuer entfacht, deren Schein weithin reicht. Dort, wo die Flammen die Dunkelheit nicht durchdringen können, entstehen seltsame, mit mysteriösen Eigenleben zuckende Schatten. Nachdem Nayati genau in der Mitte der Feuerstellen mit untergeschlagenen Beinen Platz genommen hat und einen nicht weniger mysteriösen Singsang anstimmt, wird die Szene gespenstisch. Ständig sieht sich Deborah um. Ein Gefühl bemächtigt sich ihrer, nicht allein zu sein. Erst als Nayati einen selbstgebrauten Trank herumreicht und jeden davon mindestens ein Drittel trinken lässt, verlieren die wandernden Schatten den Schrecken. Mehr noch, die Furcht vor ihnen schwindet und sie werden zu Freunden.

Nayati öffnet seinen Medizinbeutel und schüttet den Inhalt auf eine mit Blättern ausgelegte Fläche. Unter den Gegenständen befinden sich kleine Steine, ein mittelgroßes, dunkles Knochenstück, einige Federn und eine Silbermünze. Diese Dinge trägt der Dakota immer bei sich; es sind Glücksbringer, die ihm stets zur Seite stehen und sein Leben lang begleiten werden. Waylon beäugt die Sachen mit gemischten Gefühlen. Es sind Sachen, die er – wie jeder andere Engländer auch – in den Müll geschmissen und keine Bedeutung beimessen würde. Jetzt geht vom Sammelsurium etwas magisch Bedeutungsvolles aus.

Der monotone Gesang verebbt. In der Zeit der nun einsetzenden Stille kommt es Deborah vor, als setze der Wind gedämpft die Melodie fort. Nayati hat die Augen geschlossen, das Gesicht dabei gen Himmel gerichtet und die Arme angewinkelt. Seine Lippen formen stumme Worte. Verlegen schielt Deborah zu Waylon. Der hat ebenfalls die Augen geschlossen. Sie wundert sich darüber und grübelt nach, warum Waylon dies tut, als Nayati mit laut erhobener Stimme spricht. Deborah zuckt zusammen. Die Worte spricht er in seinem Dialekt und sie klingen – für moderne europäische Ohren – beinahe unheilvoll beschwörend.

Anschließend kehrt Stille ein. Dann schnellt Nayati empor. Seine Stimme nimmt eine untypische Klangfarbe an, die Deborah als nichtmenschlich wahrnimmt, während er in einem imaginären Kreis, mit beiden Füßen gleichzeitig, federnd herumhüpft. Dabei verfällt er wieder in seinen traditionsreichen, rhythmischen Gesang. Ein Hauch von jahrhundertealter Spiritualität der Ureinwohner überträgt sich auf ihr. Befremdlich beobachtet sie den inzwischen in Ekstase gekommenen, herumhüpfenden Nayati. Aus ihrer Zeit als Polizistin kennt sie derartiges Gebaren nur von drogenabhängigen Junkies, allerdings ohne diesen stimmungsvollen, eigenhypnotisierenden Singsang.

Als ob dies noch nicht genüge, fordert Nayati Waylon auf, es ihm gleichzutun, und kommt nun im rhythmischem Tanz zu ihr. Sie will den Dakota abwehren, was ihr aber, vermutlich wegen des Tranks, misslingt; ihre Gegenwehr fällt eher dilettantisch aus. Langsam findet auch die Gewahrerin den richtigen Takt und verfällt dem Ereignis. Immer bedingungsloser vollführt sie bald die gleichen Bewegungen wie Nayati und Waylon.

Während sie sich in die Trance weiter hineinsteigern, formieren sie einen Kreis und fassen sich an den Händen. Ununterbrochen intoniert der Dakota mit seiner Stimme den monotonen Takt, nach dem die Gruppe sich mal nach links, mal nach rechts seitwärts bewegt. Normalerweise wird der *Geistertanz* von Trommeln begleitet und vom Medizinmann angeführt. Ist er auch improvisiert, sollte die Wirkung dieselbe sein.

Die ganze Nacht hindurch tanzen sie und auch den folgenden Tag. Erst als die Sonne abends hinterm Horizont verschwindet, kann Waylon nicht mehr. Langsam gleitet er zu Boden. Vielleicht zwei Stunden später versagen auch Deborahs Kräfte. Um

Mitternacht schließlich beendet Nayati den Trance-Tanz. Auch er ist erschöpft, wenn auch nicht ganz so sehr wie die beiden Mitstreiter, die friedlich ihren Rausch ausschlafen. Er beendet das Zeremoniell mit den gleichen Beschwörungen wie anfangs. Dann legt auch er sich zur Ruhe.

Wihakayda hat die Szene von *potameia crassifolia,* einem der hiesigen Riesenbäume aus, beobachtet. In ihren Glubschaugen widerspiegeln sich die drei mittlerweile fast erloschenen Feuer. Man könnte meinen, sie verstünde. Doch dies wird wohl ihr Geheimnis bleiben.

⌘

Die Sonne steht im Zenit. Deborah öffnet die Augen und blinzelt geblendet. In ihrem Kopf dröhnt alles. Nur allmählich kann sie die Erinnerung an letzte Nacht aufrufen. Allein der Gedanke daran berührt sie peinlich. Wie kann man sich nur so gehen lassen? Deborah schellt sich insgeheim und würde am liebsten diese Stunden ungeschehen machen. Doch leider ist das unmöglich. Denn ist einmal eine Aktion ausgeführt, müsste sie das frühere Ich daran hindern, Waylon hierher auf Nosy Be zu bringen.

In fünf Meter Entfernung hört sie ein unterdrücktes Husten. Es ist Waylon, der soeben wach wird und sich am Speichel verschluckt hat. Deborah erhebt sich, was ihr schwerer fällt, als gedacht und sucht nach der Wasserflasche, um sie Waylon zu reichen. Dabei bemerkt sie, dass Nayati nicht im Lager ist.

»Danke«, krächzt Waylon mit feuchten Augen. »Was für ein Abend …«

»Wem sagst du das«, pflichtet sie ihm bei. »Komische Situation«, fügt Deborah gesenkten Blicks hinzu und denkt: ›Hoffentlich hat uns keiner gesehen!‹

»Du hast dich gut geschlagen, Debby. Wenn ich an mein *erstes Mal* denke …«

»Du hast schon Mal …?«

Er macht ein grunzendes Geräusch der Zustimmung. »Ich hab mich wie ein Blödmann damals aufgeführt«, erinnert er sich. »Hoffte, keiner hätte was bemerkt, was natürlich ein Irrglaube war.«

»Macht Nayati das öfter?«

Waylon hebt die Schultern. »Der ältere Nayati – also Dako, tat es regelmäßig. Er glaubt daran. Es gehört zu seinem Leben. Diese Sichtweise auf unsere Welt hat eine reinigende Funktion.«

»Und was soll das bringen?«

»Der *Geistertanz*?«

Deborah nickt.

»Es ist der spirituelle Weg, damit *Atius Tirana* gnädig gestimmt wird und die Ahnen ihn unterstützen.«

»*Atius Tirana*? Ist das sowas, wie ein Gott?«

»Nicht in unserem Sinne. *Atius Tirana* bedeutet soviel wie ›Großer Geist‹. Er ist alles und überall. Jeder Windhauch, jeder Tropfen des Regens, die süßesten Düfte oder grausliche Gerüche. *Atius Tirana* ist die Wärme und die Kälte, das Licht und die Finsternis. Der Beginn und das Ende.«

Es entsteht eine lange, nachdenkliche Pause.

»Schön, dass ihr wach seid«, erklingt es von weitem. Sie sehen hoch und erkennen Nayati, der etwas über die Schulter trägt. »Gleich gibt es zu Essen, damit wir gestärkt mit der Zeremonie fortfahren können.« So kommt es auch. Bei einsetzen der Dämmerung entzündet er die Feuer und der Tanz beginnt von vorn, nur intensiver und länger. Insgesamt dauert der *Geistertanz* vier Tage, zieht man die Schlaf- und Essenspausen einmal ab. Bis zur körperlichen Erschöpfung führt das Ritual. Nur dadurch können die Geister nach indianischem Glauben erreicht werden. In einer der relativ kurz dauernden Pausen, die Nayati nur gewährt, weil es sich bei Deborah und Waylon um Nicht-Stammesangehörige handelt, erfährt die Gewahrerin, dass die Dakota durch diesen Tanz die Welt der Toten betreten können. Spezielle Kräuter im Sud erzeugen hallogene Wahrnehmungen, die den

Trancezustand in die jeweilige Richtung lenken. Deborah graust die Vorstellung. Dementsprechend ängstlich erwartet sie den Abend. Nayati kann sie aber beruhigen.

Am Ende des Tanzes hält Nayati die Mittänzer an den Händen fest. Deborah ist voll eingetaucht und gibt sich wiegend dem Takt hin. Ihre Augen halb verdreht, ist es fraglich, ob sie überhaupt die Umwelt wahrnimmt. Der Dakota lächelt zufrieden und stimmt übergangslos das ebenfalls monotone Schlusslied an, bei dem die gleichbleibenden Bewegungen ausklingen. Völlig weggetreten verliert Deborah den Boden unter den Füßen und stürzt. Kurz darauf, ebenfalls den Halt verlierend, folgt Waylon. Ein paar Takte später beendet Nayati das Ritual und sinkt auch zu Boden.

In der einsetzenden Stille hallt Nayatis Endlosgesang noch lange Zeit nach. Lauer Wind umfächelt die Schlafenden und sorgt nur unwesentlich für Abkühlung. Sie liegen ruhig am Rand des während des Tanzes beschriebenen, mittlerweile deutlich zu sehenden Kreises. Die morgendliche goldene Stunde wird am Osthorizont angezeigt. Bald erwacht ein neuer Tag. Und nur Wihakayda bemerkt die Öffnung zur *Geistwelt* …

Siebzehn

Vereinigtes Königreich vor fünfzehn Jahren.

Die Sphäre umschließt Ethan völlig. Weder er noch Mum können sie durchdringen. Zudem ist Ethan einem Schlafzustand verfallen, der es unmöglich macht, etwas mitzubekommen. In der Glaskuppelhütte weilte sein Geist auf Atmanicum, dem Ort der Wesenheit-Existenzen; jetzt weiß Ethan noch nicht einmal, dass er überhaupt in einem Bett liegt! Eine unbestimmte Zeit verstreicht, ohne dass sich etwas ändert. Dabei ist es unerheblich, wieviel Zeit wahrhaftig vergeht. Ethan ist Teil im Gesamtgefüge eines universellen, nichtweltlichen Phänomens.

Unvermindert halten Finsternis und Stille an. Es gibt kein Gestern oder Morgen mehr, nur gegenwärtiges Jetzt; die Zeit ist schlichtweg stehengeblieben.

Ethans Mutter dagegen durchlebt die Hölle. Von dem Sphärengebilde geht etwas wahnwitziges, unnatürlich Bösartiges aus, dass nicht in Worte zu fassen ist. Sie zittert am ganzen Leib. Die Angst macht sie rasend und lähmt. Es ist ihr unmöglich, den Raum zu verlassen oder wenigstens den Blick abzuwenden. Krampfhaft krallt sie sich am Türrahmen fest, bis die Knöchel weiß hervortreten und anfangen zu schmerzen. So harrt die Frau mit schreckgeweiteten Augen aus.

⌘

Das farbenprächtige Blitzgewitter weist ihm den Weg und offenbart einen Blick auf einen unbekannten prächtigen Horizont. Er ahnt, dass er noch immer auf dieser Welt ist, die die Menschen Erde nennen. Immer klarer wird es hinter dem Nebel, der rasch verweht wird. Dass Grün der Vegetation ist ungemein beeindruckend. Hinterm Haus im Garten gibt es auch viele Bäume und vor allem Sträucher, die nicht angehend solche Größe erreichen. Der Himmel ist tiefblau und wolkenlos. Von weitem dringt ein Rauschen an sein Ohr, das er nicht einzuordnen weiß, wenngleich es auch eine Erinnerung in ihm auszulösen versucht.

Erinnerung. Im Eindrücke-Reservoir herrscht endlose Leere! Er hätte schwören können, dass da etwas ist, doch je mehr er sich anstrengt, verblasst die Ahnung daran bereits im Nichts. Er unterlässt weitere Versuche, konzentriert sich stattdessen auf die sich vor ihm erstreckende Landschaft. Sein Blick wandert über riesige Bäume, hinab zu einem spiegelglatten See. In weiter Entfernung erhebt sich ein Berg, dessen Flanken nur kümmerlich bewachsen sind. Über den Gipfel hängt eine schmutzige Schleierwolke.

Mitten auf der ruhig daliegenden Wasseroberfläche plätschert es und ringförmige Wellenkreise jagen zu den Ufern. Er will näher herangehen, schafft es aber nicht. Irritiert sieht er an sich herab. Was er erblickt verwundert ihn nur im allerersten Moment; ein dunkelgrauer Nebelvorhang hüllt den Unterleib ein. Nach einem kurz aufleuchtenden Blitz kommt ihm die Idee, sich einfach zu erheben. Weitere feine Blitzverästelungen darauf hat sich sein Blickwinkel völlig verändert. Nun sieht er alles aus der Vogelperspektive.

Das Panorama erzeugt ein wahres Hochgefühl, in dessen Vollkommenheit sich die Neuentdeckung der Welt mischt. Alles ist so wahnsinnig neu für ihn. Am Himmel zieht eine Vogelschar vorüber; leicht und grazil überwinden die Geschöpfe Entfernungen, für die am Boden mindestens das doppelte an Zeit benötigt wird. Überwältigend, was die Natur für Organismen und Tiere hervorgebracht hat! Unglaublich, diese Vielfalt an Arten und Spezies.

Ganz allmählich dreht er sich um die eigene Achse und erhält so einen dreihundertsechzig-Grad-Überblick. Nachdem er sich halbwegs sattgesehen hat, kehrt er schwebend auf den Boden zurück. Die eben gewonnenen Eindrücke beschäftigen für eine Weile.

⌘

Nosy Be, zweitausend Jahre in der Vergangenheit.

Ein langgezogener schriller Schrei schreckt Waylon auf. Zuerst glaubt er, geträumt zu haben, da im Moment nichts Außergewöhnliches zu beobachten ist. Doch der Schrei ertönt erneut – noch intensiver und markerschütternder. Neben Waylon regt sich Nayati. Sein Blick wirkt ebenso müde, wie die langsameren Bewegungen, mit denen er versucht aufzustehen.

»Wo ist die weiße Squaw?«

Waylon wirft einen suchenden Blick über das überschaubare Terrain. Dort, wo er sie vermutet, ist Deborah nicht. Hat sie geschrien? Unvermittelt steht er, heftige Unruhe verspürend, auf.

»Deborah!«, ruft er. Die darauffolgende Stille schürt die aufschäumende Nervosität an, gleich einem Feuer, das sich durch einen Windhauch rasant ausbreitet.

»Debby!«

»Still!«, zischt Nayati. Er hat Deborah, in einer Distanz von etwa zwanzig Schritt, entdeckt. Sie hat ihnen den Rücken zugewandt und hält beide Arme abwehrend vors Gesicht. Der Dakota rennt los, Waylon folgt. Kurz hinter der Gewahrerin bleibt Nayati angewurzelt stehen. Beide verdecken Waylon die Sicht, die er erst bekommt, als er aufschließt. Nun begreift er, weshalb die sonst taffe und gefasste junge Frau derart aus der Fassung bringt.

An genau der Stelle, wo sie die letzten Tage den *Geistertanz* aufgeführt haben, war ein unförmiger Nebelstrudel entstanden. Im Innern findet eine Art Wetterleuchten statt; jedenfalls leuchtet die in Bewegung befindliche Struktur impulsartig Funken sprühend auf. Ist das das erwünschte Ergebnis Nayatis Ritualtanzes? Waylon verliert fast die Bodenhaftung, sosehr nimmt es ihn mit. Gut und schön, dass mit dem Tanz; aber er hat nicht im Entferntesten damit gerechnet, erfolgreich zu sein. Rituale sind meist dazu da, um den Teilnehmern ein ganz bestimmtes

Gefühl zu vermitteln. Ohne Frage: Als Nayati ihn die *Anrufung der Geister* offenbarte, hatte er ein verdammt schreckliches Gefühl – ähnlich einer Vorahnung – bekommen, weshalb ihm auch die Gesichtszüge entglitten. Aber damit hatte er absolut nicht gerechnet! Was ist das bloß für ein *fauler* Zauber?

Selbst für Nayati ist der Anblick gewöhnungsbedürftig und alles andere als alltäglich. Ungläubig mustert er den Nebelodem, der mitten im Tanzkreis aufgetaucht ist. *Atius Tiranas* Macht hat er so nicht eingeschätzt! Demutsvoll sinkt er auf die Knie. Wenn er *Atius Tirana* erreicht hat, dann ist dies seine Antwort. Huldigende Worte murmelnd, erwartet Nayati ein weiteres Zeichen.

Deborah atmet in kurzen, schweren Stößen. Der Schock sitzt tief. Ihre Augen sind noch immer widernatürlich geweitet. Was in ihr vorgeht, steht eindeutig auf ihrem Gesicht geschrieben. Panische Angst hat sie paralysiert und macht sie bewegungs- und handlungsunfähig. Käme es jetzt zu einem unerwarteten Angriff, wäre sie absolut ausgeliefert.

⌘

Die spontan entstehende Geräuschkulisse reißt ihn unsanft aus den Gedanken. Ursächlich dafür verantwortlich ist ein plötzlich aufgetauchtes zweibeiniges Wesen. Ein Weibchen! Vage tauchen unscharfe Bilder aus dem Fundus eigener Erinnerungen auf. Dann ist es also wahr! Er kennt diesen Ort, war zumindest schon einmal auf dieser Welt. Einer *lebendigen* Welt! Doch weshalb verursacht das Weibchen solch einen Lärm? Der Lautstärke nach ist sie verängstigt. Ob es noch mehr von ihrer Sorte gibt?

In seinem Geist erwächst unendlich langsam ein geistiges Abbild von einem gleichwertigen weiblichen Wesen. Sie lächelt zärtlich. Ihr Gesichtsausdruck ist warmherzig und liebevoll. Die sanfte Art berührt ihn innig, versetzt ihn gleichzeitig glühende Stiche. Eine Weile nimmt er das Antlitz in sich auf, erfreut sich des Anblicks, während sein Unterbewusstsein weitersucht. Das

Wesen vor ihm hat keine Ähnlichkeit mit dem Bild im Geiste. Und doch wirbelt es so einiges im Verborgen schlummerndes auf.

Es fällt ihm schwer, sich auf die gegenwärtige Situation einzustellen. Es erfordert hohe Konzentration, deren Herr er gerade nicht ist. Da erscheint neben dem weiblichen Wesen ein weiteres, vermutlich männlichen Geschlechts. Es unterscheidet sich nur durch die Kleider. Und dann tritt noch eines heran, ebenfalls männlich und augenscheinlich um einiges älter. Die kleine Ansammlung starrt ihn unverhohlen an. Einige Zeit vergeht bis schließlich einer von ihnen hinkniet. Nun ist seine Aufmerksamkeit voll auf den Jüngeren gerichtet.

⌘

Waylon weiß nicht, ob Nayatis Gemurmel die nächsthöhere Stufe im Zeremoniell ist oder ob es überhaupt einen Zusammenhang gibt. Doch nicht dem Dakota gilt sein Hauptaugenmerk, sondern dem Schwadengebilde, von dem etwas auszugehen scheint, was durchaus einen Bezug mit dem Ritual haben könnte. Weit hergeholt, gesteht sich Waylon ein. Aber es gibt eben doch Dinge, die nicht mit bloßem Menschenverstand erklärbar sind.

Die Geschichte ist voll von mysteriösen Ereignissen, die jeder wissenschaftlichen Grundlage entbehren. In jeder menschlichen Epoche gab es widernatürliche Geschehnisse, die unerklärbar waren – und bis heute sind. Man kann dazu stehen, wie man will, Fakt ist: es gibt sie. Also warum Zeit vergeuden mit der Suche nach Gegenargumenten, anstatt sich aufs Wesentliche zu konzentrieren? Zu ändern sind Tatsachen sowieso nicht. Das, was kommt, das kommt auch!

Wenn die momentane Erscheinung mit dem Tanz zu tun hat, stellt sich unweigerlich die alles umfassende Frage, ob es Gott vielleicht doch gibt? Waylon lehnt ihn ab, wie viele andere auch.

Obwohl er an eine höhere Macht glaubt. An eine Macht, die allen Ursprungs ist; die das erschaffen hat, was existiert. Gott allein kann das nicht bewerkstelligt haben. Dafür ist das Universum zu komplex. Im kosmischen Ganzen hat jedes Atom seinen angestammten Platz, erfüllt die ihn betraute Aufgabe. Ähnlich dem Flügelschlag eines Schmetterlings, der woanders einen Orkan auslöst, erzeugt ein Materieteilchen am anderen Ende des Universums eine katastrophale Reaktion, mit verheerenden Folgen der dort ansässigen Teilchen. Sind solche Ereignisse auch hundert Milliarden Lichtjahre entfernt, werden sie irgendwann heimische Gefilde erreichen; angesichts der immensen Zeitspanne für Menschen nur schwer vorstellbar, aber für kosmische Maßstäbe sehr schnell.

Wenn der Andromeda-Nebel die Milchstraße schluckt, da beide sich unaufhaltsam auf Kollisionskurs befinden, wird es unter aller Wahrscheinlichkeit keine Menschheit mehr geben. Beide Galaxien werden sich, nach einem drei Milliarden Jahre währenden Kampf mit der wechselwirkenden Anziehungskraft, vereinen und in neugeordneter Konstellation eine neue Galaxie bilden. Der Auslöser dieser Entwicklung ist der sogenannte Urknall, aus der das heutige Universum hervorging. Mit ihm entstand die Gravitationskraft, die wiederum die Galaxien anziehen; trotz sich das Universum noch immer ausbreitet.

Doch was gab es vor dem *Big Bang*? Wirklich nur absolutes Nichts? Hat Gott den Vakuumraum gefüllt mit diversen Elementen, wie etwa ein Alchimist herumexperimentiert hat? War das Ergebnis demzufolge nur Zufall? Sozusagen, ein göttlich hervorgerufener, kosmisch-universeller Unfall?

Waylon schwirrt der Kopf von dieser eindrucksvollen Gedankenflut. Zu ihm dringt seltsam gedämpft die Stimme Nayatis. Es klingt eigentümlich mehrstimmig, fast wie ein kurz hintereinander folgendes Echo. Allerdings variieren die Abstände zueinander, sodass es keines sein kann. Er konzentriert sich nur auf Nayatis Stimme, versucht störende Geräusche herauszufiltern. Waylon glaubt seinen Ohren nicht. Unmöglich! Verunsichert beobachtet er den stetig schwafelnden Dakota. Und es bleibt kaum ein Zweifel: Was Waylon hört, ist mit Nayatis Lippenbewegungen nicht synchron.

Achtzehn

Zwischen Zeit und Raum.

Sho-Ril verlässt entkräftet die Schlafröhre und krallt sich daran fest. Er sieht sich um. Die Atemluft der Wohnkabine schmeckt absonderlich. Ihm fallen sämtliche Bewegungen schwer und das Denken erscheint unmöglich. Sein Instinkt will ihn warnen, nur hat er keine Ahnung, vor was. Phlegmatisch hält er inne. Was macht er hier? Allein die Worte zu denken verlangt ungeheure Konzentration und ist wahnsinnig anstrengend. Er ringt um Fassung. Zögernd versucht er einige Schritte zu gehen. Knie und Oberschenkel gehorchen nicht so, wie er es wünscht. Und doch gelingt es dem Rogalit-Flüsterer auf den Beinen zu bleiben. Er umrundet die Schlafröhre. Eigentlich hat er keinen Plan, was zu tun ist. Demzufolge bleibt er oft unschlüssig, die Stirn in Falten gelegt, stehen.

Das Licht schimmert violett stichig orange. Sho-Ril fällt es erst jetzt auf. Allmählich entweicht der ihn beeinträchtigende seltsame Dämmerzustand und gibt seine Gedanken frei. Waren hier Drogen im Spiel? Wenn er sich nur erinnern könnte, was passiert war! Ein heftiger, alle Nerven betreffender Schmerz durchjagt seinen Schädel, und beendet schlagartig die einsetzenden Überlegungen. Zusätzlich flackert in der Kabine dramatisch das Licht.

Die Situation könnte suspekter nicht sein, beginnt direkt vor der Schlafröhre eine kuglige Fläche zu flimmern. Sho-Ril, noch mit den Nachwirkungen des Schmerzes beschäftigt, reibt sich die Augen. Sein Sichtfeld ist stark eingeschränkt, und die Luftirritation verschlechtert es obendrein. Er droht das Gleichgewicht zu verlieren.

Die entstandene Flirrfläche brodelt zusehends. Feine, helle Nebelschlieren entweichen aus der schaumartigen Masse. Immer deutlicher zeichnet sich eine Kugel ab, die mit jedem Atemzug weiter Kontur annimmt. Er umklammert das Schlafröhrengeländer aus Furcht, er könne umkippen; gleichzeitig dient es als gewisser Schutz, um sich nicht ganz ausgeliefert zu fühlen.

Aus der brodelnden Masse bildet sich eine fremdartige, allmählich rotierende Kugel. Sie füllt genau die Fläche aus, die vorher flirrend und in der Luft schwebend in Bewegung geraten ist. Als die Kugel endlich materialisiert, kann Sho-Ril den Blick nicht abwenden; gleichzeitig ist er paralysiert. Er ist so konzentriert, dass er alles andere ausblendet und nur die materialisierte Kugel tunnelartig fixiert. Die Anspannung steht ihm ins Gesicht geschrieben, seine Augen blicken befremdlich ausdruckslos.

Für mehrere Atemzüge passiert rein gar nichts. Sho-Ril steht erstarrt da und wagt sich nicht zu rühren. Irgendwo zischt es. Für den Moment einer Nanosekunde sieht sein Geist klar und er denkt, ob es nicht sinnvoller sei, in die Schlafröhre zurückzukehren, da durch die hermetische Abrieglung der beste Schutz gewährt wird. Allerdings ist er dann auf sich allein gestellt und von der Außenwelt abgeschnitten. Die Röhre wird ihn in einen tiefen Schlaf versetzen. Somit wäre Sho-Ril außer Gefecht gesetzt.

In diesem Augenblick klackt es metallisch, worauf ein typisches Geräusch folgt, das jedes hydraulische Öffnungssystem verursacht. Unweigerlich spannen sich Sho-Rils Muskeln an. Nun ist es für etwaige Gedanken über Gegenmaßnahmen zu spät. Was sich jetzt abspielt, lässt ihn für den Moment eines Lidschlags das Blut in den Adern gefrieren.

Zuerst entstehen Längsspalten, aus denen zäher Dampf austritt, der sich innerhalb kürzester Zeit unterhalb der Decke sammelt und einen Hustenanfall auslöst. Sho-Ril treten Tränen in die Augen, verschleiern seinen Blick. Im Hals kratzt es höllisch. Dann wird es für einige wenige Augenblicke still; der Dampf löst sich weitestgehend auf. Leise, aber durchdringend zischend, gleitet ein Fünftel der Fläche nach dem anderen auf. Die äußere Form bleibt rund, ist jedoch seltsam gefächert. Darunter kommt ein weiteres glanzloses, teilweise transparentes Material zum Vorschein, dass vermutlich als Schutzatmosphäre dient. Sho-Ril gewahrt kurzzeitig erneute Bewegungen, oder besser, er *glaubt,* dass sich etwas bewegt. Offenbar narren ihn seine äußerst angespannten Nerven. Als er genauer hinsieht, zwängt sich die Empfindung auf, als sei das Innere mit einer schwappenden Flüssigkeit gefüllt, in der winzige Bläschen aufsteigen. Er blinzelt, um besser sehen zu können; der Eindruck bleibt unverändert.

Abermals flackert das Licht in Sho-Rils Kabinenwabe und erlischt letztendlich. Die Dunkelheit macht ihn glauben, alles nur geträumt zu haben. Doch schon während des nächsten Atemzuges beginnt die gefächerte Kugel ein Licht auszusenden, welches unwahrscheinlich grell blendet, gleichzeitig jedoch beruhigend wirkt. Der Arimeaner strafft sich. Auf ihn eindringende zusammenhanglose Erinnerungsfetzen lassen Sho-Ril kurzzeitig alles vergessen, was gerade passiert. Im Geist dem Jetzt entrückt, durchlebt der Rogalit-Flüsterer innerhalb von Sekunden nochmal Ereignisse, die sehr weit zurückliegen.

Dann klackt es. Er schrickt auf und erkennt die Ursache. Was er als Wasser identifiziert zu haben glaubte, ist in Wahrheit ein unbekanntes festes Material – dem Geräusch nach Metall. Im Inneren glimmt es unnatürlich auf. Voller Erwartung klopft Sho-Rils Herz. Sollte in der Kugel jemand sein?

Seltsamerweise erfüllt ein summender Ton die Luft. Dieser ist weder laut noch leise. Irgendwie beruhigt er in seiner Gleichmäßigkeit und Frequenz.

Eine erneute Bewegung weckt Sho-Rils Interesse, auch

wenn er unsicher ist. Schon einmal hat er sich getäuscht. Sämtliche Muskeln beginnen vor Anspannung zu schmerzen. Die Fingerknöchel treten weiß hervor.

Wiederum entweicht zäher Nebel den freigegebenen Innenraum. Doch der ist anders geartet, liegt sichtlich schwer und träge in der Luft. Und er unterscheidet sich noch in einem wesentlichen Detail. Erst glaubt Sho-Ril einem Hirngespinst zu erliegen, allerdings relativiert es sich schnell. Einzelne schwebende Nebelschwaden finden Anschluss an andere Gleichgeartete und beginnen eine ungewöhnliche Formierung. Nach und nach entsteht eine Kontur arimeanischen Ursprungs.

Durch Sho-Rils Kopf schießen die wildesten, spekulativsten Gedanken. Haben etwa die Wissenschaftler der ›Sternenbruderschaft‹ einen neuen Weg des Transports gefunden? Das würde erklären, wie die Kugel hierherkommt. Dennoch stört ihn etwas an dieser Idee, die er schließlich wieder verwirft. Außerirdische? Bisher begegnete man keine Wesen, die intelligent genug wären, solche Technik zu entwickeln. Den Urigoren schon, aber die investieren alles in Kriegsgeräte. Ist dies vielleicht eine kriegerische Waffe?

Indessen nimmt die Nebelgestalt weiter an Form an. Die Ähnlichkeit ist verblüffend. An was erinnert ihn das bloß? Skeptisch schüttelt er den Kopf. Nein, das ist nur Einbildung! Es *muss* ein Traum sein! Anderseits – der Nebel ist reell …

Als das Licht der Wabe wieder angeht, wird Sho-Ril geblendet. Er kneift die Augen zusammen. Nachdem er sie wieder öffnen kann, will er nicht glauben, was er erblickt. Vor ihm steht – *er* selbst! Die Gedanken überschlagen sich. Das dort – das kann nicht er sein! Unmöglich! Es ist eine Halluzination, eine Einbildung. Klar, natürlich! Die Dämpfe sind daran schuld. Irgendwo spiegelt er sich. Bei den großen Flächen nicht verwunderlich.

Er löst zaghaft eine Hand vom Rundgeländer und hebt sie in Kopfhöhe. Das vermeintliche Spiegelbild bleibt unbeweglich und steif. Sho-Ril löst sich vollends von seinem Standpunkt und macht einige staksige Schritte auf das Ebenbild zu. Die Beine kribbeln, als marschieren dort tausende beißender Ameisen; vom langen Stehen sind sie eingeschlafen. Durch das Staksen werden die Arterien durchblutet, was sich wie Nadelstiche anfühlt. Er beißt die Zähne aufeinander. Auf dem Weg überlegt er, was jetzt zu tun ist. Es gibt keine ähnliche Situation, die als mögliche Referenz herhalten könnte. Auch in den Handbüchern steht nichts Vergleichbares, jedenfalls kann er sich nicht erinnern, je darüber gelesen oder wenigstens gehört zu haben. Sho-Ril entscheidet sich für eine teleologische Vorgehensweise. Selbst auf die Gefahr hin, sich dabei lächerlich vorzukommen, was ja nicht abwegig ist, beginnt er zu sprechen. Smalltalk kann nie verkehrt sein.

»Ich bin Sho«, beginnt er mit belegter Stimme. »Du bist auf meinem Schiff.« Gleich, nachdem die Worte ausgesprochen sind, weiß er, wie unprofessionell es sich anhört. Zumal der Ausdruck ›mein Schiff‹ glatt gelogen ist und suggeriert, er sei der Kommandant. Unbeirrt fährt er in seiner Ansprache fort, während er weiter humpelt. »Ich komme vom Planeten Arimea. Wir sehen uns als Beschützer allen Lebens.«

Die erwartete Reaktion des Spiegelbildes bleibt aus und es entsteht eine schweigende Leere. Sho-Ril lässt den Materialisierten nicht aus den Augen. Wäre dieser *er*, würde der anders reagieren.

»Wer bist du? Ich meine, es ist doch bloß ein Zufall, dass du so aussiehst wie ich?« Verunsichert hakt er nach: »Habe ich recht?«

Etwas in seinem Schädel bahnt sich einen Weg, um die Oberhand zu gewinnen. Der Arimeaner erschrickt; ein Gedanken-Eindringling! Die Stirn krausgezogen, starrt Sho-Ril den weiter regungslos dastehenden Materialisierten einfach nur an. Täuscht er sich, oder zuckten gerade dessen Lippen? Sho-Ril mustert mit angehaltenem Atem und bis aufs Äußerste angespannt konzentriert das gespiegelte Gegenüber. Er bleibt vorsichtig, bringt sich in einer Art Lauerstellung, die es ermöglicht, bei Bedarf zurückzuweichen. Jederzeit rechnet Sho-Ril mit einer Reaktion, wenn auch im Moment absolut nichts daraufhin deutet. Der Methua beugt den Kopf etwas vor. In den Augen des Materialisierten fehlt etwas. Sho kommt nicht sofort darauf. Ein emotional gesteuerter Verdacht bohrt sich durch seinen Verstand. Die aufkeimende Ahnung verursacht einen inneren Kampf. Und dann explodiert die Ahnung und mündet in verstehendes Wissen. Der Ankömmling ist eine gute Kopie, eine verdammt gute. Aber etwas – nämlich das Entscheidende – fehlt: Der Lebensfunke!

Neunzehn

Nosy Be, zweitausend Jahre in der Vergangenheit. Drei Stunden danach.

Für Waylon fühlt es sich an wie ein Alptraum. Einer der intensiven und nicht enden wollenden. Stunden später noch hat er mit den Nachwirkungen zu kämpfen. Aufgewühlt wie selten zuvor findet er keinen Abschluss, wie es sonst nach einem Traum der Regelfall ist. Weder die eingebrannten Bilder verblassen, noch weichen die dabei empfundenen Gefühle. Im Moment hat Waylon – und nicht nur er – einen Zustand erreicht, der irgendwo zwischen Schlaftrunkenheit und Wachsein angesiedelt ist. Es gibt keine sichtbare Grenze, und obwohl Waylon weiß, nicht zu schlafen, ist er überzeugt, es mit etwas Höherem zu tun zu haben. Für alles gibt es eine Erklärung, wenn diese auch nicht unbedingt rational ausfällt.

Verkompliziert wird die Angelegenheit dadurch, dass offensichtlich keiner der Beteiligten darüber sprechen möchte. Einmal vom Mohrenmaki abgesehen, der wie immer auf Waylons Schulter sitzt und die Nähe sichtlich genießt, liegen tiefe, verstörende Schatten über die Gesichter. Schweigend geht man einem alltäglichen Ritual nach, das sich aufs gemeinsame Essen reduziert. Es gibt genügend Gesprächsstoff, doch sie ziehen eisiges Schweigen vor. Nur die hin und wieder sich kreuzenden Blicke verraten mehr über die wahren Gedankengänge.

Nayati ist der, der endlich das Schweigen bricht. »Warum schweigt ihr?« Seine Stimme ist unverhältnismäßig scharf.

»Es steht keinen von uns zu«, sagt Waylon betont neutral.

Nayati hält den Blick stand, den Waylon ihn zuwirft, entgegnet aber nichts. Er liest darin weder einen Vorwurf heraus, noch entdeckt er eine eventuell versteckte Anspielung.

»Wie gehen wir vor?«

Waylon entgeht nicht Nayatis Anflug flüchtiger Unsicherheit. Ehrlicherweise muss er zugeben, dass dies auch auf ihn zutrifft. Und wenn er Deborah so ansieht – etwas schüchtern schielt Waylon zu ihr –, dann ergeht es ihr ebenso; Gewahrerin hin oder her, die Situation ist unglaublich und nicht vorhersehbar gewesen.

»Was genau hast du … erfahren können, Nayati?« Vorsichtig setzt Deborah die Worte, um den Dakota nicht das Gefühl von Misstrauen zu vermitteln.

Nayatis Augen fixieren einen Punkt – einen, der in der Erinnerung liegt. Am geistigen Firmament tauchen wieder die Bilder auf, die erst vor kurzem alles bestimmten und seinem Sein eine völlig neue Wendung gaben. Er ist selbst überrascht, wie gut er damit umgehen kann, stellt die Erfahrung doch die Welt auf den Kopf. Auch ist er kein Schamane, der über derlei Wissen verfügt. Dennoch kommt er damit, wenigstens nach außen hin, klar.

»Es ist eine Wesenheit«, beginnt er zögerlich, als würde er es selbst nicht glauben.

Deborahs Mundwinkel zucken. Allein dieser Ausdruck suggeriert Höheres und macht ihr Angst.

»Woher …« Waylon bricht ab. Der Ausdruck auf Nayatis Gesicht spricht eine deutliche Sprache.

»Die Wesenheit war in meinen Gedanken«, fährt Nayati monoton fort. »Sie nennt sich Tzúk'ranac.«

»Es ist eine *sie*?«, fragt Deborah erregt dazwischen.

»Nein. Wesenheiten sind weder *wicasa* noch *winyan*.«

Die Gewahrerin sieht mit kindlich naiv-erstaunten Blick Nayati an. »Du meinst ... sie ... sie sind beides ... Also Mann und Frau?«

Der Dakota hebt und senkt langsam den Kopf.

»Und das hat man dir alles gesagt?«

»Es waren keine Worte. Es war eine ... Erfahrung.«

»Gedankenübertragung«, murmelt Waylon. Das, wonach Menschen – besonders das Militär – verstärkt in den letzten fünfzig Jahren gesucht haben, wird durch eine einzige Begegnung Realität. Beängstigend nah! Bleibt die Frage, warum man Nayati dafür auserwählt hat!

Als hätte Nayati Waylons Gedanken gelesen, antwortet er: »In Tzúk'ranacs Augen bin ich von uns am zugänglichsten. Die Bilder, die mir gezeigt wurden, bieten ein Gesamtbild. Als sei ich selbst dabei gewesen.«

»Bei was ... dabei?«

»Eher *wo* ... Atmanicum ...«

∘ ☆ ∘

Dass es in den Tiefen des Universums weitere Formen von Existenzen gibt, steht außer Frage. Es wäre voreilig und dumm, würde man das leichtfertig ausschließen. Nur wenige sind auserkoren, die Wahrheit in ihrer ganzen Tragweite zu erfassen und ohne jegliche Beweise zu akzeptieren. Die allumfassende Frage nach dem Ursprung allen Lebens erübrigt sich somit. Wirklich? Waylon zweifelt. Wird eine Frage beantwortet, wirft die Antwort weitere Fragen auf, den der Wissensdurst menschlicher Vernunft aufsaugt. Wie ein schwarzes Loch das Licht anzieht und schluckt.

Kurz nach Beendigung seines Berichtes, hat Nayati die Gruppe verlassen und ist nun auf den Weg. Es ist risikobehaftet, doch haben sie eine Wahl? Nayatis Worte nach wird sich das Zeitfenster bald schließen, in dem noch gehandelt werden kann. Wie sagte er?

«Die Imunus-Welten stehen in günstiger Konstellation. Solange dies der Fall ist, kann Tzúk'ranac jederzeit *erscheinen*.»

Etwas stört Waylon. Etwas, was nicht zusammenpasst, nicht dorthin gehört, wo es sich gerade befindet. Nayati ist aufgebrochen, um auf Uridräo ungestört die Begegnung mit dem Hüter auszubauen. Was immer der Dakota vorhat, es könnte gefährlich werden … Diesmal sind Kräfte am Werk, die eindeutig den arimeanischen überlegen sind. Waylon hätte nie geglaubt, dass er Arimeas Technik herbeisehnen würde. Doch an dieser hat er sich gewöhnt und schätzen gelernt. Die Selbstverständlichkeit, mit der Nayati Tzúk'ranac involviert und vertraut, kommt Waylon schon fast leichtsinnig vor. Es erinnert an einen Fisch, der wider besseren Wissens das Wasser verlässt, um die Wärme der Sonne zu genießen, nur, weil jemand ihn davon überzeugt hat, dass es das Richtige ist.

«Tzúk'ranac gehört der Existenz der Atmane an», hatte Nayati erklärt. «Atmane sind … Geistwesen … Seelen …»

›Seelen‹, denkt Waylon. Tzúk'ranacs Erscheinung unterstreicht dessen Körperlosigkeit. An Geister mag er nur schwerlich glauben; an Energie schon eher …

»Ich frage mich, wie es Nayati geht«, unterbricht Deborah seine Gedanken schroff. »Ob er gefunden hat, wonach er sucht?«

»Wir werden es bald wissen«, entgegnet er nachdenklich. Irgendwie hat auch Waylon die Unruhe ergriffen, die Deborah momentan ausstrahlt.

»Aber warum ist … ist er … er allein …? Und mit diesem … diesem …«

»Wir sollten es beim Namen nennen, Debby. Eine Umschreibung macht es nicht besser.«

Deborah kann einen Schluchzer nicht verhindern und vergräbt ihr Gesicht in den Händen. Es ist eindeutig zu viel für den Moment. Die ansonsten forsche, souveräne junge Frau ist völlig überfordert. Sie ist an ihre Grenzen gestoßen, und das macht sie mürbe.

Nach einer endlos sich hinziehenden Weile flüstert sie: »Das ist doch kein *Wesen*! Das kann nicht sein …«

»Es gibt unendlich viele Möglichkeiten von Arten der Existenz«, entgegnet Waylon ebenso leise und beinahe besinnlich. »Ich halte uns wahrlich nicht als die beste Form. Wir brauchen einen ganz bestimmten Lebensraum, immer gleichgeartetes Luftgemisch und viel Wasser. Stell dir vor, wir könnten darauf verzichten. Dann wären wir wirklich frei …«

Wieder setzt nachdenkliches Schweigen ein. Freiheit! Was für eine Illusion … Deborah beobachtet Waylon aus den Augenwinkel. Die Situation ist verworren und seine – zwar wohl gemeinten – Worte verwirren trotzdem zusätzlich. Die empfundene Leere droht sie mit in den seelischen Abgrund zu ziehen. Doch diese Einöde bekommt schon bald Risse und eine im verborgen liegende Zeit erwacht aus tiefstem Schlaf des Vergessens.

Zwanzig

Zwischen Zeit und Raum, Raumkreuzer »Sternengral IV«.

Gefasst und erhobenen Hauptes bleibt Sho-Ril vor seinem Ebenbild stehen. Minuten sind vergangen, doch es gibt keinerlei Regung. Die Augen des Aufgetauchten wirken unecht; wie Glas, in dem sich das Licht bricht und widerspiegelt. Kein Wimpernschlag, kein Zucken, keine Pupillenveränderung.

»Was bist du?«, haucht der Rogalit-Flüsterer. »Und was willst du?« Auf eine Antwort wartet er vergebens. Stattdessen passiert nun etwas, auf was Sho-Ril zwar gewartet hat, aber bisher nicht eingetreten ist. Sein Ebenbild wendet plötzlich den Kopf. Es kommt so unvermutet, dass Sho-Ril mehrere Schritte zurückweicht und strauchelt, was ihn wiederum fast stürzen lässt, hätte er nicht im letzten Moment das Gleichgewicht wiedergefunden. Gleichzeitig bekommt er einen dumpfen Druck im Kopf.

«Du hast mich gefragt», formen sich erste Gedanken in Sho-Rils Hirn. «Doch weißt du die Antwort.»

»Nein!«, schreit der Arimeaner. »Weiß ich … nicht …« Der Druck nimmt konstant zu und raubt ihm fast den Verstand. Er spürt Panik.

«Deine Furcht ist unbegründet.»

»Ach ja?! Was für ein Schwachsinn«, schreit Sho-Ril aus Leibeskräften. Er kennt sich selbst nicht mehr. Immens nimmt der Druck zu und will seinen Schädel platzen lassen. Ihm entgeht, dass er soeben zugegeben hat, dass er Angst empfindet.

«Beruhige dich!», hallt die Stimme in seinem Kopf. «Gib nach und weigere dich nicht.»

»Weigern? Es … es tut … höllisch weh …«

«Du blockierst unsere Kommunikation. Jedenfalls versuchst du es. Lass sie zu und du wirst keine Schmerzen spüren.»

»Wie … wie soll … das gehen? Lass … lass mich … mich in Ruhe …«

«Wehre dich nicht. Ich bin nicht du. Ich habe nicht viel Zeit. Also lass ab und vertrau.»

»Vertrauen?«, stößt Sho-Ril zwischen zwei Schmerzschüben hervor. Er setzt zu einer heftigeren Entgegnung an, verstummt aber augenblicklich. Er schließt die Augen und Millisekunden später lässt tatsächlich der Schmerz nach.

«Danke, Sho. Du hast uns beiden einen Dienst erwiesen.»

Aus halbwirren Augen starrt Sho-Ril sein Gegenüber ungläubig an. »*Wer* bist du?«, presst er hervor.

«Der, den du gut kennst.»

Wird er für dumm verkauft? Er stutzt.

«Auf Methua suchtest du gern meinen Rat, Flüsterer.»

»Der Rogalit?«

In Sho-Rils Kopf schwirrt es und das Blut rast rauschend durch die Adern.

«Verzeih, aber es war der einzige Weg der Kontaktaufnahme. Du bist zu weit entfernt von Methua. Die Wahrheit wird dir nicht gefallen, Sho.»

»Was meinst du?«

«Du befindest dich gerade im Nirgendwo …»

⌘

Als er die Augen wieder öffnet, liegt er auf den Boden seines Quartiers auf dem Kreuzer. Das Licht ist gedimmt und es herrscht seltsame Stille. Sho-Ril stützt sich auf die Ellenbogen. Gegenüber erkennt er die Umrisse seiner Schlafröhre. Ein seltsames Gefühl überkommt ihn. Der fahle Geschmack im Mund wird schlagartig vordergründig; es schmeckt nach Blei und liegt schwer im Magen. Er fasst sich an die Lippen und ein scharfes Ziehen lässt ihn aufstöhnen. Offenbar hat er sich auf die Lippen gebissen und Blut geschluckt.

Er fühlt sich verkatert. Abgesehen von Blutgeschmack ist so auch sein Brummschädel erklärbar. Obwohl er ganz und gar nicht verstehen kann, warum er am Boden liegt. Schwerfällig wälzt er sich auf die Seite, wobei er feststellt, ziemlich steif zu sein. Alle Knochen und Muskeln schmerzen, sogar die Augen tränen. Jeder Zentimeter Bewegung kostet Kraft und zunehmend Überwindung.

Als er endlich steht und das Körpergewicht leidlich ausbalanciert hat, atmet Sho-Ril laut vernehmbar ein. Der anschließende Seufzer zeugt von der großen Anstrengung, die es ihm gekostet hat und er froh darüber ist, es geschafft zu haben. Bisher steht er mit dem Rücken zu der Stelle, an der die Kugel materialisiert war. Im Moment sind seine Gedanken noch weit davon entfernt, ihm die Erinnerung daran zu offenbaren.

Was war nur los gewesen? Ihm ist es schleierhaft. Warum ist er zu Boden gegangen? Was hat bloß stattgefunden, was ihm so zugesetzt hat? Automatisch greift er sich an den Nacken. Die Berührung löst einen unangenehmen Schmerz aus. Sho-Ril zieht verstört die Hand weg, räkelt sich vorsichtig, was weniger Schmerz bedeutet, aber kein Deut angenehmer ist.

Ein wenig schwankend geht er hinüber zur Schlafröhre. Ihm ist mulmig; die paar Schritte sind sehr anstrengend und ermüden. Er hat ein steigendes Bedürfnis zu schlafen. Erleichtert legt er sich hin. *Nur ein bisschen Schlaf*, denkt er. *Nur ein bisschen ...* Kaum liegt er auf den Rücken fallen ihm sofort die Augen zu. Eine plötzlich eintretende bleierne Schwere setzt ein, als würde die Schwerkraft des Raumkreuzers erhöht. Sho-Ril wundert sich darüber, misst diesen Umstand aber keine weitere Bedeutung bei. Der Tag war schon anstrengend genug!

Kaum dass er die Augen geschlossen hat, verlässt Sho-Rils Geist die gegenwärtige Realität und taucht ab die Traumwelt. Es geschieht übergangslos. Befand er sich bis eben noch auf der »Sternengral IV«, ist er nun auf Methua, der Inselenklave auf Arimea. Dazwischen liegt eine – für Arimeaner – unermessliche Zeitspanne. Nur er hat sie auch in Wirklichkeit erfahren. Hat diese Spanne erlebt und gefühlt.

«Willkommen, Flüsterer. Ich sehe, du bist meinem Ruf gefolgt.»

»Ja, Rog«, antwortet Sho-Ril.

«Denke einfach, was du sagen möchtest, Flüsterer. Man sollte nie zu vertrauensselig sein.»

Sho-Ril versteht. Unaufgefordert geht er in die Rogalithöhle und nimmt seinen altangestammten Platz ein. Ihm kommt dabei nichts ungewöhnlich vor. Die Situation ist so selbstverständlich, wie jeden Tag die Sonne scheint.

«Der Planet ist verlassen, doch trotzdem bin ich nicht allein.»

›Es ist lange her‹, entgegnet Sho-Ril gedanklich. ›Hast du herausgefunden, wer sie sind?‹

«Das Geschlecht ist so alt, wie das Universum selbst.»

Der *Methelem* runzelt die Stirn. ›Ist das möglich?‹

«Alles ist möglich», begehrt der Rogalit auf. «Das Universum ist die Mutter all unseren Seins.»

›Und was wollen die hier?‹

Der Rogalit bleibt eine Antwort schuldig, was Sho-Ril verwundert. Stattdessen wechselt der Kristall das Thema.

«Euer Planet hatte in der Vergangenheit auch anderweitigen Besuch. Einen, mit dem ich nie gerechnet hätte.»

›Besuch? Wer …‹ Sho-Ril verschluckt den Rest der Frage.

«Ich war überrascht, wurden sie doch von einem Angehörigen der *Sternenbruderschaft* begleitet.»

In Sho-Rils Kopf beginnt sich alles zu drehen. Nach einer wohlgesetzten Pause berichtet der Rogalit. Erzählt von Aquoras, der Unterwasserstadt, wie Callum und zwei Erdenbewohner eintrafen und sogar bis ins Allerheiligste vorstießen.

›Von der Erde?‹

«Wenn ich es richtig verstanden habe, handelt es sich um zwei Gewahrer des *Kreises*.»

›Wenn das stimmt, dann hieße das ja …‹

«Der alte Plan hat funktioniert. Die Saat, die einst von Orinario gepflanzt wurde, ist aufgegangen.»

Dem *Methelem* bisher nur als unter der Hand weitergegebenen Legende bekannt, bekommt die alte Geschichte nunmehr einen Touch von tatsächlicher Wirklichkeit; schwer zu glauben, doch offensichtlich wahr.

«Die Gewahrer der fernen Welt sind die Nachfahren eures Volkes», fährt der Rogalit fort. «Einer von ihnen ist ein direkter Nachfahre Orinarios.»

Sho-Ril bleibt die Luft weg. Woher will der Kristall das wissen? Doch dann dämmert es ihm langsam.

»Du hast mit ihm gesprochen?«, flüstert er ahnend.

«Mehr noch, er kommt regelmäßig in den Kokon.»

Einundzwanzig

Die Lichtverhältnisse auf Uridräo muten wie Vorboten eines kurzbevorstehenden Ereignisses an; eines Ereignisses, welches Nayati nicht einschätzen kann. Geht er nach seinem Bauchgefühl, so verheißt es nichts Gutes. Wie immer es auch geartet sein wird, eines ist sicher: Es wird alles auf den Kopf stellen! Darin ist sich der Dakota sicher. Er rechnet allerdings nicht damit, dass es unmittelbar eintritt.

In den nächsten Stunden würde *Atius Tirana*, der »Große Geist«, erscheinen. Nayati hat sich entschieden, bei dieser Bezeichnung zu bleiben. Zumal der wirkliche Name Tzúk'ranac für ihn zu fremd ist. Vertrauter hingegen ist der herkömmliche Begriff, der am ehesten die Erscheinung umschreibt.

Auf ein erneutes Ritual will Nayati bewusst verzichten. Wenn es wirklich *Atius Tirana* ist, dann wird er diese Welt zum vereinbarten Zeitpunkt betreten. Da der Kontakt bereits hergestellt und – zugegeben unkonventionell – erneuert worden ist, bleibt eine gewisse innere Spannung bestehen, ob der »Große Geist« denn auch wirklich erscheint. Äußere Einflüsse sind bedeutungslos. Nur der Glaube zählt und wird auf eine harte Probe gestellt.

Nayati trifft eine weitere Entscheidung. Diese ist rein weltlicher Natur und bezieht sich auf die hiesigen örtlichen Gegebenheiten. Angesichts des Himmels, dessen Färbung sich auffällig verändert, und weiterhin das ungute Gefühl nährt, will er den Zeitgleiter nicht ungeschützt stehen lassen. Die beste Variante wäre, direkt in der Pyramide zu materialisieren; doch leider hat er keine genauen Koordinaten. Nicht auszudenken, wenn er an einer Stelle im Raum auftaucht, an der sich ein Hindernis befindet. Seine physikalischen Kenntnisse sind nur unzureichend, um zu wissen, was dann genau geschieht. Aber schmerzvoll wird es sicherlich, abgesehen vom auszugehenden Schaden am Gleiter. Und wenn er etwas dringlich braucht, dann ist es der Zeitgleiter.

Die ersten Stunden verbringt der Gewahrer damit, die Gegend zu beobachten. Nirgends gibt es Anzeichen von Arimeanern. Auch der Stützpunkt ist verlassen; den Spuren nach zu urteilen schon seit langem. Überall liegt unberührter Staub. Nein, mindestens Jahrzehnte sind keine Besucher mehr auf dem Mond gewesen.

Um nicht doch heraufzubeschwören, was verhindert werden kann, versteckt Nayati das Gefährt nahe des von Rebecca errichteten Baumhauses am Dschungelrand. Dieses Nachtlager ist vorteilhaft, falls etwas Unerwartetes eintreten sollte. Es sind unruhige Zeiten, das ist nicht zu leugnen, geht man nicht mit Scheuklappen durchs Leben. Besorgten Blicks schaut er hinauf zum Himmel. Die Atmosphäre erscheint bedrohlich aufgewühlt. Ein Vorzeichen für Bevorstehendes?

Nachdenklich legt Nayati den Weg zum Baumhaus zurück. Trotzdem er schon oft auf Uridräo war, kam er noch nie auf die Idee, hinaufzusteigen. Zu unscheinbar und als nicht wichtig genug erachtet, nahm es Nayati wenn überhaupt nur am Rande war. Erst der immer intensiver werdende Kontakt zu Waylon und die stattfindenden Gespräche, lassen diesen Ort im völlig anderen Licht glänzen. Mit unverhohlener Neugier klettert Nayati die Flechtleiter hinauf.

Von hier oben ist der Blick übers Land viel aufgeräumter. Wirkt das Flechtwerk nicht gerade stabil – bei jedem Schritt schwanken wellenförmig Boden und Wände –, wird eine gewisse Sicherheit suggeriert, die auch hält, was sie verspricht. Dennoch bewegt er sich anfangs sehr zurückhaltend. Nayati hat noch nie in seinem Leben eine Schiffsplanke betreten, kann also diesen Vergleich nicht ziehen. Doch nach einigen zaghaften Gehversuchen mit gleichzeitigem Testen der Stabilität, fasst er Mut. Und wenig später schon nimmt er es als völlig normal hin.

Durch Waylons kleinen Episoden erkennt er die an der Seite ordentlich abgestellten Flechtpalisaden fürs Fenster und der Tür. Und trotz des anwährenden Durchzugs, herrscht im Inneren eine tropische Temperatur. Offenbar hat auch das Baumhaus keiner mehr nach Waylon betreten. Überhaupt wirkt alles seit überaus endloser Zeit unberührt und verlassen.

Ein Wohlgefühl kommt nicht auf. Ganz anders als Waylon, der diesem Hort sogar einen Kosenamen verliehen hat, kann der Dakota dem Geflecht nicht das Geringste abgewinnen. Als Schlafplatz mag es in der Wildnis komfortabel genug sein, wenngleich er allein schon Unbehagen beim Gedanken empfindet, es mit einem Bauwerk von Weißen zu tun zu haben. Nayati zieht allerdings, wären die Umstände anders geartet, ein Lager unter freiem Himmel vor. Für die kommende Nacht wird er jedoch bleiben.

Viel zu sehen gibt es nicht. Bis auf die hinterste Ecke an der Decke, links des Eingangs. Neugierig geht er näher heran. Richtig, die Platte ist nicht ordnungsgemäß eingesetzt worden, die das Loch verbergen soll. Dahinterliegende Dunkelheit lässt nichts weiter dort oben vermuten, doch Nayatis Interesse ist geweckt. Sollte dort oben etwas versteckt sein? Wenn ja, warum hat man sich nicht mehr Mühe gegeben?

Vorsichtig hebt Nayati die herunter ragende Ecke an. Ein

Schwall Staub rieselt herab. Er geht etwas beiseite und hebt das Flechtquadrat vollständig an, bis es die Öffnung soweit freigibt, das Nayati hindurch passt. Im Zwielicht erkennt er einen verborgenen Raum, indem ein Mensch mühelos Platz findet. Er stößt sich vom Boden ab, der durch die Kraftübertragung gefährlich schwankt, und mit einem Klimmzug zieht er sich empor. Die Luft ist stickiger als im Hauptraum und riecht nach ausgetrockneten Holz. Nayati atmet oberflächlich, so verhindert er einen Hustenanfall.

Der aufgewirbelte Staub behindert die Sicht. Durch die feinen Ritzen des Flechtwerks bildet das einfallende Licht seltsam freischwebende Muster. Es dauert, bis sich seine Augen an den Schleier gewöhnt haben und diesen durchdringen können. Was er dann zu sehen bekommt ist merkwürdig und bestätigt aufs Neue, wie die Weißen ticken. Ein halb offener Sack voller Goldstücke!

Der Stoff ist lädiert und macht den Eindruck, nicht mehr die Last der Münzen halten zu können. Ein verstaubtes Goldstück liegt abseits. Nayati nimmt es an sich. Prüfend sucht er vergebens nach weiteren Dingen, während die Hand den überraschenden Fund in die Hosentasche gleiten lässt.

Dann verschließt er sorgfältig das Deckenloch. Waylon hat nichts von dem versteckten Gold erzählt. Hat sich Nayati etwa in ihm getäuscht? Ist er anders als die Weißen, die seinen Weg kreuzten? Vielleicht weiß Waylon auch nichts davon? Wäre denkbar, doch es wirft eine weitere interessante Frage auf. Wer hat dann die Deckenverkleidung nicht richtig eingesetzt?

Dieser Gedanke setzt Adrenalin frei. Es gilt Vorsicht walten zu lassen. Denn träfe es zu, dass noch jemand hier gewesen war, könnte Der- oder Diejenige jederzeit auftauchen.

Nayati streift den Gedanken daran abrupt ab. Jetzt ist nicht der geeignete Zeitpunkt dafür, irgendeinem Phantom hinterher zu jagen. Er sieht aus dem Fenster des Baumhauses. Das Meer liegt spiegelglatt da. Nicht der winzigste Lufthauch! Dennoch meldet sich warnend Nayatis innere Stimme. Achtsam beobachtet er die Gegend. Wie sehr sie doch der der Erde ähnelt …

Zuerst ist da ein flüchtiger Schatten, der rasch übers Meer huscht. Es könnte alles Mögliche gewesen sein; eine schnellziehende Wolke am Himmel, ein großer Fisch. Als sein Blick zum wiederholten Male die Stelle streift, kommt ihm das Wasser extrem glanzlos vor. Soweit er es überblicken kann ist der Himmel bedeckt, wie an einem trüben Tag zuhause. Das atmosphärische Brodeln, dass er bei seiner Ankunft vorgefunden hat, scheint nachgelassen zu haben. Dadurch aufgeschreckt, verlässt er hastig das Baumhaus über die Flechtleiter.

Wieder festen Boden unter den Füßen, rennt Nayati zum Strand. Er hat für nichts anderes Augen, als den Himmel. Dadurch entgeht Nayati ein wichtiges Detail. Nicht nur das Wasser hat seine ursprüngliche Farbe verloren, auch das Grün des Dschungels wirkt blass und farblos. Interessanterweise bilden die Wolken ein den gesamten Himmel einnehmendes Gebilde, das sich langsam entgegen des Uhrzeigersinns dreht. Im Zentrum scheint währenddessen eine fast kreisrunde Lücke zu erwachsen. Dahinter leuchtet die türkisfarbene Atmosphäre und wirkt wie ein glimmendes Auge im fahlem, tristen Grau.

Nayati kann die Augen nicht abwenden; sei es wegen des ungewöhnlich mächtigen Anblicks oder der Erwartung, gleich Zeuge eines spektakulären Phänomens zu werden. Denn danach sieht es aus. Der Dakota kann es förmlich riechen.

«Ich bin hier, auf dieser Welt», ertönt es unerwartet und dominant in seinem Kopf. Der Zeitpunkt könnte nicht besser gewählt sein.

»Hast du schon mal so etwas gesehen, *Atius Tirana*?«

Für einen Moment schweigt die gedankenübertragende Stimme. Nayati beginnt zu glauben, einer Sinnestäuschung erlegen zu sein. Doch da hallt es erneut in seinem Schädel.

«Was ist *Atius Tirana*?»

Der jugendliche Gewahrer wendet endlich den Blick vom

Himmel ab und dreht sich suchend um. Was er jetzt sieht, lässt ihn das Blut gefrieren! Ein baumgroßes, nebeliges Durcheinander von in sämtliche Richtungen strebenden Energiefasern umwebt einen imaginären, dunkelgrauen Mittelpunkt.

«Ängstige dich nicht. Es geschieht dir nichts. Sag mir lieber, was es auf sich hat, mit deinen Worten.»

In Nayatis Kopf hört es sich bedrohlicher an, als es vielleicht sollte. Oder ist Nayati überfordert mit der Gesamtsituation?

»Es ist die Anrede meines Volkes für den ›Großen Geist‹.«

«So siehst du mich?»

»Ja«, gibt Nayati unumwunden zu; ein wenig forsch, wie er meint.

«Nun denn», sagt Tzúk'ranac. «Es ist mir gleich, wie du mich nennst oder was du in mir siehst.» Die entstehende Pause verunsichert den Dakota, weiß er doch das Nebelwesen nicht einzuschätzen. Auf Nosy Be machte es Andeutungen, seine Hilfe zu benötigen. Sollte er auf die Probe gestellt werden?

«Wende deine Aufmerksamkeit auf das nun Eintretende, Nayati.»

Gehorsam dreht sich der Gewahrer wieder Richtung Ozean. Kaum Wellen, jedenfalls keine vom Wind erzeugten. Die Wolkenmasse rotiert weiterhin um das türkise Himmelsauge. Nichts hat sich in den letzten Augenblicken verändert. Nayati wartet mehrere Herzschläge ab, ehe er mit *Atius Tirana* ein ernstes Wörtchen reden wird. Doch da beginnt ums ›Auge‹ herum ein unnatürliches Aufleuchten …

Nayati schaut gebannt empor. Ein oder zwei Augenblicke darauf öffnet sich der Himmel. An Stelle des Himmelsauges erwächst ein seltsames Monstrum, gefolgt von einem orkanartigen Windstoß und ohrenbetäubenden Knall. Als wieder sein Denkvermögen einsetzt, findet sich Nayati auf dem Rücken liegend am Boden wieder. Die Luft hat der Aufprall aus den Lungen gepresst. Jeder Atemzug schmerzt mörderisch. Eine Beule am Kopf zeugt von der schier unvorstellbaren Wucht, die ihn umgeworfen hat.

Es dauert unendlich lang, bis er sich auf die Seite wälzen und abstützen kann. Die höllischen Schmerzen erschweren das Atmen; seine Lungen brennen, wenn frischer Sauerstoff eingesogen wird. Er versucht so flach wie möglich zu atmen, doch außer dem ständigen Gefühl des Erstickens und die immer größer werdende Panik, wird es nicht viel besser.

Mit sich selbst beschäftigt, bleibt eine Tatsache außen vor, nämlich die, dass er auf völlig aufgeweichten Boden liegt und sich auch nicht mehr auf dem Sandstrand befindet. Diese Erkenntnis trifft ihn besonders hart. Überall liegen Wasserpflanzenreste und Schlick und sogar kleinere, noch zappelnde fischartige Tiere. Auch seine Kleidung ist durchnässt. Ihm ist kalt. Sehr langsam wird Nayati bewusst, was geschehen ist. Noch immer dringen Geräusche seltsam gefiltert an sein Ohr. Er holt sich die letzten Augenblicke, in denen er auf den Ozean blickte, ins Gedächtnis zurück. Noch einmal dröhnt der furchtbare Knall. Dann verweigert sich ihm die Erinnerung.

Mühevoll kommt er zum Sitzen. Ein stechender Schmerz durcheilt seinen Schädel, strömt hinab des Nackens in den Oberkörper. Gequält stöhnt er. Geschunden kann Nayati nicht einen einzigen Gedanken fassen. Alles dreht sich um die eigene Befindlichkeit, ums eigene *Überleben*.

Viele Atemzüge braucht er, um den Schmerz halbwegs erträglicher werden zu lassen; das Zusammenspiel von einer besonderen Atemtechnik und geistiger Konzentration lindern das Leid. Unmittelbar danach gelingt es Nayati langsam und bedächtig aufzustehen. Ein Bild der Verwüstung offenbart sich seinem Blick. Einige ehemals dichtgewachsene Pflanzen am Rande des Dschungels liegen entwurzelt mit welk werdenden Blättern in einer Linie am Boden, die das Wasser gezogen hat. Vormals grüner Bewuchs ist nun mit Sand und einer stinkenden Masse vermengt. Alles ist glitschig und er muss aufpassen, nicht auszurutschen und hinzufallen.

Wie ein Bollwerk steht die Pinie noch mit dem Geflecht in der Krone inmitten trostloser Vernichtung. Eine auffällige Markierung am Stamm deklariert den kurzfristig eingetretenen Wasserstand und lässt Nayati nachträglich erschaudern. In etwa Höhe der Größe eines ausgewachsenen Mannes musste alles überflutet gewesen sein. Zahlreiche Wasserlachen sind zu sehen, die mit der Zeit salzige Rückstände hinterlassen werden.

Zögernd und jeden Schritt ausbalancierend geht er hinüber zum Baum. Für die Strecke benötigt er ein Vielfaches an Zeit, als unter normalen Umständen. Innerhalb eines Momentes ist plötzlich alles anders geworden. Am Baum angekommen, erkennt Nayati überdeutlich die Linie, die das Wasser hinterlassen hat und stellt erschreckend fest, dass sie seine Körpergröße um mindestens zwei Handbreit überschreitet. Die Flechtleiter baumelt noch, allerdings fehlen die Sprossen im unteren Drittel. In der jetzigen angeschlagenen körperlichen Verfassung ist es unmöglich, das sichere Baumhaus zu erreichen. Und genau das bräuchte er jetzt!

Seine Konstitution verliert spürbar an Kraft und er kann sich kaum noch auf den Beinen halten. Die Knie schlottern verdächtig und er hat mit dem Gleichgewicht Probleme. Allerdings lädt der Untergrund nicht zum Rasten ein und weit und breit gibt es kein unversehrtes Plätzchen. Nayati schätzt das Endstück der Leiter in einer Höhe von anderthalb Mann. Mit einem Sprung erreichbar, doch jetzt eine fast unüberwindbare Distanz …

Was er bisher aus ganz verständlichen Gründen nicht bemerkt oder wenigstens erfolgreich ausgeblendet hat, dringt nun mit aller Macht in sein Bewusstsein. Auf der Suche nach brauchbarem, um das fehlende Leiterstück zu ersetzen, fällt ihm die Dunkelheit auf. Überrascht überlegt Nayati, ob es bereits Abend geworden ist, was bedeuten würde, dass ihm mehrere Stunden Erinnerung fehlen. Sein Gefühl spricht dagegen. Er kann sich nicht vorstellen, über Stunden in Ohnmacht gelegen zu haben. Dies wäre nicht gerade seiner Gesundheit förderlich gewesen.

Nein, diese Lichtschwankung hat andere Ursachen.

Nayati tritt aus dem Baumschatten heraus, was natürlich – angesichts der Größe der Pinie – dementsprechend dauert. Es ist müßig und fällt schwer, in all dem angehäuften Unrat einen mehr oder weniger festen Stand zu bekommen. Als es dann doch irgendwie gelingt, hebt er den Blick vom Boden. Wie ein Blitz schlägt der Anblick ein, der sich ihm bietet. In Nayatis Leben gibt es absolut nichts Vergleichbares. Am ganzen, von ihm einsehbaren Himmel schwebt ein unförmiges, noch nie gesehenes Monstrum! Es ähnelt einem Ungeheuer aus alten Märchen, die des nachts an den Feuern geisterten. Unzählige Arme ragen vom Rumpf herab, als wollen sie nach ihm greifen. Die Angst, die sich seiner schlagartig bemächtigt, befördert Nayati erbarmungslos in die Tiefen eines traumlosen Schlafs …

Zweiundzwanzig

Zwischen Zeit und Raum, Raumkreuzer »Sternengral IV«, eine Stunde Mondzeit zuvor.

Er begreift nur schwerfällig die Worte des Kristalls, deren Bedeutung wiederum erst nach und nach in Sho-Rils Bewusstsein dringen. Wenn es so weit von Arimea direkte Nachkommen des einstig Ältesten der *Wächter* noch heute gibt, kann dies nur heißen, dass die Macht der früheren Gilde unermesslich groß gewesen war. Viel größer, als er je zu glauben vermocht hat. Sho-Ril ist Orinario nur einmal kurz begegnet, wenn auch nur über Hologramm als Zeuge im ›Saal des Wortes‹ des herrschaftlichen Palastes. Damals ging es um Orinarios Zellerneuerung in dessen unterirdischer, geheimen Kuppel-Grotte.

Augenblicklich befindet er sich im Geiste noch einmal in der Audienz. Sieht den angespannten Gesichtsausdruck des Ältesten und hört seine eigene Aussage: *»Der Rogalit weiß um eine*

Erfindung des Kreises, *dessen Prototyp über Perioden hinweg im Einsatz war. Besonders auf dem neu erkundeten Planeten A-remodon. Hierbei handelt es sich um einen Flugkörper, der durch Zeit und Raum reist.«*

Seine Aussage sorgte für Tumult und Aufruhr. Dafür also brauchte Orinario den Transmitter! Durch die Geheimhaltung schöpfte niemand Verdacht und so konnte die Bruderschaft nach Belieben schalten und walten. Nach seiner Enthüllung wurde es um Orinario still. Wie er heute weiß, zog er sich auf den Mond Uridräo zurück und verlagerte dorthin all das notwendige Equipment zur Produktion des Gleiters.

Und jetzt wird Sho-Ril das ganze Ausmaß der mittlerweile verjährten Machenschaften bewusst.

»Der Nachfahre … weiß um seine … Herkunft …?« Sho-Ril kann es kaum fassen.

«Sein Wissen schlummert tief im Verborgenen», entgegnet der Rogalit. «Aber es ist abrufbereit.»

Der *Methelem* hebt überrascht den Kopf.

»Er kann es nutzen?«

«Wenn er es wollte, ja.»

»Du sprichst in Rätseln, Rog.«

«Ich kenne eure Art der Kommunikation. Doch verzeih, wenn ich deren Regeln nicht ganz folge.»

Sho-Ril kann ein Schmunzeln nicht verkneifen. Da ist er wieder, der unterschwellige Hang zum Humor. Jedenfalls interpretiert er so die Angewohnheit des Rogaliten, mit gewissen Themen umzugehen.

»Führtest du mich deswegen hierher?«

«Dein Geist weigert sich, sich im fremden Terrain zu öffnen.»

Nun lacht der *Methelem* laut. ›Wenn das alles ist‹, denkt er scherzhaft ironisch.

«Beobachte genau und du wirst begreifen!»

In der Rogalit-Grotte wird es dunkel. Wenige Meter entfernt

erscheinen lebensgroße Arimeaner. Die Szene wirkt vertraut und zeigt einen Ausschnitt aus dem Alltag Arimeas. Wohlgemerkt des *alten* Arimeas, bevor der Planet künstlich aus der Bahn katapultiert wurde und fortan als Wanderer unterwegs ist. Gezeigt wird eine Gruppe Arimeaner mit einschlägiger Kleidung, auf einem Platz. Sie tragen Uniformen, die sie als Besatzung eines Raumschiffs auszeichnen. Als es beginnt langweilig zu werden, gibt es einen harten Schnitt.

Die Qualität ist mäßig bis miserabel, das Bild körnig und teilweise verrauscht. Es wird ein Planet vom Orbit aus gezeigt, anscheinend während dessen Annäherung. Die Sicht ist klar. Ein Kontinent rückt ins Bild. Auch aus dieser Höhe ist die reichlich vorhandene Vegetation bemerkenswert.

Wieder ein übergangsloser Schnitt. Im Urwald steht ein Zelt, in das die Kamera geführt wird. Auf einer Trage liegt ein Mann mittleren Alters. Er lacht, hebt die Hand zum Gruß, winkt. Im Hintergrund sind Kisten gestapelt. Eine Mitarbeiterin des Camps kramt in einer davon, holt ein medizinisches Instrument heraus.

Die nächste Einstellung zeigt eine zweite, kleinere Trage. Auf ihr ist eine schmächtige Kreatur mit trüben Augen fixiert. Die in der vorangegangenen Szene gezeigte Mitarbeiterin taucht auf, in der linken Hand eine Ampullen-Pistole. Sie setzt es an den Hals der behaarten Kreatur, drückt ab. Sekunden ohne jegliche Reaktion verstreichen. Plötzlich reißt die Kreatur weit die Augen auf. Es sind schöne, bernsteinfarbene Augen, mit einem Schimmer von Grün. In ihnen steht entsetzlicher Schmerz. Das Gesicht, eines Affen nicht unähnlich, verkrampft. Ohne ersichtlichen Grund bäumt sich die Kreatur auf. Dann folgt eine Nahaufnahme des toten Antlitzes des Versuchsobjekts.

Szenenwechsel. Gleicher Ort, derselbe Mann, ein neues Objekt. Diesmal trägt die Frau keinen Schutzanzug. Auch die Kisten fehlen. Von dem auf der Trage geschnallten Affen entnimmt sie zwei Ampullen Blut. Weitere Einstellungen zeigen die verschiedenen Phasen der Versuchsanordnung. Schlussendlich wird das behandelte Affenblut den auf der anderen Trage liegenden Manne injiziert. Er scheint Witze zu reißen, doch ohne Ton bleibt das spekulativ.

In der Höhle wird es wieder hell. Sho-Ril starrt weiterhin auf die Stelle, an der eben die beeindruckenden Hologramm-Szenen den Platz ausfüllten.

«Du solltest zurückkehren, Flüsterer», durchdringt nach einer Weile der Rogalit Sho-Rils aufgewühlte Gedanken. «Das Schiff wird bald in die Gegenwart eintauchen. Das Ziel wird der Startpunkt sein.»

Zeit zum Antworten bleibt ihm nicht. Schwer zu sagen, ob es während oder nach einem Atemzug passiert, doch als Sho-Ril den Kopf hebt sitzt er in seiner Kabinenwabe auf der Schlafröhre. Die seltsame Kugel und seine Kopie sind verschwunden und das Licht erstrahlt wie immer.

»Rog?!«

Der Ruf bleibt ungehört. Die Fülle an neuen Informationen wird ihn eine Zeitlang beschäftigen. Allerdings wird das warten müssen, denn das vom Kristall angekündigte Verlassen der Zwischen-Raum-Zeit-Dimension wird soeben eingeläutet. Zu merken am unversehens einsetzenden Orientierungsverlust. Richtungen verlieren an Bezug. Ihm wird schwindlig und übel. Zum Glück kann er sich noch rechtzeitig auf die Schlafröhre legen, die sich sofort automatisch schließt. Durch diese neuerliche Erfahrung aufs Äußerste erregt, dauert es, bis er in den sicheren, den biologischen Organismus förderlichen Schlaf sinkt.

Die Außen-Bordkameras überwachen unermüdlich und lückenlos alles was sich draußen abspielt. Dadurch ist es der Crew später möglich, genau nachzuvollziehen, was geschehen ist. Für den Mond allenfalls ist das Erscheinen der »Sternengral IV« ein empfindlicher Eingriff ins Ökosystem, mit nicht immer harmlosen Folgen. Die Steuerungs-Automatik wird voll ausgereizt, um eine Kollision zu vermeiden. Die gewaltigen Ausmaße des Raumkreuzers benötigen eine ausgeklügelte Antriebstechnik, die er ohne Frage hat. Doch was nützt dies, wenn beim Verlassen des Zwischenraums der Abstand zu Uridräo verhältnismäßig viel zu gering ausfällt.

Der unmittelbare Eintritt in den Mondorbit bringt die Atmosphäre in Wallung. Dadurch entsteht kurzzeitig ein Verdrängungsvakuum, welches wiederum eine Druckwelle auslöst. Mit Überschallgeschwindigkeit rast sie der Mondoberfläche entgegen, trifft mit aller Härte auf den Ozean und entfacht einen Mega-Tsunami. Die sich in Land-Nähe weiter aufbauende Flutwelle strebt nach allen Seiten. Nur einem typographisch geschuldeten Umstand ist es zu verdanken, dass die freigesetzte Energie die Gegend um den alten arimeanischen Stützpunkt, zu der auch die Pinie gehört, weitestgehend von der ausgelösten Naturgewalt verschont wird. Unter Wasser verläuft ein tiefer Canon, der die Richtung maßgeblich beeinflusst und ablenkt. So kommt Nayati relativ glimpflich davon.

Auf der abgewandten Seite des Mondes werden dagegen weite Landstriche verwüstet. Glücklicherweise sind dort weder Tiere noch andere Wesen ansässig. Als das Wasser am nächsten Morgen zurückgegangen ist, wird das Ausmaß der Katastrophe sichtbar. Es werden Mondjahre vergehen, bis die Vegetation die zugefügten Narben überwuchert haben wird.

Für die Crew der »Sternengral IV« – Sho-Ril ausgenommen –, sind nur wenige Sekunden vergangen, als sie aus einem seltsamen Zustand erwachen. Irritiert sehen sie sich um. Die Regentin erfasst als Erste, dass etwas Unnormales vorgefallen ist. Zwar sitzt Shatlimya noch an der Konsole, dennoch spürt sie eine Nuance an Veränderung …

»Or'dul? Arlo?«

Ein langgedehntes »Ja …?« dringt zu ihr. Sie wendet sich

um.

»Arlo, alles klar?«

Der Leerbereichforscher nickt mitgenommen. Augenscheinlich geht es ihm genauso wie Shatlimya. Eine durchzechte Nacht könnte nicht schlimmer sein! Regentin Shatlimya ist immer eine gut informierte Frau gewesen, die konsequent ihre Ziele verfolgt. Auch jetzt lechzt ihr Unterbewusstsein nach schnellstmöglicher Aufklärung. Sie erhebt sich, was schwerer fällt als erwartet.

»Or'dul! Kontrollier die Position!«, kommandiert sie. Der Angesprochene reagiert nicht. »Or'dul! Aufstehen! Es gibt …« Sie rüttelt ihn unsanft an der Schulter. Er reagiert noch immer nicht.

»Verständige den Doc«, befiehlt sie im gemäßigten Tonfall. »Und trommle alle zusammen. Bestandsaufnahme …«

Arlo eilt aus der Kommandozentrale.

Regentin Shatlimya – gleichzeitig Kommandantin des Raumkreuzers – wendet sich einem der Schwebeschirme zu, der die Flugdaten im Logbuch zeigt. Keine Auffälligkeiten, soweit sie es auf der Schnelle erkennen kann. Um tiefer in die Materie einzudringen braucht sie Or'dul. Leider geht das nicht, weil er zurzeit nicht ansprechbar ist. Aber das sollte das kleinste Problem sein; auf dem Schiff gibt es bestimmt ein halbes Dutzend Navigatoren.

Die Zugangsluke zischt.

»Mehr als die Hälfte sind wohlauf, Kommandantin«, platzt Arlo herein, im Schlepptau einige Frauen und Männer.

»Und die anderen?« In ihrer Stimme schwingt Sorge mit.

Arlo sieht zu Or'dul hinüber. »Sind ebenfalls bewusstlos …« Es ist ihm anzusehen, dass er noch andere schlechte Nachrichten hat.

Die Kommandantin ist inzwischen aufgestanden und blickt in die Gesichter der Anwesenden. Auf dem Schiff befinden sich zahllose Wissenschaftler und Experten diverser Fachgebiete.

Die Mannschaft nennt sie abfällig *Zivilisten*. Obwohl Shatlimya jegliche Art von Unfrieden missbilligt, und auch dagegen Stellung bezieht – jedenfalls offiziell und ihrem Amt schuldend –, denkt sie insgeheim ebenso.

»Was noch?«

»Vier Personen werden vermisst …«

Warum überrascht es sie nicht sonderlich? Offenkundig unterliegen alle einen kollektiven Filmriss. »Wer?«

»Ist noch nicht geklärt. Aber keiner von der Mannschaft ist dabei. Allerdings ist vermutlich der Vorher-Seher darunter.«

»Spielt den Audiomitschnitt ab!« Erstaunte Gesichter nötigen Shatlimya zu einer erklärenden Ansprache. »Es ist etwas eingetreten, was es zu klären gilt. Davon hängt ab, welchen Weg wir einschlagen.«

»Regentin … mit Verlaub … Wir sind ohne Heimat! Ohne die Artefakte haben wir … keine Chance …«

»Wer aufgibt, hat bereits verloren«, entgegnet sie, nicht weiter auf den Einwurf eingehend. »Nicht der Auftrag hat sich geändert, sondern die Prioritäten. Zuerst ist sicherzustellen, dass keiner auf der Strecke bleibt, schon vergessen? Und es spielt keine Rolle, um wem es sich handelt. Jeder hat seinen Platz und wird dort gebraucht! Also – an die Arbeit!«

◎

Die Lichtfülle blendet. Schützend hält er die Hand vor die Augen, um wenigstens etwas durch die Ritzen der Finger zu erkennen. Wie durch ein Wunder gelingt dieser Trick. Schemenhaft kann er eine Anordnung von grell leuchtenden Kristallen erkennen.

«Schön dich zu sehen», ertönt hallend eine vertraute Stimme. «Willkommen in meinem Reich.»

Er blinzelt angestrengt gegen das Lichtermeer an, kann jedoch niemanden sehen. »Wo … wo bin ich …«

«In Sicherheit, Flüsterer.»

»Und … und wo … ist das …?«

«In meinem Kern.»

Sho-Ril verwundern diese Worte, erklären sie doch kein bisschen das grelle Licht. *Es muss ein Traum sein!*

«Du irrst, Flüsterer Sho. Das Licht, wie du es nennst, wird dich heilen und dir neue Kraft schenken.»

»Und wie komme ich hierher?«, fragt Sho-Ril skeptisch. Beim besten Willen kann er es sich *nicht* vorstellen!

«Ihr Arimeaner kennt nur einen Teil meiner Fähigkeiten.»

»Du?!«, entfährt es dem *Methelem* ungläubig. »Unmöglich! Die Forschungen haben doch alles …«

«Die Forschung nutzt euch nichts.» Der Rogalit klingt enttäuscht. «Ich gab nur preis, was ihr wissen solltet.»

Er setzt zu einer scharfen Entgegnung an, zügelt sich aber rechtzeitig. Seine Gedanken prallen im undurchdringlichen Chaos aufeinander, dass es nur so in seinem Kopf hämmert. Es folgt eine regelrechte Achterbahnfahrt mit abrupten Richtungswechseln, Überschlägen, nicht vollziehbaren Bremsversuchen.

«Ruh dich aus, Sho. Bald wirst du verstehen.»

Was?! Was bildet sich der Kristall eigentlich ein, so mit ihm umzuspringen!

«Ich lese in dir Unglaube und Furcht. Öffne dich mir, Flüsterer! Ich bin nicht der Feind.»

Von was redet der Rogalit?! Klingt eher nach zusammenhanglosem Geschwafel! Keine Spur von Intelligenz! Das ist ein Fake! Sho-Ril denkt sich in Rage. Sein Verstand setzt aus und er hofft inständig, endlich diesem Alptraum zu entsteigen. Oder wenigstens über die traumlose Tiefschlafphase dem entsetzlich Irrwitzigen zu entrinnen. Zu seinem Unglück passiert das aber nicht.

«Verlasse deinen derzeitigen Gedankenpfad, Flüsterer. Neues erwartet dich. Die Zeit dafür ist gekommen, altes hinter dir zu lassen.»

Dem *Methelem* entfährt ein schriller, verzweifelter, lang-währender Schrei. Von den Wänden prasselt unerbittlich in kurzer Folge das Echo auf Sho-Ril ein. Der zunehmende Lärm macht ihn noch aggressiver und mürber, als er bisweilen schon ist. Was er in seiner Verzweiflung nicht bemerkt, ist die Tatsache, dass alles nur in seinem Kopf stattfindet. Nichts von dem ist wirklich; nur das er im Rogalitkokon liegt ist real. Und neben ihn noch drei weitere der Besatzung …

Dreiundzwanzig

Vereinigtes Königreich vor fünfzehn Jahren.

Nach der Geschichte mit der Sphäre Ist Ethan nicht mehr derselbe. Auch Mum begegnet ihn seitdem reserviert kühl. Darunter leidet der Alltag, besonders an den Wochenenden. Mum zieht sich immer mehr zurück und flüchtet in sinnlos erscheinende Hausarbeiten. An manchen Tagen verlässt sie wortlos das Haus und kehrt erst spät nachts wieder heim; nicht selten betrunken. Sie gibt sich nicht einmal Mühe, es vor Ethan zu verheimlichen.

Alleingelassen verbringt er nunmehr die meiste Zeit in der entdeckten Glaskuppelhütte im Garten. Selbstverständlich macht Ethan um die dort gelagerte Kugel einen Bogen und vermeidet, trotzt beengten Raum, den direkten Kontakt. Bisweilen überkommt ihn der Drang, alle selbstauferlegte Umsicht einfach fallen zu lassen. In solchen Momenten verlässt er dann stets überhastet die Hütte und stromert ziellos umher.

Auf Uncle Sam wartet Ethan vergebens. Am vereinbarten Tag hatte er es vergessen; zu sehr beschäftigte ihn die gerade zwei Tage alte Sache. Auch die nächsten Wochen vergehen begegnungslos. Jetzt, zwei Monate später, denkt Ethan nur selten an den Schmalgesichtigen. So vergeht die Zeit. Immer seltener denkt Ethan Mason an die vergangenen Vorkommnisse. Bald sind es nur noch verblassende Erinnerungen. Der Alltag zieht ein, nur mit dem gravierenden Unterschied, dass die Kluft zwischen Mutter und Sohn immer größer wird. Der Riss zwischen ihnen vergiftet sie schleichend.

Von diesem Tage an weicht sein Weg erneut vom Vorbestimmten ab. Ein mysteriöser Fluch überschattet Ethans Dasein. Er ergibt sich in die für ihn bestimmten Vorsehung.

Alle sieben Monate übernimmt die Sphäre für einige Stunden sein Leben in Händen. Erst viele Jahre später wird er den Sinn erkennen. Bis dahin lernt er damit auf seine Weise umzugehen. Ist das Verhältnis zu Mum auch angespannt und steht unter keinem guten Stern, tut er alles um zu verhindern, dass nochmals Menschen Zeugen seiner Wandlung werden. Niemand darf Ethan so sehen, das schwor er sich für alle Zeit.

° ° °

Nosy Be, zweitausend Jahre in der Vergangenheit, zwölf Stunden nach Nayatis Abreise.

Weder Deborah noch Waylon haben die Nacht über geschlafen. Je weiter der Abend fortschritt, umso wacher sind sie geworden. Erst als die Morgendämmerung den neuen Tag ankündigt, weicht endlich die sie alle im Bann haltende Anspannung, die Nayatis *Großer Geist* hinterlassen hat. Besonders in Waylon nagt die Einsicht, den jungen Dakota alleingelassen zu haben. Er macht sich auch noch Vorwürfe, nachdem Deborah bereits schlummert. Zwar sagt er sich, dass alles schon einmal geschehen sei. Nayati wird es meistern, soviel steht fest. Doch es ist etwas Anderes, wenn man dabei ist und alles hautnah erfährt, als Irgendwem dessen Geschichten zu lauschen.

Der Mohrenmaki scheint Waylons Sorgen zu spüren. Seine zaghaften Bewegungen, die Versuche, ihn abzulenken, haben etwas Anrührendes an sich. Zutraulich sucht Wihakayda seine

Nähe, zupft ihm zärtlich durchs Haar, umschlingt zwischendurch seinen Hals, um sich liebebedürftig an ihn zu drücken. Waylon lässt es geschehen, unterlässt aber jegliche Maßnahme, die den Maki bestärken.

Die Berührungen des Tieres beruhigen und entspannen. Ein Gefühl von Geborgenheit kommt auf, das Waylon zunehmend empfänglicher macht für geistige Entspannung …

Ein Gewitterschauer weckt Waylon unsanft. Der Donner ist so gewaltig, dass der Boden erzittert. Verhältnismäßig schnell springt er auf und geht zügig zum Unterstand. Vereinzelte Regentropfen treffen auf seine verschwitzte Haut. Es ist unsagbar schwül und er gewinnt den Eindruck, statt Luft feinen Sprühnebel einzuatmen, wodurch weniger Sauerstoff in die Lungen gelangt. Demzufolge strengt ihm das Gehen ziemlich an.

Der von Nayati errichtete Schutzbau ist einfach gehalten. Aus geschlagenen Baumstämmen, großadrigen Blättern und Rankenpflanzen schützt das Konstrukt einigermaßen vor Regen und Wind und ist recht komfortabel und zweckmäßig. Im vorderen Bereich sind drei stramme Balken senkrecht in die Erde getrieben worden. Verstreut liegen weitere, zum Teil halbfertige oder unbearbeitete Stämme herum, die bestimmt einmal die freie Frontfläche verkleiden sollen.

Windböen drücken gegen das Dach. Am immer düster werdenden Himmel zucken grelle Blitze. Waylon zählt gewohnheitsgemäß die Sekunden bis zum Donnerhall. Weit über den Ozean zeigen dichte, bis ins Wasser reichende Nebelschwaden und lassen daraus schließen, dass es dort bereits heftig regnet.

Wieder zuckt ein mächtiger Blitz am Himmel und erhellt kurzzeitig die in diffuses Licht getauchte Umgebung. Die hohen Bäume begünstigen die Schlechtwetter-Dämmerung. Das Unwetter wird stärker. Ein Blitz jagt den Nächsten, gefolgt von nicht enden wollendem Donnergrollen. Windböen biegen und zerren spielerisch an den Baumriesen. Mit brachialer Gewalt bricht der Regen über die Insel herein. Sämtliche Schleusen des

Himmels müssen geöffnet worden sein. Der Starkregen prasselt herab, lässt in wenigen Sekunden tiefe Pfützen entstehen. Die Sicht ist gleich null.

Der Unterstand ist Gold wert. Waylon ist stolz auf Nayati, durch dessen weise Voraussicht er jetzt trocken ausharren kann. Wehmut kommt auf. Wie mag es ihm jetzt gehen? Wäre es nicht doch besser gewesen, er hätte den Dakota begleitet? Sein schlechtes Gewissen erwacht. Plötzlich fühlt er sich schlecht. Was ist er nur für ein Mensch! Lässt seine Freunde und die Familie im Stich! Hätte er sich niemals träumen lassen, dass es einmal so weit kommt …

Waylon beißt sich auf die Unterlippe. Ertappt sieht er sich um. Zum Glück kann niemand seine Gedanken lesen. Ist ja keiner da, der … Was für ein Hornochse ist er eigentlich!? Bei allem hat Waylon ringsherum alles vergessen! Sogar Deborah!

»Deborah!« Seine Stimme kommt gegen den Sturm und das Donnergrollen nicht an. Der Lärm des Gewitters ist archaisch.

Hoffentlich hat Debby einen ähnlichen Unterschlupf finden können! Wo ist sie überhaupt?

Der Maki zupft verspielt an den Haaren.

»Nicht jetzt«, macht Waylon ungehalten, aber es tut ihm sofort leid. Das Äffchen zuckt zurück und sieht ihn aus kugelrunden Augen vorwurfsvoll an. *Was ist denn in den gefahren?*

Es wird zusehends finsterer. In dieser Düsternis ist es sinnlos, nach Deborah zu suchen. *Sie wird schon ein Plätzchen gefunden haben.* Mit diesen Gedanken beruhigt sich Waylon. Will er nicht durchnässt werden, muss er abwarten. Und auf eine Erkältung kann er verzichten. In diesen Gefilden ist mit Krankheiten nicht zu spaßen – sie könnten leicht lebensgefährlich werden. Ärzte gibt es hier nicht, und die einzige Hilfe hat Nayati mitgenommen.

»Kuck nicht so«, sagt er an Wihakayda gewandt. »Ich kann nichts dafür … Ist doch nicht meine Schuld! Das ihr Frauen auch immer dann, wenn's brenzlig wird, nicht dort seid, wo ihr sein sollt …«

Der ihn treffende Blick ist alles andere als zustimmend. Waylon glaubt darin ein schelmisches Funkeln zu erkennen. Das fehlte noch, wenn die *Kleine* verstünde! Frauen! … sind doch alle gleich!

Das hat das Maki-Weibchen verstanden. Beleidigt wendet sie sich ab und ihm den Rücken zu.

»Schmoll doch«, murmelt Waylon zwischen zwei Blitzen. »Und ich hab *doch* Recht …«

° ° °

Gleich nach Sonnenaufgang war Deborah auf Erkundungstour gegangen. Waylon hat noch geschlafen und sie wollte ihn nicht wecken. So machte sie sich auf den Weg. Sie wollte allein sein, um in Ruhe nachdenken zu können.

Ein Trampelpfad führt sie in unwegsames Gelände. Nach ein paar Schritten steht die Gewahrerin inmitten alles überwuchernder Wildnis.

Über Stunden kämpft sie sich durch die urwäldliche Vegetation Nosy Bes. Dichtes, von Schlingpflanzen überwuchertes Unterholz macht sie langsam. Immer wieder schaut sie zurück, nur um festzustellen, kaum vorwärts gekommen zu sein. Deborah bereut ihren halsbrecherischen Ausflug. Und ob sie jemals wieder ins Lager findet, steht auf einem anderen Blatt …

Obwohl jung und in guter körperlicher Verfassung, raubt die ungewohnte Betätigung ihr bald die letzten Kräfte. Verschwitzt hält sie schwer atmend inne. Unzählige Insekten schwirren, vom Geruch ihres Schweißes angezogen, um Deborah herum. Einige kommen so nah, dass sie die Plagegeister versucht, mit der Hand zu vertreiben. Vergeblich. Wie alle aufgeschreckten und provozierten Schwärme, setzen diese gezielt auf Angriff. Zu allem Unglück kann Deborah noch nicht einmal wegrennen. Wie wild fuchtelt die junge Frau mit den Armen herum. Bald wird sie gezwickt, gestochen, gebissen.

Wütend schreit sie in ihrer Hilflosigkeit ihren Frust in die Welt. Jeder kann und *soll* es hören! Die schwirrenden Insekten wittern in ihr ein schmackhaftes Opfer. Um ihren Kopf wird das Nackenhaar aufstellende Summen immer stärker. Sie hält immer öfters die Luft anzuhalten, weil sie befürchtet, einige der Brummflügler zu verschlucken, von denen einige daumengroß sind! Eine schier nervenzermürbende, ausweglos erscheinende Situation …

Unerwartete Hilfe kommt, wie könnte es anders sein, von oben. Herannahendes Grollen mit aufkommenden Winden verscheucht das urzeitliche Ungeziefer. Doch ein Blick empor beruhigt Deborah überhaupt nicht. Ein Gewitter! Angst hat sie davor eigentlich nicht, ist sie doch modern erzogen und aufgewachsen. Allerdings befindet sie sich auf einer Ebene, deren höchsten Punkt sie momentan bildet. Die Angst im Nacken marschiert Deborah den Weg zurück, den sie gekommen ist. Rechtzeitig erreicht sie einige dicht beblätterte Bäume. Dann prescht die Sturzflut los. Gerade noch trockenes Land, wird auf einmal alles zusehends aufgeweicht. Rinnsale entstehen. Der Regen ist so kräftig, dass er sogar durch das dichteste Blätterwerk den Boden erreicht. Deborah ist völlig durchnässt, noch bevor das Unwetter seinen Höhepunkt entgegenstrebt.

In ihr Schicksal sich ergebend, beobachtet sie besorgt den Himmel. Etwas Spektaküläreres hat sie noch nicht erlebt. Beeindruckend sind die aufgequollenen Wolken, die an sich schon sehenswert sind. Was sie richtig fasziniert sind die Blitze, die im Gegensatz zu daheim um ein Vielfaches länger zucken, und dazu von einem Ton begleitet werden, der die wahre Himmelsgewalt nur allzu verdeutlicht.

Als der Regen nachlässt und der Donner verhallt, erkennt Deborah eine Veränderung in der Wolkenstruktur. Nach und nach bilden sich längliche, nach unten ragende, ovale Auswüchse. Diese erinnern irgendwie an weibliche Brüste! Deborah erscheinen sie wie riesige, mit Wasser gefüllte und aneinander gereihte Luftballons. Dazwischen scheint transparent das Licht hindurch und der Himmel glimmt seltsam.

Deborah kommt aus dem Staunen nicht mehr heraus. Die *Himmelswarzen* werden wellenförmig vom Wind in Bewegung gesetzt. Wiedereinsetzender Regen macht ein weiteres Beobachten unmöglich. Die Tropfen fallen mit einer Geschwindigkeit herab, dass es förmlich wehtut auf der Haut, sobald sie auftreffen.

Den Kopf tief einziehend wartet sie den Guss ab. Doch der Regen wird sintflutartiger. Die bereits entstandenen Rinnsale werden nun zu Bachläufen. Mit Besorgnis bemerkt Deborah das Anschwellen. Früher oder später braucht sie einen anderen Platz. Das hinter ihr liegende Gebüsch ist nicht geheuer. Dadrin können die unmöglichsten Tiere Unterschlupf gefunden haben, denen sie nicht einmal auf freier Strecke begegnen möchte.

Als der Regen seichter wird, löst sie sich aus ihrer Deckung und folgt der eigenen Spur zurück. Mehrmals rutscht sie aus, strauchelt, bleibt aber auf den Beinen. Jeden Schritt überlegend kommt sie mehr schlecht als recht voran. Zu allem Überfluss gießt es unterdessen wieder ununterbrochen. Unter einem verkrüppelt gewachsenen Riesenbaum findet Deborah endlich Schutz. Vermutlich ereilte ihn einmal vor sehr langer Zeit ein derbes Schicksal, etwa ein Blitzeinschlag. An einer gut erreichbaren Stelle zeugt davon eine verknorpelte Narbe. Kurz entschlossen zieht sie sich empor. Von hier aus ragen vier, nahezu senkrecht gewachsene Äste in die Höhe, die der Gewahrerin auch seitlichen Schutz bieten. Die *Knorpelnarbe* eignet sich hervorragend zum Verweilen und genügt allemal. *Fast schon Luxus in dieser Wildnis.*

Am ganzen Himmel Zucken unentwegt Blitze. Der darauffolgende Donner übertrifft bei weitem den Vorangegangenen und hallt viele Minuten nach.

Deborah wagt einen Blick nach oben, und glaubt kaum, was

sie dort, zwischen einer Lücke im Geäst des Baumes, am Himmel erspäht …

∘ ∘ ∘

Waylon ist unendlich müde gewesen und ist eingeschlafen. Regungslos liegt er, mit weit geöffneten Mund da. Ein Speichelfaden wird wie eine Saite beim Ausatmen leicht gewölbt gespannt; für die Dauer des Einatmens verschwindet sie im Mund. Friedlich schlummert sein Körper, sein Geist hingegen durchlebt wahren Wandertaumel.

Während das Gewitter tobt, nimmt Waylon teil an ein unglaubliches Ereignis, welches seine Gedankengänge grundlegend erschüttert …

Ein Flimmern hüllt ihn ein. Dunkle Entladungen durchströmen seinen Leib, hinterlassen ein wohliges Kribbeln. Zeit- und Orientierungslos bekommt er ein Gefühl schwerelos zu sein. Durchs innere Auge erblickt Waylon die Welt. Sie ist ihm bekannt – doch ebenso fremd. Ein seltsamer Lichtbogen führt ihn. Wohin, kann er nicht erkennen. Nach und nach nimmt er von der Umgebung mehr wahr. Spürt warmen, gleichzeitig kühlenden Wind, riecht aromatische Gräser. Das Firmament wirkt nicht echt, ist aber wunderschön. Keine Wolken ziehen am Azurblau erstrahlenden Himmel. Am Ende des Lichtbogens sind aufragende Mauern zu erkennen. Sonnenstrahlen werden zig-fach von den Fassaden reflektiert.

Schmeichelten die bisherigen Gerüche den Geruchssinn, ist nunmehr die Luft mit einem bestialischen Gestank geschwängert. Je weiter sich Waylon den Mauern nähert, umso penetranter wird er. Doch er muss weiter. Von Neugier und einer fremden Macht getrieben, die ihm geheimnisvoll den Weg bahnt.

Das allbekannte Grün verschwindet; weicht kurzem, braunem Steppengras, das die Hitze verbrannt hat. Riesige schwarze Schlangenwege winden sich durch die Steppe. Weiter vorn sieht

Waylon Menschen – der Zahl nach Hunderte! Ihm wird schwindlig. Die plötzlich auftretende Geräuschkulisse schmerzt, verursachen ein ungewöhnlich heftiges Dröhnen im Kopf. Auf einen Stein, der am Wegesrand auftaucht, nimmt er Platz.

Wo ist er?

Ein innerer Drang treibt ihn ruhelos weiter. Er wird unruhig. Ein Gefühl, dass gleich etwas Schreckliches passieren müsse, gewinnt die Oberhand. Waylon fühlt sich gehetzt, und doch scheint er zu spät zu kommen ...

Am Himmel fliegen kolossale Ungetüme, in der gleichen Weise das Sonnenlicht reflektierend, wie die Mauern am Boden. Auch ihr Lärm dringt bis zu ihm herab. Die fliegenden Häuser können nicht von dieser Welt sein!

Neben den zahlreichen Mauern beginnt gerade ein Schauspiel. Soweit er sehen kann, rast auf das ebenerdige Bauwerk eine Wand aufwirbelnder Massen, mit ungekannter Schnelligkeit zu. Menschen schreien panisch. Rennen, in alle Himmelsrichtungen strebend, um ihr Leben. Innerhalb eines Augenzwinkerns erfasst die massige Wand alles Leben ...

Waylon röchelt und reißt kurzatmig die Augen auf. Er hustet. Das Gewitter wütet, es regnet in Strömen. Donnerhall erfasst die Luft und will nicht enden. Neben ihn schlummert friedlich und unbeeindruckt der Maki.

Vierundzwanzig

Uridräo, tausend Jahre vor der arimeanischen Entdeckung.

Arcley tritt auf dem Vorsprung. Von hier oben hat sie einen guten Überblick. In mehr als vierzig Metern Tiefe tummelt sich der Nachwuchs. Hinter ihr stürzt das Wasser des unterirdisch gespeisten Flusses in die Schlucht. Die weiße Gischt, die sich bildet, überdeckt einen Großteil des Felsens. Hier oben ist alles still. Doch in unmittelbarer Nähe des Wasserfalls donnern die Massen. Arcley gehört der zweiten Kaste an, eine Stellung, die es ihr erlaubt, diesen Ort zu betreten. Bewaffnet mit Pfeil und Bogen entgeht ihren geschärften Augen nicht das Geringste.

Sie nutzt diesen Standort, um genüsslich die feuchte Luft zu atmen. Den größten Teil des *Tages* verbringt die Beschützer-Kaste in den zahllosen Gängen des unterirdisch angelegten Labyrinths. Dort überwachen sie die Worker. Alle drei Tage wechseln sie das Terrain. Die Worker sind für alle anfallenden Arbeiten verantwortlich: Neue Gänge graben, Wälder abernten und zu bestellen, dem Geschlecht des Königshauses dienen. Für Letzteres werden nur sehr selten Beschützer gebraucht.

Heute muss Arcley die Erntearbeiten beaufsichtigen, eines der leichtesten Tätigkeiten. An den Zuwegen steht ein Posten. Der dient lediglich zur Einhaltung von Ordnung und Sauberkeit. Bei Zuwiderhandlung droht die sofortige Herabstufung des Dienstes zu niedere Arbeiten, Essensrationen werden halbiert und Trinkwasser rationiert. Wiederholungstäter werden ausgesondert, was den Tod des Dissidenten bedeutet. Die sterblichen Überreste werden *kompostiert* und dem Kreislauf wieder zugeführt.

›Heute ist es ruhig‹, befindet Arcley. ›Die Aufseher sind entspannt. Zeit für eine Pause.‹ Sie tritt vom Vorsprung zurück, greift nach der Wurzelleiter und klettert behände hinab.

Bis zum Wasserloch braucht sie eigentlich nur wenige

Schritte. Um sich neugierigen Blicken zu entziehen, macht Arcley einen Umweg über die Schattenstrecke. Dadurch will sie vermeiden, dass die Worker ihre kleine Pause mitbekommen. Einige Meter weiter, zwischen Fels und Wasserfall, hat ihr schlanker Körper ausreichend Platz.

Schnell legt sie die Kleider ab und gleitet geräuschlos ins Wasser. Angenehme Kühle umfließt Arcley. Verborgen für andere Augen schließt sie die Lider, genießt den so seltenen Augenblick entzückender Entspannung.

Durch aufwirbelnde Wasser-Tröpfchen ist die Luft nicht so stickig wie andernorts. Das fahle Licht lumineszierender Pflanzen gibt dem *Feld* eine ganz besondere atmosphärische Stimmung.

Seit der Auffindung der selbstleuchtenden Gewächse geht der Verbrauch brennbaren Harzes und Pflanzenölen stetig zurück. Und nicht nur das: Auch der Sauerstoffanteil im Labyrinth-Gewölbe verbessert sich. Um das Wachstum konstant zu halten und zu mehren, kümmern sich ältere Frauen liebevoll um die *Lumi-Felder*, wie sie liebevoll genannt werden.

Durch die strikte Arbeitsteilung sind die Anomaliten durchstrukturiert. Jeder hat seinen klar abgesteckten Bereich. Die Stärksten – die Soltectoren – sind einzig und allein für Überwachungen zuständig. Worker und Schwärmer gehören den unteren Kasten an, wobei Letztere das nähere Gebiet erkunden. Die Lage des Gewölbes liegt günstig, sodass sie keine natürlichen Feinde zu fürchten brauchen. Dennoch streben sie nach uneingeschränkter Kontrolle der Außengrenzen.

Monarchin Laynjala lebt abgeschirmt. Unter besonderem Schutz der besten Soltectoren, zu denen Arcley leider nicht gehört, darf sich keiner unangemeldet der Regenten-Zone nähern. Auch hier drohen harte Strafen und die Herabstufung in der Hierarchieordnung.

Sichtlich erholt entsteigt Arcley dem Wasserbecken und schlüpft in ihre Sachen. Ihr langes weißblondes Haar streicht sie lässig zurück. Anschließend tritt sie aus dem Schatten heraus und setzt den unterbrochenen Rundgang fort.

Geordnet und diszipliniert marschieren im Gleichschritt die Worker. Einer hinter dem Anderen gehen sie gesenkten Hauptes in die Unterkünfte. Dafür haben die Männer im abgelegenen Teil einen Seitenstollen zugewiesen bekommen. Dort angekommen, verlassen die zurzeit anwesenden Mitbewohner die Nischen. Alles geht still und geordnet vonstatten; nur das Stampfen im Gleichschritt erfüllt schallend die Gänge. Während die einen mit der Arbeit fertig sind, machen sich die Anderen daran, den Dienst aufzunehmen. Ist die Tätigkeit beendet, erwartet ein zünftiges Essen die Männer. Dann geht es zum Schlafen und der Kreis beginnt von neuem.

Unterdessen steht Arcley wieder auf dem Vorsprung und überwacht aufmerksam den Schichtwechsel. Sobald jeder Worker den zugewiesenen Arbeitsbereich erreicht und eingenommen hat, nickt sie zufrieden. Wieder ist der pikanteste Teil friedlich verlaufen.

Dies war nicht immer so. Noch gar nicht vor allzu langer Zeit kam es zu Rangeleien, die fast in einem Aufruhr mündeten. Mehrere Unruhestifter wurden *ausgesondert*; darunter auch zwei Soltectoren. Der Situation verdankt es Arcley in die jetzige Position gekommen zu sein. Ihr sollte – und durfte – dies nicht passieren! Beim kleinsten Anzeichen schreitet Arcley ein. Maßregelt, kommandiert, schlägt. Sie will *weiterkommen*! Ohne mit der Wimper zu zucken, sorgt sie unermüdlich und nachhaltig für Ruhe. Respekteinflößend streckt sie die Brust heraus. Im Blick liegt Kälte und Machtlust. Schwäche ist Arcley fremd. Was zählt ist Respekt und Ansehen.

Emotionen sind Monarchin Laynjala fremd. Fest entschlossen setzt sie einmal getroffene Entscheidungen bedingungslos um. Das Wohl der Gemeinschaft hat Vorrang. Soll es allen gut gehen, muss dafür gesorgt werden, dass es den Einzelnen gut geht. In ihren Händen liegt die Zukunft aller!

Seit jeher wählt das Regenten-Geschlecht aus dem niederen Volk die aus, die für eine Paarung am geeignetsten scheinen. Dabei ist es unrelevant, ob gegenseitige Zuneigung vorhanden ist oder nicht. Laut Gesetz darf eine Fortpflanzung nur stattfinden, wenn es Laynjala wünscht.

Verantwortlich für den richtigen Zeitpunkt der Empfängnis ist die Zugrundelegung des Regel-Zyklus der erwählten Frauen. Sind diese *reif*, wird das Zeremoniell angesetzt, das es den Männern erlaubt, in einem Eroberungskampf sich zu beweisen.

Monarchin Laynjala legt den üblichen Schmuck an. Bald wird der Sieger feststehen, der anschließend die Paarung während des Festes vollziehen wird. Auch dafür gelten strikte Regeln.

Nur selten kommt es beim *Turnier der Geber* zu Reibereien. Die Teilnahme ist Ehrensache. Jeder männliche Teilnehmer will siegen, ist doch der Lohn neben dem in Aussicht gestellten Vergnügen vor allem Anerkennung.

Als Laynjala den *Saal* betritt, senken die bereits Anwesenden ehrfürchtig die Häupter. Nachdem die Monarchin den ihr gebührenden Respekt erfährt und Platz nimmt, gibt sie ein bestimmtes Handzeichen: Das Turnier ist eröffnet!

Alle Teilnehmer sind ausschließlich Worker. Bedeckt mit einem Lendenschurz stellen sie sich gegenüber der Monarchin auf. Zielstrebig deutet Laynjala auf zwei von ihnen, die sofort gegeneinander antreten müssen. Regeln gibt es keine, erlaubt ist alles.

Die beiden Worker treten aus der Linie und verbeugen sich tief vor der Monarchin. Ein weiterer, lässig wirkender Wink gibt das Duell frei. Sofort kassiert der etwas kleinere Worker einen derben Fausthieb mitten ins Gesicht. Angeschlagen kann dieser die Situation nicht schnell genug realisieren, spürt den Ellenbogen des Gegners in der Magengrube. Stöhnend sinkt er auf die

Knie und japst nach Luft. Mit unverminderter Wucht trifft eine Faust seine Schläfe. Benommen fällt er wie ein geschlagener Baum um.

Laynjala hebt die Hand, erklärt den Stehengebliebenen zum ersten Sieger des Turniers. Er bekommt einige Schlucke erfrischenden Nektars, bevor er gegen den nächsten, wieder von der Monarchin ausgesuchten Gegner antritt.

Während des Turniers steht Arcley am Rand der Arena. Wie erwartet verfolgen alle emotionsgeladen den Kampf, der diesmal wirklich spannender nicht sein kann. Sie feuern den athletischen Kämpfer an, der soeben seinen vierten Kampf gewinnt. Der grüne Nektar fließt in Strömen. Sein belebender Geschmack heizt die Stimmung weiter an. Arcley schreitet, vom Publikum kaum beachtet, mit umherschweifendem Blick durch die Reihen. Sie muss nicht nur auf die allgemeine Sicherheit achten. Als Verfehlung gelten auch Bindungen zwischen den Geschlechtern, die nicht von oben gewillt sind.

Einzig und allein die Reihen der Regenten-Kaste sind für Arcley tabu. Um Laynjala herum sitzen nur Angehörige und auserwähltes Sicherheitspersonal. Auch für die Oberen sind solche Veranstaltungen willkommene Abwechslung.

Arcley schlendert durch die Zuschauer, geht von Posten zu Posten. Soweit läuft alles reibungslos und wie vorgesehen. Gerade schaut Arcley aufs Kampffeld, als der bisherige hochgehandelte Sieger bezwungen wird. Blut läuft ihn aus dem Mund. Er taumelt bedrohlich. Irgendetwas stammelt sein jetziger Gegner, holt aus und trifft das Kinn.

Arcley tritt näher heran. Die jubelnde Menge verstummt schlagartig. Dem Blick des hart Getroffenen fehlt der Kampfgeist. Er scheint keine oder nur wenig Schmerzen zu haben. Sein Gesicht überzieht ein Film von Schweiß. Die Soltectorin zuckt zusammen, als ein wiederholter Schlag auf ihn niederprasselt. Seltsam unrealistisch sind die blutunterlaufenen Augen, aus denen der leere Blick in ihre Richtung sieht. Dann kippt er bewegungsunfähig zur Seite.

Zwei Helfer stürmen herbei, packen den Unterlegenen und schleifen ihn aus der Arena. Die Soltectorin beobachtet den derzeitigen Gewinner. Einige der Zuschauer scheinen ihm den vorläufigen Sieg nicht zu gönnen, andere klatschen rhythmisch. Die wartenden Kämpfer haben Anerkennung in den Augen, wenige jubeln, andere tuscheln nickend.

Arcley setzt den unterbrochenen Rundgang fort.

Ist ein Kämpfer geschlagen, zieht er sich erfahrungsgemäß zurück, denn er muss für den nächsten Tag wieder fit sein, um die Arbeit zu leisten, die von ihm erwartet wird. Schwerwiegende Verletzungen müssen innerhalb zwei Schichten heilen, ansonsten muss auch hier mit Repressalien gerechnet werden.

Das Turnier dauert an. Arcley – den ganzen Tag auf den Beinen – zeigt keine Müdigkeit. Ihr Auftreten, ihr Blick, ihre Gesten und die Mimik zeigen eine gestrenge Frau, deren Feindschaft niemand sucht.

Unbehelligt geht sie auf den am Haupteingang stehenden Posten zu. Als er ihr Kommen bemerkt nimmt er Haltung an. Arcleys Augen sprühen, doch sie geht nicht darauf ein. Erleichtert holt der Posten tief Luft. Aus den Augenwinkeln heraus nimmt er erleichtert wahr, wie die Soltectorin im Gang verschwindet. So gibt er sich dem Schauspiel des fortschreitenden Turniers hin.

○ ○ ○

An Schlaf ist nicht zu denken. Viele Dinge gehen Arcley durch den Kopf. Dabei weiß sie nicht einmal genau, was sie gerade denkt. Sie dreht sich unwirsch auf die andere Seite. Ihr Lager ist durchgelegen und sie sollte sich darum kümmern, es zu erneuern. Kein Wunder, denn zwei Menschen teilen sich die Lagerstätte.

Innerhalb der Kasten finden immerwährende, zum Teil schwelende Rangeleien statt; nicht unbedingt körperlicher

Natur. Offiziell sind sie nicht existent, werden aber geduldet und sind vielleicht sogar erwünscht. Unter den Soltectoren geht das Gerücht um, dass die obere Kaste es gerne sieht, wenn untereinander ein gewisses Maß an Misstrauen herrscht.

So ganz versteht Arcley zwar nicht, was der Grund sein könnte, dennoch spürt sie eine ständige Beobachtung. Nicht dass es sie stört! Irgendwie genießt sie solcherart von Aufmerksamkeit.

Soltectoren … sorgen für Ordnung …

Arcley schläft endlich ein.

Wieder steht Arcley auf dem Vorsprung. Etwas ist heute anders, ohne sagen zu können, was. Es schwingt etwas in der Luft, das sich jederzeit entflammen kann, das ist deutlich zu spüren. Sie sieht, die Hand am Bogen, noch aufmerksamer den Workern zu als üblich. Eine ganze Weile verharrt Arcley so, kaum, dass sie sich irgendeiner Regung hingibt.

Augenblicke später tauchen am Südgang Uniformen auf. Der Wachhabende salutiert beflissen. Die Uniformierten beachten ihn nicht weiter, gehen zielstrebig und ohne die Schritte zu verlangsamen weiter. Es kommt selten vor, dass Vorgesetzte persönlich erscheinen. Im stampfenden Schritt marschieren die hohen Soltectoren durch die Feldplantage. Arcley macht sich Gedanken, obwohl es momentan keinen plausiblen Grund dafür gibt. Es kommt ihr seltsam vor und schon wenige Atemzüge darauf, wird ihr die Erklärung bewusst. Nachdem die Soltectoren ihrer Sicht entschwinden, tauchen sie nochmal kurz am Westgang auf. Jetzt dämmert es ihr. Die Garde ist auf dem Weg in die Verließ-Gruben …

Arcley wird stutzig. Hat sie etwas verpasst? Sie muss noch besser achtgeben!

Die Gruben befinden sich an der tiefsten Stelle des Labyrinths. Eigens dafür errichtet, sind diese derzeit kaum belegt. Vier der hochgestellten Soltectoren sind dorthin unterwegs. Ihr Gleichschritt lässt den Boden erdröhnen und verkündigt ihr unheilvolles Kommen. Die Soltectoren werden von fast allen gefürchtet; verheißt doch ihr Erscheinen kaum Gutes. Uneingeschränkt und mit allen Mitteln sorgen sie für die vom Regenten auferlegte Ordnung. Die verliehene Machtfülle verleiht ihnen dazu das Recht. Soltectoren sind zweifelsfrei die Stütze des Regenten-Regimes.

Stampfend kommen die Schritte näher. Kaum sind sie im Westgang eingebogen, folgen die Vier eine erneute Abzweigung. Zehn Meter weiter sind fleißig Worker am Arbeiten, und bepflanzen die dafür vorgesehenen Nischen mit Setzlingen der lumineszierenden Pflanzen. Regelmäßig werden die in beckenhöhe angebrachten Erdaushöhlungen sorgfältig von Wildwuchs und Insektenbefall gesäubert, um eine ergiebige Ernte zu gewährleisten.

Nach einer weiteren Biegung erreichen die Soltectoren die Stufen, die hinab in die Verließ-Ebene führen. Je tiefer sie vordringen, umso feucht wird es. Nach insgesamt dreiundzwanzig Stufen erreichen sie das Ende der Treppe und vor ihnen erstreckt sich eine ausladende Höhle, deren Decke scharfkantig nach hinten rapide abfällt und ein Stehen nicht mehr möglich macht. Im Boden sind Holzroste verankert und in genau passenden Aussparungen eingelassen, die wiederum ein flach ausgehobenes Langloch verdeckt. Dort müssen die Verurteilten rücklings die Zeit der Inhaftierung verbringen. Wer die Ordnung mit Füßen tritt, soll am eignen Leib erfahren, was das bedeutet. Für die Notdurft dürfen die Gefangenen einmal täglich kurz die Grube verlassen.

Als Umerziehungsmaßnahme gedacht, entpuppt es sich oft als Endstation. Viele hier Gestrandete verbringen die letzten Tage an diesem unwirtlichen Ort. Wer stirbt ist für die Gesellschaft sowieso zu schwach und unwürdig.

Am Eingang bleiben die Soltectoren stehen.

»Monarchin Laynjala möchte den ›Aufgefundenen‹ sehen!«, donnert die Stimme eines der Soltectoren.

Die Wache nickt, macht kehrt und geht tief in die Grotte hinein; viel tiefer, als man vermutet. Im Dunkel bleibt der Wachhabende stehen, entfernt den Sicherungsbolzen und klappt den Holzrost auf. Dann ergreift er mit hartem Griff einen Arm des Gefangenen und zerrt ihn nicht gerade zimperlich in die Höhe. Als der Unselige unsicher und nackt auf den Beinen steht, reicht der Wachhabende ihm einen Fetzen Stoff und macht deutlich, dass es für den Lendenbereich gedacht ist.

Wieder wird der ›Aufgefundene‹ mit unsanftem Griff gepackt und den vier Soltectoren übergeben, die ihn in ihre Mitte nehmen.

Noch nie zuvor hat Arcley zuvor einen Fremden gesehen; kein Wunder also, dass sie die Augen nicht abwenden kann. Um sie herum verschwindet alles – die Pflanzen, die Worker, ja selbst die Soltectoren. Sie sieht nur ihn, der deutlich heraussticht.

›Ein Mann‹, durchzuckt es Arcley wie ein Blitz. Nicht, dass sie sich als Frau für ihn interessiert, dennoch sinnt sie nach. Fragen über Fragen blitzen auf; keine davon kann Arcley zu Ende denken. Eine innere Stimme schreit unüberhörbar, aber unverständlich; lässt jedoch eine Ahnung keimen, die ihr schon jetzt missfällt.

Wie in Trance sieht sie zu, wie der Fremde abgeführt wird. Er wirkt müde, abgekämpft. Alle paar Schritte gerät er ins Straucheln. Seine Bewacher fassen ihn unter, damit sie nicht aufgehalten werden. Dann entschwinden sie Arcleys Blick.

° ° °

»Der ›Aufgefundene‹, Monarchin!«

Gebieterisch streckt Laynjala zum Zeichen des Einlasses ihre Hand aus. Schlurfend und halb gebückt kommt er herein, flankiert von den Bewachern an beiden Seiten.

Laynjala sieht in ein stark von Haaren überwuchertes Gesicht. Unumwunden mustert Laynjala den Halbnackten.

»Wie ist dein Name?«, fragt die Monarchin im harschen Ton.

Zögernd hebt der Vorgeführte den Kopf. Seine Augen schauen verständnislos.

»Dein Name!«

Seine Lider zucken.

»Wasser …«, stammelt er mit gebrochener Stimme. »Wasser …«

Laynjala erhebt erneut den Arm. Daraufhin bringt ein Diener einen Krug und hilft ihm geduldig beim Trinken.

»Nun?!«

Die Kuppel hallt Laynjalas Echo mehrfach wider.

Er versucht zu sprechen, was aber nicht gelingt. »N … Na … Nayati …« stammelt er nach mehreren Anläufen.

»Nun, denn! Sage mir, zu welchem Monarchat du gehörst!« Ihre Stimme ist schneidend.

»Monarchat …? Was …« Nayati versteht nicht.

»Woher kommst du dann?«

Seine Augen suchen nach etwas, was ihm eventuell weiterhelfen könnte. Die gesamte Situation ist skurril. Was will sie nur von ihm?

Noch einmal wiederholt Laynjala die Frage. Die Umstehenden bedenken sie mit lobenden Blicken, denn es kommt selten vor, dass die Monarchin so gefasst wie heute reagiert.

»Wo bin … bin ich …«

Allgemeines Murmeln macht die Runde.

»Weißt du, wen du vor dir hast!«

Wie in Zeitlupe schüttelt Nayati mit dem Kopf.

»Natürlich nicht«, beantwortet Laynjala die eigene Frage. »Sag uns: Woher kommst du?«

»Von … von der … Erde …«

Die sofort einsetzende Stille steigert die knisternde

Spannung. Wenn das stimmt, was der Gefangene sagt, dann hieße das, es gibt *sie* doch! Bleibt die Frage, wo genau!

»Gebt ihm Speis und Trank. Und dann will ich ihn in meinen Gemächern sprechen.«

Und wieder hebt Laynjala den Arm …

∘ ∘ ∘

Gesättigt kann Nayati endlich nachdenken. Dabei schweifen seine Augen durch die Unterkunft, in der er sich jetzt befindet. Warum haben sie ihn hierhergebracht? Das vorgesetzte Wasser ist glasklar, mit einem Geschmack, der an nichts Natürliches erinnert. Nayati trinkt langsam. Seit er aufgegriffen worden ist, hat er keine Sonne mehr gesehen. Das Erdloch mit dem Holzgitter war schon extrem höllenähnlich.

»›Aufgefundener‹, erhebe dich!«, wird Nayati wirsch aus den Überlegungen gerissen. Langsam steht er auf. Zwei der Uniformierten bleiben an beiden Seiten des Zuganges stehen. Dazwischen betritt eine hochgewachsene Frau die Unterkunft. Ihre Erscheinung lässt Nayatis Herz um einiges höherschlagen.

»Soltectorin Arcley!«

Nayati horcht auf. Aus der Vergangenheit ist ihm straffe Führung der Soldaten geläufig. Soviel Nayati bisher glaubt, über diese Gemeinschaft herausgefunden zu haben, ist die klar strukturierte Hierarchie. Und Frauen spielen eine gewichtige Rolle.

»Name?«, fragt Soltectorin Arcley mit derber, nicht gerade weiblicher Stimme.

»Nayati.«

Arcley mustert den Fremden ausgiebig. Noch immer ist er nur mit dem Lendenschurz bekleidet. Der nackte Oberkörper zeugt von guter Ernährung. Nayati ist beschämt, seiner Halbnacktheit wegen. So unzivilisiert tritt man Menschen, die man nicht kennt, wohl kaum gegenüber.

»Rang?«

Er hadert. Was soll er darauf antworten? Mit der Armee hat Nayati nichts am Hut. Und sein Dienst liegt unendlich lange zurück. Da kommt ihm eine Idee.

»Major …«

Soltectorin Arcley stellt den Kopf schief. Offenbar glaubt sie nicht, was er ihr unterjubeln will. Furchteinflößend kommt sie näher.

»Sprich nur, wenn ich es dir erlaube«, zischt sie giftig.

Nayati hält den Blick stand, senkt aber ein wenig den Kopf. Dies fordert eine weitere, unerwartete Reaktion seitens der Frau heraus.

»Schwächling!«

Sie macht auf der Stelle kehrt und verlässt geradenwegs Nayatis Unterkunft. Ihr folgen die beiden Wachen.

Nayati atmet hörbar ein. Komplexe Gemeinschaften gab es oft in der menschlichen Geschichte. Sollte es ihn in eine solche verschlagen haben? Zum zweiten Mal in seinem Leben ist er an einem Ort eingeschlafen und an einem anderen wieder aufgewacht. Damals gelangte er durch den Kristall auf Uridräo. Und jetzt? Sie sehen aus wie Menschen, reden dieselbe Sprache.

Verwirrend! Obwohl Arcley schon vor einer Weile gegangen ist, steht Nayati noch immer. Arcley! Sie geht ihm nicht aus dem Sinn. Gut gebaut, klarer Blick – eine Frau, die weiß was sie will! Vor allem die Augen haben es Nayati angetan. Bis auf die scharf hervortretende Pupille sind sie reinweiß. Kein Anzeichen einer farblich abgesetzten Iris. Unter anderen Umständen hätte es Nayati geschockt, in solche Augen zu sehen. Doch er akzeptiert. Ist sie vielleicht ein Albino?

∘ ∘ ∘

Ist das die Gelegenheit, auf die Arcley sehnlichst wartet? Aus welchem Grund soll sie sonst den Aufgefundenen nicht aus den

Augen lassen? Selbstverständlich ist es eine Ehre, die sich Arcley gern stellt. Und irgendwie ahnt sie, dass das Wohl des Monarchats davon abhängt.

Zwischen den Kasten wird Zusammenarbeit geduldet, ansonsten aber bleibt die klare Trennung bestehen. Privatleben ist den Workern fremd. Leistung zählt. Durch herausstechendes Verhalten ist es ihr gelungen, in den Rang eines Soltectoren zu kommen. Ein Schritt, der neue Perspektiven eröffnet. Was es mit diesem Nayati auf sich hat, bleibt rätselhaft.

Fünfundzwanzig

Nosy Be, zweitausend Jahre in der Vergangenheit.

Der Himmelsausschnitt, den Deborah unentwegt im Auge behält, hat etwas *Magisches*, das sie nicht erklären kann. Deborah fühlt nur etwas, als es logisch zu erklären. Es versetzt sie in einen Zustand kindlicher Neugierde, gepaart mit faszinierenden Staunen. Und genau wie ein Kneifen wird sie innerlich von dem aufgewühlt, was ihr der Himmel nun offenbart.

Inmitten der dicken Quellwolke wird es stetig heller. Was ist das? Deborah nennt es in Gedanken »Luftgebilde«; ein aus dem Nichts kommendes, durchscheinendes Gebilde, das überlagert wird von undefinierbaren, sich gegenseitig überlappenden Formen, denen jegliche Symmetrie fehlen. So ein *Mehreck*, dessen Seiten nach allen Seiten ragen, hat sie noch nicht gesehen – schon gar nicht dort, wo es gar nicht hingehört. So ein klobiges, völlig im Widerspruch zur Aerodynamik stehendes Konstrukt kann sich unmöglich in der Luft halten!

Zu allem Überfluss, und als hätte das Objekt Deborahs Gedanken spüren können, beginnen sich die überlappenden Mehrecke, jeweils entgegen zur anderen, um den gleichen Mittelpunkt zu drehen. Aus zwei der herab reichenden Ecken blitzt es auf. Zuerst glaubt Deborah an eine Sinnestäuschung, oder an einen Blitz – vor Aufregung hat sie das Gewitter völlig vergessen. Doch beim nächsten Strahl wird sie eines Besseren belehrt.

In den transparenten Seiten des Luftgebildes spiegeln sich der Himmel sowie teilweise die Bäume. Deborah kann den Blick nicht abwenden, geht doch eine enorme Faszination davon aus. Aber eine undefinierbare Art von Furcht schwingt ebenfalls mit.

So müssen sich die alten Forscher und Entdecker gefühlt haben, denkt Deborah. Auf ihrem Gesicht zeichnet sich der Anflug eines flüchtigen Lächelns ab. Es ist schon ein wenig vermessen, sich mit diesen Größen der Geschichte zu vergleichen. Aber manchmal überkommt einem hält solch ein Gleichnis.

Inzwischen hat das Unwetter spürbar nachgelassen; aus dem Sturzregen ist ein verhältnismäßig leichter Landregen geworden. Deborah nutzt die Gelegenheit und klettert kurzentschlossen vom Baum. Kaum wieder am Boden, schaut sie zum Himmel. Von hier aus überblickt sie im veränderten Winkel das Gebilde fast in dessen Ganzheit. Je nach Lichteinfall kommt es zu merkwürdigen Reflexionen. Die durchsichtigen Formen gleichen jetzt eher überdimensionierten Glasflächen. Je länger sie hinaufblickt, umso mehr verschwimmt das Luftgebilde mit dem Hintergrund. Alles in allem ist es mehr zu erahnen, als zu sehen.

Der Anblick entfacht ein unsagbar euphorisches Gefühl. Doch unweigerlich schwingt eine Nuance Angst mit. Wenn man etwas nicht kennt, sucht man nach Erklärungen. Findet man keine Erklärungen, wird fantasiereich nach möglichen anderweitigen Lösungen gefahndet. Versagen all diese Bemühungen, kommt Furcht vor dem Neuen auf. Das war schon immer so und wird auch immer so bleiben!

Bei all ihrer Betrachtungsweise und Überlegungen fällt Deborah eine langsam sich vollziehende Veränderung auf. Die unterschiedlich langen Seiten des Glasgebildes sind in Bewegung gekommen. Ihr Atem wird schneller. Hin und wieder verlässt ein weiterer Blitzstrahl eine der vielen Ecken in Richtung ihres

Lagers.

»Latham!«, stößt Deborah erschrocken und Böses ahnend aus.

Das ausgesandte Licht ist regenbogenfarbig und wiederholt sich in Intervallen. Sofort denkt die Gewahrerin an einen Angriff. Beweise hat sie zwar nicht, aber das Gefühl ist übermächtig und stülpt sich über ihr. Ohne weiter darüber nachzudenken, folgt sie ihrer eigenen Spur zurück. Angetrieben von der immer stärkeren und Deborahs Denken bestimmenden Angst kommt sie nur langsam voran. Immer wieder verheddern sich ihre Füße im Geschling von Rankenpflanzen, die plötzlich den gesamten Boden überziehen. Soll sie mit aller Gewalt daran gehindert werden, das Lager zu erreichen?

Einen Stoß nach dem anderen entsendet das Luftgebilde. Es gleicht mittlerweile einem entfächerten Ungetüm im alles vernichten wollenden Angriff. Deborah stöhnt auf, braucht sie doch für wenige Meter gefühlt eine Ewigkeit. Sie wird zu spät kommen! Wenn sie überhaupt ankommt – die Pflanzen hindern sie zu sehr am Fortkommen.

Auch wenn sie es nicht will, muss sie mehrfach nach oben in den Himmel sehen. Und jedes Mal spürt sie einmal mehr, wie die Zeit verrinnt. Längst ist aus Angst Panik geworden.

Die vor ihr liegende Anhöhe mit dem dichten, urweltlichen Bewuchs verhindert, dass sie die Gegend einsehen kann. Gehetzt wie ein flüchtendes Tier stolpert Deborah weiter. Mehrmals strauchelt und einmal fällt sie sogar der Länge nach hin. Der vom Regen aufgeweichte Boden ist glitschig und kaum passierbar. Etliche blaue Flecken an Armen und Beinen werden sie noch lange Zeit daran erinnern.

○ ○ ○

Der Mohrenmaki hüpft und zetert in einer Tour. Waylon kann ihn einfach nicht beruhigen. Was nur ist in das Tier gefahren?

Langsam ist er genervt. Erst der Sturzregen, der den See über die Ufer treten ließ und jetzt das! Weder durch sanftes Zureden, noch scharf angehobener Stimme, ist das Äffchen zu besänftigen. Naja, mit anschreien konnte noch nie wirklich etwas bewegt werden. Dafür fehlen in diesem Fall eindeutig die Argumente.

»Hör auf!«, faucht Waylon. »Mach dich gefälligst nützlich und hilf mir Debby zu suchen!«

Für einen sehr kurzen Moment scheint sich Wihakayda zu beruhigen – doch weit gefehlt. Lauter und noch aufgeregter schreit, springt und kreischt sie herum; ein kaum auszuhaltendes Spektakel. Während ihres Zeterns gestikuliert Wihakayda wild mit den Gliedmaßen und sieht immer wieder zum Himmel. In seinem Ärger übersieht Waylon, worauf er aufmerksam gemacht werden will. Ihm plagen einzig und allein die andauernde Lautstärke und das Hochwasser.

»Tu was du nicht lassen«, platzt Waylon heraus. »Machst du ja eh …«

Das Wasser geht nur wiederwillig zurück. Der Unterstand hat zwar gehalten, dafür hat Nayati nicht bedacht, dass der Kratersee überlaufen kann. Ein weiterer Grund seines Ärgers. Wütend stapft Waylon durch das Brackwasser, das sich inzwischen mehr als knöcheltief angesammelt hat und einen fürchterlichen Gestank verströmt. Durch das bakterienverseuchte Wasserschlammgemisch zu staksen widerstrebt Waylon zutiefst. Doch um aus diesem Schlamassel herauszukommen, muss er wohl oder übel hindurch.

Schmatzende Geräusche verursachend, wenn er einen Schritt weitergeht und das Gewicht vom Standbein aufs andere verlagert, verzieht Waylon angewidert das Gesicht. Er ist so konzentriert, dass Wihakaydas aufgeregtes Geschrei völlig ausgeblendet wird. So bemerkt Waylon auch nicht, dass der Affe den Baum erklimmt und im dichten Geäst verschwindet.

Der Sturm hat spürbar nachgelassen. Zwischen den Wolken blinzelt die Sonne hindurch, die sofort die feuchte Luft unerträglich erwärmt. Seine Kleider sind nur wenige Atemzüge später durchschwitzt und triefen vor Schweiß. Die feuchte, brütende Hitze liegt wie ein eisernes Korsett um seine Brust und schnürt ihn ein. Durch die hohe Luftfeuchtigkeit scheint Waylon den Sauerstoff zu trinken. Der Wind flacht weiter ab, was sich ebenfalls auf seinen Kreislauf legt. Verdammt – aber auf diese Alterserscheinungen könnte er wirklich verzichten!

Müde und schlaff fällt er auf die Knie. Sterne tanzen ihm vor Augen. Irgendwo spritzt Wasser auf. Nicht viel und Waylon kollabiert. Sein Kopf nimmt nur noch Schemen wahr. Von weither hört er jemanden rufen. Eine Sinnestäuschung, denn er ist allein. Die Sonne brennt förmlich auf der Haut. Der Schweiß verdunstet und es bleiben weiße Ränder. Dann beginnt sich die Welt um ihn herum zu drehen. Immer schneller werdend verliert er jeglichen Sinn für Orientierung. Er fühlt sich schwer; schwer wie Blei – und unendlich müde …

Etwas zerrt an Waylon. Er spürt genau, wie ein fester Griff ihn packt, kann aber niemanden ausmachen. Die Erschöpfung will ihn übermannen. Dennoch lässt Waylon irgendetwas nicht bewusstlos werden. Es gelingt ihm nicht, die Augen aufzuschlagen; die Lider gehorchen nicht seinem Willen. Oder ist der Wille zu schwach?

Mit einem Ruck geht es unsanft aufwärts. Eigentlich will er protestieren, wenigstens schimpfen oder etwas in der Art, dass man so nicht mit einem umgehen darf. Schließlich ist er ja nicht mehr der Jüngste, und ein bisschen Respekt hat er sich seines Ermessens in jeder Hinsicht verdient. Allerdings gelingt ihm nicht, den aufgestauten Unmut auszuposaunen. Jämmerlich versagt die Stimme, und noch nicht einmal die Lippen machen sich die Mühe, die gedachten Worte wenigstens stumm zu formen! Darüber ärgert er sich am Meisten. Das ist ja zum aus der Haut fahren!

Wieder dringt eine verwehende Stimme zu Waylon. Einige Fetzen glaubt er zu verstehen, doch ergeben sie keinerlei Sinn. Und was keinen Sinn ergibt, dass ist es nicht wert, daran auch nur einen Gedanken zu verschwenden.

Am liebsten würde er sich der Müdigkeit vollends hingeben. Sie macht einem so wunderbar frei … und unbeschwert … Grenzenlosigkeit … Früher wollte Waylon immer Astronaut werden. Und jetzt … fühlt er grenzenlose Schwerelosigkeit …

∘ ∘ ∘

Für den kurzen Hang braucht Deborah fast eine Viertelstunde. Abfließendes Wasser, von Rankenpflanzen verdeckt, macht es ihr beinahe unmöglich, den gekommenen Weg zu folgen. Allein ihrer Willenskraft nicht aufzugeben ist es zu verdanken, dass sie das Hindernis überquert.

Angewurzelt bleibt sie stehen. Das unbekannte Himmelsobjekt hat wiederum die Form geändert. Zu allem Entsetzen erkennt sie Waylon am Boden kniend, inmitten vom überschwappenden See-Wassers. Was sie jedoch am meisten schockt und dafür vergeblich versucht, eine sinnvolle Erklärung zu finden, ist, dass Waylon zu schweben scheint.

Verhalten ruft sie seinen Namen; ihre Stimme überschlägt sich und nicht einmal Deborah versteht, was sie ruft. Augenscheinlich wird er von einer unsichtbaren Kraft gepackt und weiter in die Höhe gezogen. Seine unnatürliche Körperhaltung lässt sie aufschreien. Ähnliche einer lebensgroßen Marionette, an unsichtbaren Fäden, wirkt er seltsam leblos. Deborahs Angst um ihn erreicht die nächsthöhere Dimension. Wieder und wieder schreit sie seinen Namen. Doch er zeigt keine Reaktion.

Vom Schreien heiser und atemlos, bleibt ihr nur eines: Zuzusehen. Ein Eingreifen ist unmöglich. Selbst wenn es möglich gewesen wäre, bis dorthin zu rennen, würde sie Waylon unterdessen nicht mehr erreichen, der inzwischen bestimmt zwölf Meter in der Luft schwebt. Und wieder bleibt ihr die Luft weg. Das Luftgebilde muss nähergekommen sein, denn seine Ausmaße sind erschreckend und verdecken den halben Himmel. Noch immer ist die Struktur und Form nur erahnbar, da die Flächen nach wie vor durchsichtig sind. Dennoch bekommt Deborah den Eindruck nicht los, gleich Zeugin von etwas noch nie dagewesenen zu werden.

Instinktiv weicht die Gewahrerin ein paar Schritte auf die Seite. Vielleicht erfordert es ja die Situation, sich in den Büschen zu verstecken. Wäre vielleicht aussichtslos, aber erscheint sinnvoll. Deborah befindet ein gut in der Blüte und im Wuchs stehendes Gehölz als geeignet, um im Bedarfsfall sich dort zu verkriechen.

Unerwartet überkommt Deborah ein eigenwilliges Schwindelgefühl. Gerade noch findet sie festeren Stand und es gelingt ihr, sich festzuhalten. Als sie glaubt, es sei nichts weiter, überkommt es sie nochmal und noch einmal. Gleichzeitig entsteht ein ihr die Sinne raubender Druck im Kopf. Nachdem der Schwindel sich ebenso plötzlich wieder legt, wird ihr wahnsinnig übel. Deborahs Sichtfeld ist extrem eingeengt. Als kleines Mädchen hat sie Mal durch eine schlanke Flasche geblinzelt, deren Boden ausgebrochen war. Genauso eingeschränkt ist ihr Blickfeld jetzt, dessen Ränder schleierhaft mit dem mittigen

Bild verschwimmen.

Endlich weicht der Druck im Schädel. Unendlich langsam öffnet sich das Sichtfeld wieder. Eine ebenfalls durchsichtige Kontur, in Form einer menschlichen Gestalt, huscht von links nach rechts. Deborah blinzelt, reibt sich benommen die Augen, blinzelt erneut. Flüchtig berührt sie an der Schulter ein Windhauch und dann flüstert er ihr etwas zu. Erstarrt schließt sie die Lider und lauscht ihren Sinnen.

«... Neun ... werden ... in der ... auseinander ...»

Der Hauch ähnelt einer leisen Stimme. Doch diese Stimme ist nicht wirklich eine Stimme. Fast hört sich die Stimme an wie Blätterrauschen.

«... Neun ... werden ... auseinander ...»

Deborah vernimmt die Worte nicht als Laute, sondern spürt vielmehr deren Sinn. In Gedanken wiederholt sie, was sie gerade vernimmt. Es gleicht einer unfertigen Symphonie, an deren Komposition Deborah regen Einfluss hat. Oder wird sie durch die Gewahrerin geschrieben? Noch eine ganze Weile hält sie die Augen geschlossen und lauscht dieser sinnlichen Begegnung.

«... Neun ... werden ... in der ... auseinander ...»

Nach einigen Atemzügen totaler inniger Stille, wagt Deborah einen Blick in die Gegenwart. Das Luftgebilde ist verschwunden, und Waylon ebenfalls. Lange braucht sie, um es zu realisieren. Doch Deborah verspürt keine Angst mehr. Im Gegenteil: Sie weiß – sie werden sich wieder begegnen ...

Sechsundzwanzig

Gegenwart, Vereinigtes Königreich.

Die Wesenheit entsteigt der Sphäre. Mehrere Wochen sind vergangen, seit sie hineingegangen ist. Jetzt betritt die Wesenheit ihre auserwählte Welt in Form eines ausgewachsenen Menschen und mit neuer Energie. Die körperliche Transzendenz zweier unterschiedlicher Strukturen ist gelungen. Aus der fremdartigen Wesenheit ist der stattliche Mann geworden, den diese Welt unter den Namen Ethan Mason kennt.

Kraftstrotzend verlässt er den alten verlassenen Tunnel, der für die Sphäre als Versteck dient. Er wird diesen Ort erst wieder aufsuchen, wenn es der hiesige Zeitverlauf erforderlich machen wird. Ethan jedoch hat gelernt, mit seinen Kräften sparsam umzugehen; eine Lehre der ersten Jahre auf der Erde.

Nach wenigen Augenblicken wird die Sphäre für menschliche Augen unsichtbar werden. Aufgrund der Verschiebung im Lichtwellenbereich verschwindet jegliches atmanische Objekt spurlos, obwohl es physisch am selben Platz ist.

Der als Ethan Mason getarnte Atman betritt sein gegenwärtiges Leben.

Die Zeit über in der Sphäre drehten sich seine Gedanken hauptsächlich über ein fortbestehendes Problem der jetzigen Existenz; nämlich, weshalb nichts so eingetroffen ist, wie vorherbestimmt. Was ist falsch gelaufen? Ethan glaubt, dass die Lösung im Transfer liegt. Aber wie vorgehen? Ihn sind die Hände gebunden. Er müsste auf Atmanicum sein, um Nachforschungen betreiben zu können. Alles andere wäre nicht nachprüfbar. Unter Umständen würde er vermutlich einer falschen Fährte folgen und in die Irre geleitet werden.

Fortan denkt Ethan unentwegt darüber nach. Jede freie Minute widmet er den Großteil seiner Überlegungen. Eines Tages wird es ihm gelingen, das steht fest. Es vergehen aber viele

Monate, bis Bewegung in die Sache kommt. Wenn Ethan gar nicht mehr weiter weiß, dann versetzt er sich in die Zeit als Kind zurück. Sein seitdem gut gehütetes Geheimnis der Kugel, die in einem versteckten Tresor seines Hauses untergebracht ist, hat niemand zu Gesicht bekommen. In der Kugel vermutet Ethan den Schlüssel zur Lösung.

Wie kommt dieses Artefakt, das eindeutig von Atmanicum stammt, auf die Erde? Und warum bleibt es konstant sichtbar?

In diesem Moment fällt ihm der seltsame Mann mit dem schmalen Gesicht wieder ein. Von dem hat er nichts mehr gehört. Wie meinte er damals noch? *«In drei Tagen sehen wir uns wieder!»*

Ethan konzentriert sich auf den Tag damals im Park. Es kostet einige Mühe, das Gesicht ins Gedächtnis zu rufen; schließlich ist eine lange Zeit vergangen.

«Diese Welt ist schon seltsam, nicht wahr?», hallt die Stimme des Schmalgesichtigen in Ethans Kopf. *«Wie bist du darauf gekommen? Keiner schaut sich das ›Netz‹ an. Warum hast du es gemacht?»*

Als ›Netz‹ ist das Muster gemeint, was bei Aktivierung die Kugel überspannt. Einen Unterschied gibt es aber. Ist einmal der Transfer eingeleitet, aktiviert das ›Netz‹ die Schutzsphäre. Dann ist kein Eingreifen mehr möglich – weder von innen, noch von außen.

Der Schmalgesichtige hat klar und deutlich das ›Netz‹ benannt.

Drei Tage darauf dann erfuhr Ethan durch die wundersame Erzählung Uncle Sams näheres. Doch so sehr sich Ethan auch anstrengt, will ihm partout nicht eine Einzelheit davon mehr einfallen. Wie ausradiert, gelöscht! Anstelle einer Geschichte klafft da nur diese abgrundtiefe Leere vom absoluten geistigen Vakuums!

Ein Indiz? Vielleicht ein kleines, trügerisches. Aber ein Anfang …

Äonen von Lichtjahren entfernt, in einem von der Erde aus nicht sichtbaren Sternbildes, liegt die Sterneninsel *Atamorenus* in einem Leerraum, einem sogenannten Void. Über eineinhalb Quadrat-Milliarden Lichtjahre fehlt jede Strahlung, gibt es keinen Staub und selbst die Dunkle Materie ist nicht vorhanden. Es herrscht absolutes Nichts. Bis auf eine winzige Anordnung von weit auseinanderliegenden fünf Planeten mit ihren Monden und Sonnen. Es sind Welten, die ähnlich aufgebaut sind wie Atmanicum und sich doch davon unterscheiden.

Auf frühen Streifzügen fanden die Atmane die Formation, die wie eine rettende Insel ihre Bahnen zieht. Damals ahnten sie noch nichts von Lebensformen, die der eigenen Existenz konträr gegenüberstehen; von Natur aus unvereinbarer und ohne Möglichkeit gegenseitiger Beziehungen. Der eine ist für den anderen schlichtweg nicht existent, da die Wellenbereiche zueinander inkompatibel sind.

Nur ein kleiner Vorposten ist hier noch erhalten. Denn die Atmane fanden bald darauf andere Mittel und Wege, das Universum zu erkunden. Bis zur Transfer-Technologie aber war es damals noch ein langer, steinerner Weg.

Anfangs experimentierten sie mit lebenden Kreaturen. Es war die Zeit, in der sie nach einem lebenswerteren, sinnvolleren Leben strebten, um der eigenen Welt zu entfliehen. Ein unausweichlicher Lernprozess wurde in Gang gesetzt. Die Bausteine der Lebensformen und die atmanischen Substanzen könnten gegenteiliger nicht sein. Fast das gesamte Leben auf den Planeten wurde vernichtet und für viele hunderttausend Jahre war kein höher entwickeltes Leben mehr möglich. Einzig und allein einige Pflanzenarten trotzten den sie ausgesetzten Widrigkeiten, darunter das Flechtmoos vom späteren Arimea mit seiner einzigartigen mutierten Eigenschaft der Abfallbeseitigung. Durch die empfindliche Störung im Biosystem weist das heutige

Arimea nur eine sehr geringe Vielfalt von Tieren auf. Die Atmane zogen sich endgültig zurück, als sie merkten, dass sie alles zerstörten.

Nach einigen solcher Rückschlägen änderten die Atmane die Vorgehensweise. Sie besannen sich darauf, ihre Herkunft zu entschlüsseln. Jedes Wesen, dessen Denken weit vorangeschritten ist und den Sinn der Existenz ins Bewusstsein rückt, verspürt früher oder später den Drang nach Antworten des Woher. Als anorganische Lebensform sind sie anderen Gesetzen untergeordnet, als zum Beispiel die späteren Arimeaner oder die Menschheit. Bei Atmanen besteht keine Wechselwirkung von chemisch-biologischer Physik. Somit sind sie die einzige immerwährende Existenz.

Entstanden aus der Ursuppe kurz nach dem Urknall, sind Atmane stark mit der Dunklen Energie verbunden, und somit eine Ur-Macht des Universums. Dieses Wissen ermöglichte vor unvorstellbar langer Zeit die Entwicklung des Transfers. Doch auch dadurch griffen sie, wenn auch nicht im direkten Kontakt, ein in die Geschicke *bereister* Zivilisationen. Diese wurden infiltriert und bestimmten teilweise sogar die Geschichte dieser Planeten.

Das Universum ist voll von Wesensformen und unvorstellbar vielen Lebensbereichen. Unerkannt leben die Atmane in den auserwählten Wirten und folgen deren Lebensverlauf. Strenge Schutzmechanismen und Richtlinien verhindern während des Transfers bis zur Beendigung ein Erinnern ans wahre Sein. Dadurch soll jedwede Beeinflussung vermieden werden, die großen Schäden hinterlassen würde.

Darüber wachen die Transfer-Hüter. Um unerkannt bleiben und arbeiten zu können, zogen sie einst auf die Sterneninsel. Von hier aus können die Hüter ungestört die *Lebenswandler* – wie sie die Transferisten nennen – überwachen. Wird eine Abweichung registriert – und ist sie auch noch so unscheinbar –, greifen die Hüter umgehend ein. Bestätigt sich der Verdacht, hat das schwerwiegende Konsequenzen. Grobe Verstöße werden mit der vollendeten Auslöschung geahndet.

Einen besonders gewieften Abweichler sind die Hüter seit unermesslicher Zeit auf der Spur …

Siebenundzwanzig

Uridräo, tausend Jahre vor der arimeanischen Entdeckung.

Laynjala atmet den berauschenden Duft ein, den sie am Ende eines jeden Tages genießt. Danach fühlt sie sich nicht mehr so einsam. Sicher – die Zeit ist rar, in der die Monarchin wirklich allein ist. In ihrem Leben fehlt etwas, wenn sie auch nicht weiß, was …

Seit sie denken kann ist sie Monarchin des unterirdischen Reiches der Anomaliten. Anfangs stand ihr ein Berater vom Regenten-Rat zur Seite. Wichtige, staatstragende Entscheidungen, die die gesamte Gesellschaft betreffen, trifft ausschließlich der Rat selbst. Hat Laynjala das Amt auch geerbt, musste sie doch schon bald beweisen, dass sie es verdient hat. Damals blieben dem kleinen Mädchen die wahren Gründe verborgen.

Viel hat sie nicht von der damaligen Unbekümmertheit eingebüßt. Laynjala liebt das Leben – das Leben liebt sie. Der stark aromatisierte Duft der Pflanze bestärkt zudem die Leichtigkeit ihres Seins.

° ° °

›Köstlich‹, denkt er und schiebt sich den letzten Happen in den Mund. Gaumen und Geschmacksnerven nehmen den innigen Gruß auf. Er lässt sich niemals beim Essen stören. Alles andere kann warten. Selbst die Monarchin; schließlich verdankt sie *ihm* ihre Stellung in der Anomaliten-Gesellschaft. Wäre er nicht gewesen, und hätte getan, was zu tun nötig war, gäbe es Laynjala nicht an der Spitze.

Sich voll und ganz dem letzten Bissen hingebend, schließt er verzückt die Augen. Adabay ist einer der Wenigen, die genau wissen, wie die Gemeinschaft funktioniert. Niemand sonst hat einen umfassenderen Blick als er. Er genießt uneingeschränkten Respekt. Nichts geschieht ohne seine Einwilligung. Politik war noch nie *sauber*. Sich ihrer zu bedienen und erfolgreich die Strippen zu ziehen, dazu gehört ein gewisses Maß an Cleverness und Egoismus.

Gedanken über den Fortbestand braucht er sich nicht zu machen. *Sein* Reich umfasst das gesamte Höhlenlabyrinth. Die Welt draußen empfindet er als feindlich. Vor ein paar Jahren ließ er deswegen auch einen alten Stollen, der in die Äußere Welt führte, zumauern. Mag es an die ungewöhnliche Lichtfülle oder unüberschaubare Weite liegen; Fakt ist: Er hasst alles, was nicht ins Reich gehört!

Erschreckend empfindet Adabay auch die Luft, die alles mit sich trägt, was ihnen Schaden zufügen kann.

Begonnen hatte alles mit dem Auffinden des Fremden. Geahnt hatte Adabay schon seit langem, dass es noch andere gibt. Es war nur eine Frage der Zeit, aufeinanderzutreffen. Der eigentliche Anlass war der Fundort – der geheime Bereich der unterirdischen Ruinen, von dem nicht einmal Laynjala eine Ahnung hatte. Wie kam der Fremde dorthin? Kein Weg führt von der Oberen Welt herab. Zahllose Schwärmtrupps erkunden regelmäßig das Gebiet. Nie haben sie eine Spur finden können.

Und dann diese Erscheinung! Adabay gefriert jetzt noch alles, wenn er daran denkt. Ein aus dem Nichts erscheinender Feuerkranz schlug hinter den Ruinen mit Getöse ein und löste beim Aufprall eine enorme Detonation aus, die sich wellenförmig bis ins Labyrinth ausbreitete. Mehrere der neu geschlagenen Stollen stürzten teilweise ein. Die Worker hatten alle Hände für viele Tage damit zu tun, sich hindurch zu kämpfen.

Im Hinterkopf hatte er eine alte, über Generationen zurück-gehende Prophezeiung. Adabay hält nicht viel davon. Doch die ganzen Geschichten erscheinen nun im neuen Licht.

»Alte Götter werden Zeichen senden!«

Wie oft hat er darüber schon nachgesonnen? Ergebnislos! Was könnten das für »alte Götter« sein? Der Überlieferung nach – der offiziellen – gab es solche Götter nicht. Die Anomaliten hatten nie einen bestimmten, fest verwurzelten Glauben. Außer natürlich den Glauben an die Monarchin. Anomaliten brauchen Führung und Kontinuität, gerade in Zeiten wie diesen, und nicht irgendein Geschwafel über Götter!

Adabay erhielt das Wissen über die Legenden von seinem Vater, der von seinem Vater und dieser von seinem. Demnach stammen die Götter aus Zeiten des *Großen Überflusses*; ein Begriff, den nicht nur sein Vater eifrig nutzte.

Können bestimmte Dinge oder gar Ereignisse nicht oder nur unzureichend erklärt werden, müssen alte Mythen herhalten. Nichterklärbares wird darin verklärt und mit Geschichten vermischt, die nur selten mit tatsächlichen Ereignissen zu tun haben. Und Erdichtungen hatten schon immer einen besonderen Reiz, denn sie folgen eigenen Gesetzmäßigkeiten.

»Ein Fremder wird kommen aus der Ferne ...«

Der immer weiter zunehmenden Unruhe ist es geschuldet, dass Adabay wieder in die Senkrechte kommt. Er muss sich eingeste-hen, dass diese Sache ihn doch mehr zusetzt, als er es sich an-fangs eingestehen wollte. Nass geschwitzt steht er auf und geht hinaus in den Stollen.

Von hier war das leise, helle Plätschern der kristallklaren Wasserader deutlich zu hören, die weiter hinten aus dem Fels bricht. Langsamen Schrittes folgt er dem Geräusch, und als er am Wasserlauf ankommt, benetzt er sich Gesicht und Nacken mit dem kühlen Nass. Für den Augenblick belebt ihn die Erfri-schung.

Ein Gefühl der Leere entsteht; eine Leere, die aufgefüllt werden will. Bedürfnisse entstehen aus einem Ungleichgewicht. Selten kommt es vor, dass er nicht weiterweiß. Doch zugegeben hätte er es nie! Betroffen setzt sich Adabay und ergibt sich wieder der endlosen Grübeleien …

○ ○ ○

Es droht ihm die Decke auf den Kopf zu fallen. Nayati nutzt jede Gelegenheit, in der ihm zugewiesenen Höhle in Bewegung zu bleiben. Der verbleibende Raum misst sieben mal neun Schritte. Nähert er sich zu weit dem mit einem Stoff verhangenem Zugang, tritt ihn sofort Arcley in den Weg. Versuche, mit der Frau ins Gespräch zu kommen, scheitern bereits im Ansatz. Allein die Augen sprechen vom abgrundtiefen Hass.

Seit Tagen hat Nayati kein Sonnenlicht mehr gesehen. Die Luft ist nicht stickig, aber auch nicht gerade frisch. Blauweiß schimmert es von allen Seiten und Winkeln von unbekannten leuchtenden pilzartigen Sprösslingen; gerade so viel, dass es der Orientierung reicht. Doch das Licht trübt öfters seinen Blick und hinter den Augen wird ein Druck spürbar, dem ein Schwindelgefühl folgt. Dann muss er sich legen und die Augen schließen.

Das Gefühl des Eingesperrtseins nagt und macht Nayati fast kirre. Es könnte so einfach sein. In Gedanken geht er auf seine Bewacherin zu, schiebt sie zur Seite. Einfach so und ohne Gegenwehr … Doch ebenso oft verwirft er diese Vorstellung wieder. Die Soltectorin sieht nicht so aus, als das sie sich übertölpeln oder bezirzen lassen würde. Schon gar nicht von einem, wie er es ist! Dennoch wird sein Verlangen, hier raus zu kommen, immer stärker!

Arcleys Gestalt ist hager und sehr durchtrainiert. Leider hat er sie noch nicht rennen oder kämpfen sehen, kann daher also nicht ihre Schnelligkeit und Kraft abschätzen. Ein Angriff seinerseits ist ein Wagnis mit unbestimmten Ausgang – und könnte vermutlich gefährlich für ihn enden.

Nayati stößt heftig die Luft aus. So hat das keinen Sinn! Auf eine Frau einzuschlagen – ob notwendig oder nicht – widerstrebt ihn. Was er nötig braucht ist Zeit; doch wieviel er davon hat, ist ungewiss.

Deprimiert sinkt er zurück aufs Lager …

° ° °

Keine Seele weit und breit! Vor Adabay liegt der letzte Stollen, hier muss er nicht mehr besonders vorsichtig sein. Schnell geht er weiter. Kleinste Geräusche können verdammt verräterisch sein, in einem ungenutzten Terrain. Deswegen gilt es, solche zu vermeiden.

Am Ende des Stollens sieht Adabay zum wiederholten Male in die eben gekommene Richtung. Niemand ist ihm gefolgt. Eigentlich kein Wunder, befindet er sich doch in einem Bereich, den nur wenige kennen.

Links vor ihm ragt ein mannshoher, scharfkantiger Felssplitter aus der Wand. Dahinter verbirgt sich ein schmaler Spalt, nur sichtbar für Eingeweihte. Nachdem er sich erneut vergewissert hat, unbeobachtet zu sein, zwängt er sich gewandt hindurch.

° ° °

Benommen braucht Nayati einige Zeit, bis er weiß, wo er sich befindet. Sein Schädel brummt. Die verbrauchte Luft im Raum verstärkt den dumpfen Schmerz. Brauchbare Gedanken kann er nicht erwarten; er muss raus hier!

Am Eingang hängt der Stofffetzen herab, der bei jedem Luftzug anfängt zu schaukeln. Dahinter ist ein Lichtschein, der den Gang erleuchtet. Kein Schatten deutet darauf hin, dass sich seine Bewacherin in der Nähe aufhält. Vorsichtig und langsamer als üblich, kommt er hoch. Als Nayati wach genug ist, steht er auf, sieht sich um. Jedes noch so kleine Detail ist erkennbar.

Ein wiederholter Luftzug bringt den Stoff in Wallung. Ein wenig torkelt Nayati, was er nicht einmal bemerkt. Langsam schiebt er den Stoff beiseite. Niemand zu sehen. Ohne weiter nachzudenken, verlässt der Junge Dakota die Höhlennische. Er folgt den ihm entgegenwehenden Wind. Den Blick stets nach vorn gerichtet, durchschreitet er den Gang. Kein menschliches Wesen weit und breit. Kaum zu glauben! Nayatis Selbstsicherheit schwillt an, Hoffnung steigt auf. Ein Lächeln umspielt seine Mundwinkel.

∘ ∘ ∘

Auf dem vor Adabay liegenden, von Feuchtigkeit getränkten Weg liegt eine nicht zu unterschätzende Herausforderung, die er sich stellen muss. Es ist ziemlich unwirtlich. Wurzeln hängen herab, es riecht muffig nach Fäulnis und Erde. Die Luft steht. Aufgrund seines zügigen Gehens durch den lang gezogenen Felskorridor ist schweißtreibend.

Unvermittelt wird das Geräusch von fließendem Wasser laut. Adabay muss aufpassen, nicht auf den schlierigen Grund auszurutschen. Wenige Meter weiter verschwinden die Luftwurzeln. Dann wird der Bach sichtbar.

Adabay kniet sichtlich mitgenommen nieder, schöpft mit hohler Hand Wasser, trinkt gierig. Danach ist er schon wieder unterwegs. Obwohl er diesen Weg schon öfters gegangen ist, so scheint es, er nähme kein Ende. Noch ein Abzweig, anschließend das Steilstück, dann ist er da.

∘ ∘ ∘

Nayati kommt unbehelligt voran. Manchmal ertappt er sich zu glauben, dies sei nicht reell. Wie in Trance nimmt er alles wahr. Vergessen ist die Zeit, in der er unten in der Sohle eingesperrt gewesen war. Irgendwie geht es eben immer weiter, auch dann, wenn kaum Hoffnung besteht. Seltsam, mit welcher Sicherheit er die Richtung wählt und eine Kreuzung erreicht.

Mal geht es bergauf, dann schlängelt sich ein Stollen durch unwegsames Gebiet. Er folgt einem erwachten Instinkt. Dann steht er plötzlich vor einer Wand. Sackgasse! Fassungslos starrt er die Wand an. Das kann doch nicht sein! Das darf nicht sein! Nayati weiß einfach, dass es hier weitergehen *muss*! Nur das, was er sieht, deckt sich nicht mit dem, was sein *sollte* …

In Zeitlupe berühren seine Hände suchend den Felsen und tasten darüber. Man kann nur glauben, was man berührt. Kaum das die Fingerspitzen über das feuchte Gestein streichen, zieht er sie erschrocken zurück. Seine Stirn in Falten gelegt, denkt er nach. Nicht das was er fühlt, macht ihn nachdenklich – vielmehr, was er *nicht* fühlt. Um ganz sicher zu sein, tastet er erneut den Felsen ab. Das Resultat ist dasselbe. Mehr als verwundert geht er rückwärts einige Schritt, bis er die ganze Wand im Blickfeld hat.

Nayati stutzt. Wie ist das möglich? Die Wand ist real, und doch … Täuscht er sich? Demonstrativ stampft er mit dem Fuß auf. Ganz deutlich spürt er den Widerstand des Felsgesteins. Doch der Eindruck, einer Sinnestäuschung zu unterliegen, gewinnt immer mehr die Oberhand. Zweifel wachsen, nachdem das Geräusch des Aufstampfens fehlt. Sollte er völlig wirr sein?

° ° °

Als *Steile* bezeichnet Adabay den Übergang von den Höhlen in die alte, natürlich entstandene Umgebung nach deren Einsturz. Die von Schluchten beengten Wasserläufe wuschen im Laufe der Zeit den Aufstieg aus und das Erdreich rutschte auf die Felssohle hinab. Während die Ruinenzone damals von weiter oben her durchsucht wurde, ließ Adabay hier unten graben. Daran beteiligte Worker landeten alle in der Recycling-Station; keiner überlebte. Niemand durfte davon wissen.

Von Mal zu Mal fällt es ihm schwerer, die *Steile* zu erklimmen; ein untrügliches Zeichen seines fortgeschrittenen Alters. Eine Verschnaufpause ist nötig. Wenige Augenblicke später geht's weiter.

Hinter einer scharfen Linkskurve hört der Fels auf. Stattdessen ragen glatte Betonwände empor. In diesem Bereich braucht er sich nicht vor möglichen Verfolgern zu fürchten. Die Gänge waren wie die Stollen im Labyrinth angelegt worden und ebenso wenig überschaubar. Angenehme Kühle schlägt ihm entgegen. Die gerade noch empfundene Feuchtigkeit reduziert sich abrupt auf ein Minimum.

Adabay entzündet eine versteckte Fackel, denn hier wachsen keine lumineszierenden Pilze. Zahlreiche beengte Gänge weiter erreicht er ein Gitter. Dieses besteht aus verrosteten Stäben, dessen Material ihm unbekannt ist. In unzähligen Kellern hat er sie gesammelt und zu einer Absperrung zusammengebunden. Es hatte viele Blessuren an den Händen gekostet, doch gelohnt hatte es sich allemal. Ein Weiterkommen ist an dieser Stelle nicht so ohne weiteres möglich und soll etwaige Schnüffler aufhalten. Adabay atmet tief durch. Trotz der vielen Jahre, die seit der Entdeckung vergangen sind, kann er den Bereich nicht erregungslos betreten.

∘ ∘ ∘

Scheinbar quillt Nebel aus dem Fels. Im Dunst flimmern winzige Kristalle. Allein der Anblick berauscht Nayatis Sinne. Erregt sieht er sich um, ob es nicht doch fremde Augen gibt, die diesem Spektakel beiwohnen. Doch es ist niemand da. Inmitten des Nebels rotiert sein Zentrum im Uhrzeigersinn. Schneller werdend wächst der Dunststrudel weiter an. Anstatt des flimmernden Glitzerns wird eine deformierte Linienführung sichtbar. Die Rotation wird schneller, wobei die Ränder des *Auges* stark verzerrt werden.

Aus unscheinbaren, wirren Linien entsteht ein Relief. Nayati wird Zeuge von stetig wechselnden, ineinanderfließenden Darstellungen. Gebannt sieht er zu und vergisst die Umwelt und den Grund seines Hierseins. Was zeigt die zum Leben erwachte Wand nicht alles! Sie stanzt plastische Bilder von Landschaften, fruchtbaren Ebenen und Feldern, Bergketten und diversen Lebewesen in die neblige Luft.

Nayati fühlt innerlich Wärme aufsteigen. Unendliche Glücksmomente erfüllen ihn, schwellen an, schwappen gegen die Haut und münden als Kribbeln in jeder Pore seines Körpers. Das *Auge*, wie er es gedanklich nennt, erfüllt die gesamte Wandfläche. Noch einmal flimmert es final auf, bevor es in sich zusammenfällt und verschwindet. Kurz, wirklich sehr kurz, ist kahler Fels zu sehen. Dann flimmert es wieder und wilder und spektakulärer als vorher tanzen die Relieflinien nur so dahin. Im heillosen Durcheinander ist Chaos erkennbar, das scheinbar endlos so weitergehen soll. Nayati bekommt das Gefühl, mitten hinein gezogen zu werden.

Irgendwann glaubt er, einen Knoten zu sehen. Zeit darüber nachzudenken oder genauer hinzusehen bleibt ihm nicht. Das Bild wird noch wilder und wirbelnder. Tausende Flimmermücken tanzen ihm entgegen. Im nächsten Augenblick sieht Nayati in ein scheußliches Fratzengesicht.

Geschockt prallt er zurück. Doch das Gesicht bleibt. Fahrig reibt er sich die Augen. Das Fratzenantlitz starrt Nayati unverhohlen frech provozierend an. Fast könnte man meinen, es sprühe Gift und Galle. Eine seltsam feindliche Atmosphäre ist binnen Sekunden entstanden, die Nayati den Atem nimmt. Eiskalte Schauer jagen ihn über den Rücken. Er fröstelt und tritt einen weiteren Schritt zurück.

Endlich verwischt der neblige Dunstschleier. Und damit verschwindet auch das Fratzengesicht und der Spuk ist vorbei.

° ° °

Weit ausladende Räume, vor unendlich langer Zeit erschaffen, erzeugen ein undefinierbares Angstgefühl. Jedes Geräusch lässt die Betonwände gespenstisch widerhallen. Adabay lauscht immer wieder in die Dunkelheit. Am Boden häuft sich fingerdick der Staub, ein weiteres Indiz, dass seit langer Zeit das Terrain nicht betreten wurde. An manchen Stellen versperren Geröllhalden das Weiterkommen.

Adabay muss in die höher liegende Ebene. Zielstrebig geht er auf einer breiten Treppe zu und schreitet sie vorsichtig, aber entschlossen hinauf. Einige Stufen sind löchrig und weit klaffen Zwischenräume auseinander. Auf einem Podest auf halber Höhe bleibt er stehen. Vor ihm liegt dieselbe Strecke, wie die eben überwundene. Der weiter obenliegende Teil des Treppenhauses zeigt deutliche Zerstörungsspuren. Eisenbewährungen ragen vom bröcklig werdenden Beton weit ab, deren Schatten wie Greifarme in der Dunkelheit lauern. Doch ganz so weit hinauf will er nicht.

Kaum ist er oben angekommen, wendet er sich einen Verschlag zu. Fest zusammengeschnürte Bretter und dicke Bohlen gestatten keinerlei Einblick ins Dahinterliegende. Nur er weiß, was sich dort verbirgt. Noch einmal lauscht er in die Stille. Adabay zwängt sich am Rand des Verschlags hindurch, nicht ganz so geräuschlos, wie er es sich's gewünscht hat. Beinahe lässt er die Fackel fallen, kann sie aber noch vorm Erlöschen bewahren.

In unbeständigen Abständen zueinander sind baumharzgetränkte Hölzer behelfsmäßig in Ritzen befestigt, die er im Vorbeigehen entzündet. Die feuchten Hölzer brennen langsamer, sondern allerdings auch ordentlich Rauch ab. Rasch geht Adabay weiter. Wieder erreicht er einen abgeteilten Bereich, in dem es düster wird. Nur schwer durchdringt der Feuerschein die Dunkelheit. Feine Staubwolken schweben umher und es kratzt im Hals. Die Luft wird hierorts immer schwerer.

Wenige Meter weiter versperrt ein Stahltor den Gang. Deutliche Spuren von Rost und Oxydation lassen auf eine sehr hohe Luftfeuchtigkeit schließen. Etwa in der Mitte, der im Tor eingelassenen kleineren Tür, ist ein Viereck, durch das er hindurchsehen kann. Mehrere dicke, ebenfalls stark vom Rost befallene Ketten sichern die Tür zusätzlich.

Alles ist ruhig.

Da … da liegt er …

Adabay zischt leise. Nichts passiert.

»Pearce!«

Ein schniefendes Röcheln ist die Antwort.

»Pearce!«

Das Röcheln erstickt und ein schallendes Räuspern erklingt.

»Ich bin's … Adabay …«

Der Angerufene hustet umständlich. »Wer sollte es sonst sein …«, murmelt Pearce zerknirscht. Wahrscheinlich hat er gerade geschlafen und ist deswegen angesäuert.

»Hey … Pearce …«, schallt weithin Adabays Stimme. Endlich deuten Geräusche darauf hin, dass Pearce aufsteht und näherkommt. Ein ärgerliches »Ja doch …« bestätigt Adabays Vermutung.

»Was … was verschafft mir … denn die Ehre …«

»Ich brauch' deine Hilfe …«

Pearce bleibt auf halben Weg stehen. »Hilfe? Du?« Es klingt verächtlich.

»Ja, ich … Also, was ist … Machst du endlich auf und lässt mich rein?«

Eine gefühlte Ewigkeit dauert es, bis Pearce die Ketten entwirrt und die Tür geöffnet hat.

Wenn Adabay etwas hat, dann ist es Zeit und davon reichlich. Niemand würde es wagen, ihn anzusprechen, sollte jemand seinen Streifzug bemerken. Dennoch will er, dass Pearce ihn einlässt. Ein komisches Gefühl, beobachtet zu werden, macht Adabay unruhig.

»Hast dich lang nicht sehen lassen … weiser Adabay!«

Dieser nickt.

»Welches Schicksal führt dich zu mir?«

Ein dichter, zotteliger und verfilzter Bart verdeckt fast vollständig Pearces Gesicht. Zwei junggebliebene, fast verschmitzte schauende Augen funkeln dem seltenen Gast wissbegierig entgegen.

»Du hast doch sicherlich was aufm Herzen …«

»Das ist wahr, Pearce.«

Während Pearce die Kette wieder vorlegt, wirft Adabay ein Blick ins Treppenhaus. Erst nachdem er sich vergewissert hat, geht er tiefer in den Raum.

»Erzähl!«, fordert Pearce. Er humpelt, was Adabay erst jetzt auffällt.

»Schicksal … Vorzeichen … Dinge, die mich grübeln lassen, alter Freund …«

»Sind die Geister doch erwacht …« Melodisch wiederholt Pearce die Worte mehrmals. »Ist … ist *er* gekommen?«

»Vor einer Weile, ja. Und du weißt, was das bedeutet …«

»Sag mir, mein weiser Freund: Wie ist sein Name?«

»Nayati … Er nennt sich Nayati«, erwidert Adabay nachdenklich, wobei er die Betonung auf die letzte Silbe legt. Dann berichtet er in knappen Worten, wie und wo sie Nayati aufgefunden haben.

»Auch die ›Reinigung‹ hat er überstanden. Geschwächt – aber er lebt …«

Pearce pfeift. So etwas war zu erwarten, glaubt man den Legenden. Aber ausgerechnet im Labyrinth? »Wir sollten die Prophezeiung zu Rate ziehen, mein Freund«, sagt er gedehnt.

Warum der alte Pearce so auf die Prophezeiung schwört, bleibt vermutlich für alle Ewigkeit sein Geheimnis. Kaum eine Gelegenheit lässt er aus, um sie wenigstens zu erwähnen. Ganz offensichtlich ist er von der alten Schrift besessen. Und schon kramt er in einem Versteck in einer nicht ausgeleuchteten Ecke des Raumes. Dort, wo Adabay geradesteht, kann er den Freund nur hören; Pearce verschmilzt perfekt mit der Finsternis. Suchen und Warten bilden eine einzigartige Symbiose – untrennbar, wie der Schatten ohne Licht. Hin und wieder dringt ein gequältes Husten aus der Ecke. Adabay wird unruhig. Noch immer fühlt er sich beobachtet. Vorsichtig und leise geht er zur Aussparung in der Tür und lugt hinaus. Niemand zu sehen.

»Hier ist sie«, ertönt krächzend Pearces Stimme. »Die Prophezeiung im Original. Handschriftlich niedergeschrieben.«

Mit einer Papierrolle unterm Arm humpelt Pearce triumphierend in die Mitte des Raumes.

»Niemand weiß, wer der Verfasser dieser Rolle war. Es ging ein Gerücht um, dass *die* früher anhand der Schrift hätten sagen können, um wen es sich handelt. Ob Frau oder Mann, alt oder jung. Du weißt schon …« Pearce lacht auf. »Ja, auch Frauen sollen früher einmal geschrieben haben … Kaum vorstellbar, oder?«

Heute sind es sehr wenige, die überhaupt des Lesens mächtig sind. Die Meisten halten es für verlorene Zeit, sich Geschriebenen hinzugeben; schließlich wollen tausende hungrige Mägen gestopft werden. Und was nutzt es zu wissen, was einmal war? Auch Adabay gehört zu dieser Gruppe. Allein das Entziffern war überaus anstrengen, und etliche Worte versteht er ohnehin nicht.

»Nun – sehen wir doch mal …«

Umständlich vorsichtig, aber sehr gewissenhaft, entrollt er die Seiten.

»Es wird dauern, bis ich die Stelle gefunden habe …«

° ° °

So sehr er sich auch anstrengt, kann Nayati keinen Durchlass finden! Aber der Fels muss eine Bedeutung haben, weshalb sonst ist er hierhergeführt worden? Eine weitere Frage schiebt sich in den Vordergrund: Warum fühlt er den Stein nicht?

Die Situation überfordert seinem, noch nicht gänzlich auf

Touren gekommenen, Verstand. Er droht die Beherrschung zu verlieren. Keine Geräusche sind hörbar, nicht mal eigene.

Wie nun weiter? Sein Kopf schwirrt.

Im Grunde genommen bleibt ihm nur umzukehren! Vorbei war es mit der bisher verspürten Ruhe. Und was immer Nayati hierhergeführt hat, sollte wohl oder übel verborgen bleiben.

Nayati ist zermürbt.

Nachdem die Entscheidung zur Rückkehr gefällt ist, flimmert aufs Neue die Wand und die Fratze lacht höhnisch, wenn auch geräuschlos. Purer Hass funkelt aus ihren Augen.

Plötzlich wird es merklich kälter. Am Hals spürt er einen eigenartigen Druck, der seine Kehle zuschnürt. Im grellen Licht verschwindet das Fratzengesicht. Vergeblich versucht er die Augen davor zu schützen. Nackte Angst packt Nayati. Schemenhaft zeichnen sich die Konturen der Fratze inmitten des grell-gleißenden Lichts ab. Ein Kampf zwischen Gut und Böse?

Nayati läuft Angstschweiß herab, tropft auf die Schultern und dann weiter den Rücken entlang. Er will schreien, doch mangels Atem versagt seine Stimme.

Unterdessen kommt die Fratze immer näher, reißt feindlich ihr Maul auf. Obwohl geblendet, kann Nayati ihre Gesichtszüge einwandfrei erkennen. Sie ähneln – er kann sich auch täuschen – den Zügen der Soltectorin! Aber ist das möglich? Je mehr er darüber nachdenkt, umso mehr kommt er zur Ansicht, dass es sich um diese Arcley handelt.

Mit an Wahrscheinlichkeit grenzender Sicherheit verfliegen die Zweifel. Hat sie ihn beobachtet und war ihm gefolgt? Plötzlich fühlt er sich an den Schultern gepackt und durchgeschüttelt; er ist außerstande, sich zu wehren.

Endlich setzt sein Gehör wieder ein und Laute dringen in seine Wahrnehmung. Diese Laute kommen von der Fratze! Sicher? Ganz sicher!

Immer dringlicher wird der Wunsch von hier zu verschwinden. Und dann knallt es schallend. Und noch einmal … Und noch mal. Erst viele Atemzüge später kommt der Schmerz im Gehirn an, der Schmerz eines Schlages ins Gesicht …

○ ○ ○

»Hörst du das auch?«

Während Pearce in der Prophezeiung nach einem bestimmten Wortlaut sucht, steht Adabay an der Tür und späht in die Dunkelheit. Seltsame klingende Geräusche glaubt er gehört zu haben. Den Höhepunkt bildet ein klatschender Knall. Doch der in die Schrift vertiefte Pearce sieht nicht einmal auf. Auf einmal weicht das paranoide Gefühl von Adabays Schultern.

Achtundzwanzig

United States of America, Gegenwart.

Das Polo-Shirt weist auf Brust und Rücken große Schweißflecken auf. Gleichmäßig rennt sie auf der Joggingtour, die die junge Frau jeden Tag im Central Park dreht. Ihr Atem geht kaum merklich schneller. Sie ist durch und durch trainiert. In den Ohren trägt sie In-Ear-Kopfhörer, die mit dem kleinen digitalen Gerät in der Hosentasche verbunden sind und sie mit den neuesten Nachrichten des Tages versorgen. Als eine nach ganz oben strebende Journalistin darf sie die Konkurrenz nicht aus den Augen verlieren. Heutzutage entscheiden oft Sekunden über Erfolg oder Misserfolg.

Die Journalistin mit dem markant blauroten Stirnband geht in den Endspurt. Einen stark verwachsenen Baum, mit den drei Kronen, dient ihr als Startpunkt und Ziel. Damit beweist sie sich und eventuellen Zuschauern ihre Ausdauer und Steigerungsfähigkeit. Auf den letzten Metern wirbeln ihre schlanken, wohlgeformten Beine über den Boden.

Dann kommt sie an, atmet tief ein und aus, und geht in einen Art Free-Style-Lauf über. Bis zu ihrer Wohnung verringert sie stetig die Geschwindigkeit, bis sie endlich in einen normalen Schritt übergeht. Vor den Hauseingang angelangt entnimmt sie dem Briefkasten die Post und schreitet gutgelaunt die Stufen empor, die an der Tür münden.

Frisch geduscht setzt sie sich auf den Balkon. Sie liebt diesen wunderschönen Ausblick. Dafür nimmt sie unzählige Unannehmlichkeiten in Kauf, die den Arbeitstag im Grunde genommen unnütz verlängern. Aber dafür wird sie allerdings grandios belohnt.

Freie Tage sind äußerst rar; umso mehr weiß sie, diese zu würdigen. Unweit der Wohnsiedlung gibt es ein kleines Waldstück mit angrenzendem Park. Die Wipfel wiegen sich gleichmäßig im Wind, wie leicht aufgewühlte Meereswogen.

Ganz entspannt nimmt sie das Tablet in die Hand und surft durch einschlägige Internetportale nach Schlagzeilen. Wieder steht ein hochgeachteter Senator im Licht einer aufgedeckten Affäre; natürlich zum unpassendsten Zeitpunkt, da bald Wahlen anstehen. Im Boulevard-Stil wird im Artikel kein gutes Haar an ihn gelassen. Genervt bläst sie die Wangen auf. Mit professionellem Journalismus hat das nichts zu tun. Doch solche Meldungen verfehlen niemals ihr Ziel. Sie streuen gezielt Gerüchte und irgendwann wird die Sache zum Selbstläufer. Die Falle schnappt zu und ein Politiker, der so im Rampenlicht steht und demontiert wird, hat kaum nochmal eine Chance zur Richtigstellung. Die Blogs und Kurzmeldungen diverser Anbieter sind voll davon. So geschieht es immer und überall auf der Welt. Nur das es heute sekundenschnell über den Erdball verteilt wird, als noch vor ein paar Jahren. Und dass immer irgendwelche Leute darauf anspringen und eigenen Müll hinzudichten. Diese Posts bleiben für immer und ewig im Netz hängen, auch wenn es doch einmal gelingen sollte, die Lügen zu entlarven. Die Wahrheit hat noch nie die Quote gesteigert. Egoistisches Handeln und Denken, über die Jahrhunderte fest in den Menschen verankert, hält sie fest im Bann falscher Ideale!

Allerorts treten Neider auf den Plan. Ist jemand erfolgreich und könnte *wirklich* etwas bewegen, wird ge- und verurteilt, ohne im Vorfeld abzuwägen, was eigentlich damit angerichtet werden kann. Ein wahrer Shitstorm reißt nicht nur den Betreffenden in den seelischen Abgrund, auch die Familien werden in dieselbe Ecke gedrängt. Moderner Spießrutenlauf, mit einem Touch von Inquisition!

Auch sie kann ein Lied davon singen. Gerade als Frau in einer – auch im einundzwanzigsten Jahrhundert – männerdominierenden Welt, ist es sehr schwer, sich durchzusetzen. Oft reichen die Ellenbogen dazu nicht aus und, wenn sie ehrlich ist, benutzt auch sie schon hin und wieder unsaubere Mittel, um manchen Männern Knüppel zwischen die Karrierebeine zu werfen …

Das Handy schrillt.

»Ja?!«

»Caitlin, hier Steward. Ich muss dich sprechen!«

Steward? Vor einem halben Jahr probierten sie es miteinander. Doch die Beziehung scheiterte mangels Zeit und unterschiedlicher Ansichten darüber.

»Tust du das nicht gerade?«

»Caitlin … Es ist … wichtig …«

»Sorry. Sollte ein Scherz sein … Was gibt's denn?«

Am anderen Ende wird es still. Auch so ein Punkt, den sie an ihn überhaupt nicht mag. Er kann so verdammt still sein, anstatt die Katze aus dem Sack zu lassen.

»Du … ich …«

»Es ist … wirklich wichtig … Maddy …«

Komisch! Klingt seine Stimme erregt?

»Wichtig für dich? Du weißt genau …«

»Nein, nein! Es geht nicht um uns. Es ist … es ist etwas passiert … Das musst du dir … ansehen …«

Caitlin kennt ihn genau, jedenfalls dachte sie es bis eben noch. Sein Atem verrät unterdrückte, angespannte Nervosität. Sie hatte es immer auf sich bezogen. Okay – keiner ist frei von Fehlern und Irrtümern.

»Gut«, sagt sie knapp. »Morgen früh …«

»Nein«, unterbricht Steward sie schroff. »Heute noch. In zwei Stunden? Im Haus meiner Eltern.«

Ihre Alarmglocken kommen auf Touren.

»Steward! Ich glaube nicht, dass dies der richtige Ort ist.«

Sie ist genervt, keine Frage. Besagtes Haus steht weit außerhalb. Dort hatten sie sich geliebt und gemeinsam schöne Stunden verbracht. Kein guter Platz, um alte Erinnerungen zu unterdrücken.

»Bitte komm. Dort finden … sie mich nicht …«

Klack.

»Stew …«

Das Signal der abgebrochenen Verbindung dröhnt aus dem Apparat. Steward klang gehetzt. Sollte doch etwas dran sein? Caitlin bekommt Gänsehaut.

»Shit!«

Gerade weil sie ihn so gut kennt, macht der Anruf ihr ein bisschen Angst. Etwas muss passiert sein, und zwar etwas Gravierendes, sonst hätte er anders reagiert und sich in Erklärungen verloren.

Eine plötzliche Unruhe steigt auf, die sie nur zu gut kennt. Ob Steward auf etwas gestoßen ist? Wenn sie sich nicht mit ihm trifft, wird sie es nie erfahren! Kurzentschlossen springt sie auf und wenig später sitzt Caitlin im Wagen.

o

Seine Nerven liegen blank! Verzweifelt und gehetzt sucht er einen sicheren Platz für die SD-Karte und die Videodisk. Seit Minuten schon löscht ein Sicherheitsprogramm seine Festplatten, um sämtliche Spuren zu vernichten. Soweit überschaubar kann nur eines Rettung bedeuten: Beweise verstecken! Gerade in Zeiten globalen Datensammelns ist das Risiko immens groß, gefunden zu werden.

Die gesicherten Aufnahmen zeigen ein unbekanntes Phänomen, dass die Welt auf den Kopf stellen wird. Ob natürlichen Ursprungs ist fraglich. Es können auch Separative- oder Terrorgruppen dahinterstecken. Wie es bis jetzt aussieht, ist er scheinbar der Einzige, der die beängstigenden Beobachtungen gemacht und dazu noch gefilmt hat. Im Internet ist nichts darüber zu finden und er geht davon aus, dass – falls bekannt – es bereits eingestellt und geteilt worden wäre.

Sollte auch hier wieder verschleiert und vertuscht werden? Mit Verschwiegenheit und Lügen umschreibt Steward die Politik. Dank einiger Whistleblower wurde ja vieles aufgedeckt, was Staat und Geheimdienste alles getrieben haben. Wahlversprechen sind immer nur Mittel zum Zweck und geraten in Vergessenheit, sobald man die Zügel der Macht in Händen hält. Und die, die wirklich bereit sind, etwas zu ändern, werden entweder gedemütigt und politisch kaltgestellt oder einfach aus den Weg geräumt. Unzählige Verschwörungstheorien sind im Umlauf.

Nach dem Telefonat eben wird er noch hektischer. Er kann das Unheil spüren, was er in Begriff ist, heraufzubeschwören. Dafür hat er ein Näschen und natürlich auch Talent, Schwierigkeiten ohne Anlass auf sich zu ziehen. Getreu dem Monopoly-Motto: *Gehe direkt ins Gefängnis und nicht über los!*

Heute wird ja alles abgehört und mitgeschnitten, was nur ansatzweise menschliche Laute sind. Sein sensibles Gespür trügt ihn diesbezüglich recht selten, eigentlich fast nie.

So schnell wie möglich will er die Wohnung verlassen. Die wichtigsten Dinge sind gepackt. Stewards Handy liegt zerstört unten im Keller; wenigstens das, was einmal sein Handy gewesen war! Nur nichts dem Zufall überlassen – auch eine seiner bewährten Devisen.

Ein die Wohnung durchschweifender Blick und er verlässt sie über die Terrasse.

»Hallo, Mister Manduso!«

°

Caitlin wird ungeduldiger. Mehr als eine Stunde ist Steward über die verabredete Zeit. Wenigstens ist auf ihn in dieser Beziehung Verlass! Er hat sich also nicht geändert! Trotzdem ist sie beunruhigt, Steward nicht anzutreffen.

Im Hausinneren ist es finster. Seine Eltern verreisen oft. Seit der Trennung hat Caitlin nichts mehr von ihnen gehört, obwohl sie ein gutes Verhältnis zueinander hatten. Ein wenig wehmütig ums Herz denkt sie an alte Zeiten. Sie mochte Stewards Eltern sehr. Vielleicht auch deshalb, weil sie ihre eigenen früh verlor.

Caitlin sieht auf die Uhr. Eineinhalb Stunden und von Steward ist nichts zu sehen. Wütend über die sinnlos vergeudete Zeit, steigt sie wieder ins Auto und gibt Gas. Länger zu warten hat keinen Sinn. Wenn er bis jetzt nicht gekommen ist, wird er auch nicht mehr auftauchen. Er ist ebenso: Verspricht und hält nur wenig …

Auf dem Highway ist die Hölle los. Kaum eine Meile ohne langsam fahrende Wagen. Beim Vorbeifahren bemerkt sie, wie fast alle der Bummler nach Süden schauen. In den Gesichtern glaubt Caitlin gleichermaßen Erstaunen und Entsetzen zu sehen. Noch misst sie denen weiter keine Bedeutung bei. Doch als die Überholspur ebenfalls verstopft ist, folgt sie deren Blicken. Unwillkürlich drosselt sie die Fahrt.

Sie zwinkert. Hat sie etwas mit den Augen? Die Umgebung wirkt irreal verschwommen. Mehrmaliges Blinzeln hilft auch nicht – das Bild bleibt unscharf. Caitlin ergreift Panik. Puls und Herz rasen und sie droht zu hyperventilieren. Dabei hat sie keine Aufputschdrogen Indus! Nur wenige Sekunden sind vergangen, doch es kommt ihr wie eine kleine Ewigkeit vor. Sie besinnt sich darauf, wo sie ist und sieht auf die Straße. Gerade im letzten Moment, denn der Vordermann bremst scharf und fast fährt sie ihn hinten drauf. Verstört sieht sie in den Rückspiegel. Zwischen ihren und den Folgewagen ist ein gehöriger Abstand; doch Caitlin sieht auch, dass die Fahrer abgelenkt sind.

Sie lenkt ihr Auto sicherheitshalber an die Straßenseite und hält. Erleichtert sinkt ihr Kopf aufs Lenkrad. Viele Minuten vergehen, in denen sich die Journalistin etwas beruhigt. Um ihre Augen liegen tiefe Schatten. Was war das? Caitlin ist schummrig zumute; sie zittert am ganzen Körper und ihre Knie sind butterweich. Zittrig steigt sie aus. Jetzt bessert sich ihre Sicht. Hat sie *geträumt*? Oder ist sie so angespannt, dass sie Halluzinationen bekommt?

Nur langsam weicht die Spannung. Weitere Wagen sind stehengeblieben, von denen die Meisten ebenfalls verwirrt sitzen bleiben. Manche diskutieren erregt, wieder andere sind einfach nur sprachlos. Caitlins Beispiel folgend, steigen immer mehr aus.

Minuten vergehen. Wie sich wenig später herausstellen wird, hat nicht nur die Journalistin das Gefühl gehabt, dass die Zeit stehen bliebe. Doch an was – außer an Uhren – lässt sich das messen? Caitlin glaubt etwas auf der Spur zu sein; nichts Fassbares und nur auf der Gefühlsebene vorhanden. Aber etwas Großem! Sie riecht es förmlich. Irgendwas ist da … liegt in der Luft. Deutlich ist eine Bewegung auszumachen.

Eine Kolonne schreiender Polizeisirenen reißt sie aus den Beobachtungen. Reifen quietschen. Metallbeschlagene Stiefel knallen auf den Straßenbelag. Männer steigen aus, nehmen demonstrativ Stellung. Hinter großen, dunklen spiegelnden Sonnenbrillen bleiben Augen im Verborgenen. Caitlin bekommt Angst.

Einen ersichtlichen Grund dieses Aufgebotes gibt es nicht. Und das beunruhigt sie noch mehr. Logik und Intellekt helfen nicht weiter. Und Zeit zum Nachdenken bleibt ebenfalls nicht.

Die Polizisten ziehen ihre Waffen, entsichern und bringen sich in Schuss-Position. Gespenstische Ruhe kehrt ein. Caitlins Wahrnehmung ist getrübt, die Sinne in Watte gehüllt. Die vorherige Luftbewegung wird deutlicher. Unzählige Moleküle sind in Aufruhr. Und dann glaubt sie, inmitten flirrend-glitzernden und schwirrenden Atomverbindungen eine Gestalt auszumachen.

○

Als er die Augen aufschlägt, ist es stockdunkel. Der Kopf schmerzt höllisch. Steward will sich an den Kopf fassen, ist jedoch in der Bewegung gehemmt. Allmählich registriert er seine Lage. Die Hände sind auf dem Rücken gefesselt und zusätzlich an der Wand festgemacht. Wenn er sich bewegt, klirren Ketten; ein Indiz auf die Örtlichkeit, aber auch, wie sehr man ihn misstraut. Über den Kopf spürt er einen übergestülpten Sack.

Dunkel erinnert er sich, plötzlich angesprochen worden zu sein. Den Fremden kannte er nicht. Aber dessen schamloses Grinsen würde er sein Lebtag nicht vergessen! Dann gibt es nur noch Dunkelheit, als hat jemand das Licht ausgeknipst.

Nun haben sie ihn also doch erwischt! Stewards Unvorsichtigkeit könnte ihn den Kopf kosten. Er ist klug genug zu wissen, dass sie ihn freiwillig nicht freilassen werden. Stewards Lage ist prekär. Aus eigener Kraft wird ihm die Flucht nicht gelingen. Und niemand weiß, wo er sich befindet. Bleibt zu hoffen, dass sie von Caitlin nichts wissen …

Da ertönt ein Geräusch.

○

»Fahren Sie bitte weiter! Es gibt nichts zu sehen!«, spricht der Officer im barschen Befehlston. Mimik und Haltung lassen keinen Widerspruch zu. Caitlin schluckt den dicken, ihre Kehle zuschnürenden Kloß hinunter. Wieso fühlt sie sich plötzlich *schuldig* und fast wie eine Verbrecherin? Irgendwie *ertappt*?

»Ma'am …«

Caitlin zuckt sichtlich. »Ja …?«

»Bitte steigen Sie ein und fahren Sie weiter!« Die Stimme klingt bedrohlich derb.

»Aber … sehen Sie doch …« Ihre Hand zeigt in Richtung der Erscheinung.

»Da … da ist nichts, Miss! – Einsteigen!«

In Caitlin regt sich Gegenwehr. Der untrügliche Instinkt eines Journalisten protestiert. Sie sieht jetzt klarer und es ist offensichtlich, dass das hier vertuscht werden soll. Und ein Verdacht keimt: Sind das eventuell gar keine richtigen Officers? Geheimdienst? FBI oder NSA? Ihre Gedanken vollführen einen vollendeten Salto …

Es ist eigenartig, wenn man, statt in die Augen eines Menschen, ins eigene widerspiegelte Antlitz einer viel zu großen Sonnenbrille schaut. Das Gesicht des Mannes bleibt regungslos.

»Hören Sie, Mister … Officer …«

Eine Staubwolke wird hinter ihrem Kopf im Spiegelbild der Gläser sichtbar. Caitlin dreht sich langsam um. Vom jetzigen Standpunkt aus betrachtet kriecht die Wolke. In der Luft liegt feiner Staub und brennt in den Augen.

»Sehen Sie …«, fühlt sich Caitlin bestätigt und wendet sich wieder den Officer zu. Doch überraschenderweise ist sie allein. So wie gekommen fährt die Karawane weiter.

»Was zum Teufel geht hier vor …«

○

Das Geräusch entpuppt sich als Rumoren und wird schwillt an. Sogar die Luft kommt ins Schwingen. Auf seiner Stirn perlt Schweiß herab. Unsicher, was ihn jetzt erwartet, schnellt abermals sein Puls in die Höhe. Noch immer benommen, treibt ihn die Panik in unüberlegte Bewegungen. Steward versucht sich aufzurichten, aber nach wenigen Zentimetern stößt er mit dem Kopf an. Über die Schläfe rinnt warmes Blut. Damit er es nicht ins Auge bekommt, dreht er den Kopf auf die Seite.

Er hätte schreien mögen! Nicht vor Schmerz, denn der ist auszuhalten; aber vor Wut, hilflos etwas ausgesetzt zu sein, was nicht sichtbar ist. Unbarmherzig erfasst Steward Verzweiflung. Aufgeregt zerrt er an seinen Fesseln, die dadurch nur noch fester zugeschnürt werden. Und hinzukommt, dass langsam die Luft knapp wird.

○

Caitlin überzieht ein eisiger Schauer. Gegen alle Logik scheint die Staubwolke *stillzustehen*, obwohl in ihrem Inneren die Journalistin Bewegung erkennt. Hypnotisiert ist sie unfähig, den Blick zu senken.

Eine unsichtbare Hand greift nach ihr. Deutlich fühlt sie die Berührung, sanft und doch bestimmt. Und plötzlich ereilt sie unendliche Ruhe …

○

Angst lässt ungeahnte Kräfte erwachsen. Mit aller ihm zur Verfügung stehenden Muskelanspannung stampfen seine gebundenen Füße dampfhammergleich gegen die Wand – immer und immer wieder. Je länger dies andauert, desto willensstärker wird Steward. Seine innere Stimme feuert ihn unentwegt an, schließlich geht es um Leben oder Tod. Und er will – nein muss! – alles dafür tun, um dem nahenden Ende ein Schnippchen zu schlagen. Die Welt soll davon erfahren!

Unbeirrt stampft er weiter.

Gibt die Wand nicht schon nach? Diesen Hoffnungsschimmer folgend, tritt er kraftvoll im Takt zu.

Tock – tock – tock …

Ohne zu denken, ergibt sich Steward seinem Überlebens-
rausch.

∘

Kaum ein Lüftchen geht. Gräser stehen still. Caitlin ist leicht
ums Herz, fühlt unendliche Liebe und Geborgenheit. Glücklich
lächelt sie. Alle Sorgen sind vergessen, als hätte es nie welche
gegeben. Beschwingt vor Glücksempfinden jauchzt sie, doch
hören kann sie ihn nicht.

Caitlin juchzt wiederholt. Nichts! Die eigene Stimme dringt
nicht an ihr Ohr. Verwundert sieht sie sich um. Alles wirkt ruhig
und unwirklich fremd, wie *eingefroren*! Der Wagen hinter den
ihren ist leer. Hat dort nicht der Fahrer gestanden?

Plötzlich gibt es einen heftigen Ruck, und die bis eben an-
haltende Berührung verschwindet. Dann erfolgt ein ohrenbetäubender, scharfer Knall in der endlos erscheinenden Stille. Von
jetzt auf gleich verliert Caitlin den Boden unter den Füßen und
wird im weiten Bogen rücklings hart auf die Straße katapultiert.

Die nun wieder in Bewegung geratene Staubwand durchblitzt es hundertfach. Die Blitze sind grell und blenden. Während der Knall noch immer nicht verebbt, wird sie vom Staub-
sturm überrollt. Ihre Sinne schwinden …

Als sie die Augen wieder aufschlägt lacht die Sonne. Menschen unterhalten sich. Motoren starrten. Caitlin sieht an sich
herab. Sie versteht nicht. Hat denn niemand den mörderisch lau-
ten Knall gehört? Und hat nicht eine Art Druckwelle sie von den
Beinen gerissen?

Verwirrt sucht sie nach der angeblichen Polizeikarawane.
Vergebens. Auch die Staubwand ist verschwunden. Doch statt
dem Staubungetüm kommt ihr ein völlig verwahrloster Mann in
zerfetzter Kleidung entgegen …

Neunundzwanzig

Nosy Be, zweitausend Jahre in der Vergangenheit.

Zwei Tage ist es jetzt her. Vor achtundvierzig Stunden hat das unbekannte Objekt Waylon entführt. Deborah verspürt um ihn, wie auch um Nayati, keine Angst. Beide wird sie zum gegebenen Zeitpunkt wiedersehen. Was sie allerdings nicht weiß, betrifft ihre Person. Wie weiter? Welcher Schritt wird der Nächste sein, den das Schicksal von ihr erwartet?

So sehr sie überlegt, muss sie einsehen, sich verrannt zu haben. Der Weg ist eine Sackgasse, aus der sie ohne Hilfe nicht mehr herauskommt. Ganz allein ist sie ja nicht. Seit dem Unwetter weicht das Mohrenmaki-Weibchen nicht mehr von ihrer Seite. Deborah mag eigentlich Tiere, und sie findet das Äffchen ja auch süß, aber so wirklich warm werden die Zwei nicht miteinander. Liegt es daran, dass sie beide Frauen sind, die eine unterschwellige Rivalität wittern?

Deborah lächelt bei den Gedanken. Wihakayda beäugt sie misstrauisch und scheint damit ihre Vermutung zu bestätigen.

»Wir müssen reden, altes Mädchen.«

Wihakayda ist nicht gerade hellauf begeistert! Aber Deborah scheint den richtigen Ton getroffen und ihre Aufmerksamkeit geweckt zu haben.

»Ich weiß ja nicht, was man an dir findet«, beginnt Deborah ihren Monolog. »Wir sollten Regeln aufstellen.«

Die großen Glubschaugen schauen Sie mitleidig an. Deborah lässt sich davon nicht beirren; jedenfalls versucht sie es.

»Ich will mit dir keinen Streit – hörst du? Wir sind doch gestandene Frauen! Und die wissen, sich zu benehmen.«

Das Maki-Weibchen zieht den Kopf ein, als erwarte es ein heftiges Donnerwetter. Deborah entgeht dies keineswegs, doch sie kann es sich jetzt nicht leisten, Mitleid zu zeigen. Widerspricht im Übrigen der soeben gewählten Erziehungsmethode.

»Wir sitzen im selben Boot. Und es kann nur eine der Käpt'n

sein. Und das bin zweifelsohne ich …«

Das daraufhin einsetzende *Flippern* Wihakaydas macht Deborah rasend. *Was bildet sich dieses Flohknäuel eigentlich ein!? Diese unterentwickelten Primaten fehlt es eindeutig an Hirnmasse. Äffen einem nach und verstehen im Grunde rein gar nichts!*

»Deine Meinung interessiert hier weiß Gott keinem!«

Kurz verharrt das Maki-Weibchen. Innerlich triumphiert Deborah schon. Natürlich versteht so ein Affe nicht, was gesprochen wird. Er orientiert sich eher an der Stimmung, die Deborah aussendet und reagiert darauf, was wiederum interpretiert wird. Wenn sie sich da mal nicht irrt …

Der Mohrenmaki schnellt aus dem Stand, wie eine gespannte Feder, um das doppelte seiner Größe in die Luft und gibt warnende Zeter-Laute von sich. Ein untrügliches Zeichen von Missfallen und frustrierten Unmuts. Deborah schrickt zusammen und weicht sicherheitshalber zurück. Sie will nicht den Fehler machen, das aufgebrachte Tier zu unterschätzen. Und die Krallen sind alles andere als stumpf!

»Hey – hey!«, versucht sie beruhigend einzuwirken, vergreift sich aber unglücklicherweise im Ton. Wihakayda quittiert es mit archaisch anmutenden Geschrei. Es droht unweigerlich die Eskalation!

»Siehst du, was ich meine? Du magst mich nicht«, ruft Deborah dem Äffchen zu. »Wir müssen uns ja nicht unbedingt liebhaben, aber wir sind auch keine … Feinde.«

Beim letzten Wort fühlt sie einen Stich. Es sollten alle Ressourcen gesammelt werden, um aus der Zwickmühle zu kommen. Etwas traurig geht Deborah ein Stück auf die Seite. Da tauchen plötzlich die letzten Minuten wieder auf, in denen Waylon geholt wurde. Damit verbundene Gefühle wühlen sie zusätzlich auf. Woher will sie wissen, ob es Latham gut geht? Ist Wihakayda vielleicht deshalb schlecht gelaunt, weil sie etwas spürt? Tiere sollen dafür ja einen ganz speziellen Sinn haben!

Deborah wirft auf den – nach wie vor – tobenden Maki einen prüfenden Blick. Für ihn zählt nur der Moment des Augenblicks. Alles Weitere erledigt die Natur. Probleme werden erst dann zu solchen, wenn sie auftreten und nicht bereits im Vorfeld. Und sind sie gelöst, ist die Welt wieder in Ordnung. *Ach ja,* seufzt sie. *Affe müsste man sein ...*

Ein eindeutig statisches Geräusch, ähnlich eines Düsenjets, erfüllt die Atmosphäre und reißt Deborah aus ihren irrsinnigen Betrachtungen. Außer ein paar Wolken ist am Himmel nichts zu sehen. Trotzdem bleibt das penetrante Geräusch bestehen.

Sogar der Maki hält inne und schaut empor. ›Wenigstens ist das Flohknäuel still‹, denkt Deborah nicht ohne Genugtuung. Doch die Körperhaltung und das Benehmen des Tieres macht sie hellhörig. Und ohne den eigentlichen Grund zu erkennen, weiß sie, was zu tun ist.

»Komm mit«, zischt sie Wihakayda zu und rennt los. Aus den Augenwinkel bemerkt sie, wie der Maki ihr nach kurzem Zögern folgt. Die Intuition rät der Gewahrerin, schnellstens von hier zu verschwinden. Ganz in der Nähe steht ihr Zeitgleiter. Diesen zu erreichen wird höchstens zwei Minuten in Anspruch nehmen. Sie sprintet los und ihre Füße fliegen über den Boden.

Wie richtig die Entscheidung ist, wird Deborah in dem Augenblick offenbart, an dem sie den Zeitgleiter erreichen. Prompt erfolgt ein dumpfer, alles erzittern lassender Knall. Der Himmel ist noch immer frei von fremdartigen, nicht hierhergehörenden Objekten. Aber es wird Zeit, von hier zu verschwinden. Soweit Deborah sagen kann, trägt sie alles bei sich. Die Fernsteuerung für den Glasgleiter trägt sie vorsichtshalber an einer Kette um den Hals. Ein Klick und das rettende arimeanische Gefährt wird sichtbar.

Rasch nimmt Deborah Platz. Das sofort erscheinende virtuelle Tableau zeigt die einwandfreie Funktionstüchtigkeit aller Systeme an. Ein weiterer Anschlag startet das Gefährt. Der Maki sitzt unschlüssig in zwei Metern Abstand.

»Komm schon«, ruft sie dem Tier flötend zu, jedoch festentschlossen, umgehend zu entmaterialisieren.

Wihakayda ist hin- und hergerissen, traut weder Deborah noch dem, was da offensichtlich gerade im Anflug ist.

»Ich verschwinde jedenfalls. Wenn du mit willst …« Deborah kommt ein Gedanke. »Ich werde Waylon von deinem sturen Kopf erzählen. Und Nayati auch …«

Schon als der Name *Waylon* fällt, stellt der Maki die Ohren auf und fixiert die Gewahrerin. Bei *Nayati* erhebt er sich und macht ein, zwei Schritte in Deborahs Richtung. Die Vibrationen in der Luft ebben ab. Doch ein seltsam diffuses, milchiges Licht verrät das Bevorstehende.

Deborah will nicht länger warten. *Dann hat das Vieh eben Pech gehabt!* Im allerletzten Moment landet Wihakayda auf ihren Schoß. Dann verlassen sie die Gegenwart von Nosy Be.

○ ○ ○

Es kommt Deborah wie eine Flucht vor. Und zwar eine Flucht, die unausweichlich ist, hat man etwas Schwerwiegendes angestellt. Allerdings plagen sie auch Gewissensbisse, die irgendwie an Verrat erinnern. Während sie sich in Sicherheit wähnt, ist Waylons Schicksal ungewiss. Die Redewendung *In den Sternen geschrieben* bekommt jetzt eine völlig andere, fragwürdigere Bedeutung.

Deborahs Seelenheil hat einen deutlichen Knacks bekommen. Unendliche Traurigkeit übermannt sie. Machtlos hat sie eine nicht überwindbare Hürde erreicht, bei der nur noch ein Wunder helfen kann. Die eingetretene Ohnmacht macht Deborah mürbe.

Gedankenverloren streichelt sie liebevoll das *Flohknäuel*. Als erste Tränen über Deborahs Wangen laufen, quietscht Wihakayda mitfühlend. Da die junge Frau nicht reagiert, legt das Äffchen zaghaft die Arme um ihren Hals und zieht sich empor.

Die Gewahrerin ist zu sehr mit sich selbst beschäftigt, als das sie sich der Liebkosungen verwehren könnte. Außerdem spielt auch eine gewichtige Rolle, dass sie über diese Annäherung perplex ist und dem Maki nicht so recht traut. Allerdings tut es ihr auch irgendwie gut und so lässt es Deborah für Augenblicke geschehen.

Nach einer Weile treibt sie die Frage um, wohin nun? Ihr kommt Uridräo in den Sinn, der Zartak-Mond. Von dort ist sie aufgebrochen, um mit Waylon gemeinsam den Atmanen auf die Spur zu kommen. Doch in Latham fand sie nicht die erhoffte Hilfe, sondern in Nayati. Es kommt eben doch immer alles anders …

Der Dakota war ebenfalls zum Mond ins Zartak-System aufgebrochen, um sich – wie er es nennt – mit *Atius Tirana* zu treffen. Für den einen der »Große Geist«, für andere ein energetisches Geistwesen. Deborah ist unsicher, wie sie damit umgehen, aber auch was sie davon halten soll. Als moderne Frau und bislang kaum esoterische Berührungspunkte, hat sie ihre Schwierigkeiten damit. Begreifen ist ein Stichpunkt, der es Deborah schwermacht. Wie soll man etwas begreifen, was mit Allgemeinwissen nicht vereinbar ist? Solche *Wesen* gehören ins Reich der Märchen, der Fantasie, in denen sich Magier und Hexen frei tummeln können. In die heutige Welt passen sie überhaupt nicht.

Wihakayda schmiegt sich liebebedürftig an die Gewahrerin. Von unangenehm ist keine Rede mehr. Zwischen beiden scheint ein für alle Mal das Eis gebrochen.

»Schon gut, Fleaknawel«, murmelt Deborah dem Äffchen zu. »Ich pass auf uns auf. Was hältst du von Uridräo?«

Ein äffisches *Gackern* ist die Antwort.

»Ich nehme an, das soll ein *Ja* sein. Na, dann wollen wir mal …«

Einen Atemzug später materialisiert der Zeitgleiter in den vorgegebenen Koordinaten. Den Aural-Modus beibehaltend, in dem der ›Raum-Zeit-Gleiter‹ bis auf eine leicht schimmernde

Aura unsichtbar bleibt, scannt Deborah den Himmelskörper nach höher entwickelten Organismen ab. Wenn Nayati in der derzeitigen Gegenwart ist, sollte sie ihn finden. Fehlanzeige! Enttäuscht, aber überwiegend erleichtert, registriert sie, dass der Mond außer sie und Fleaknawel niemandem beherbergt.

Deborah löst, mit entschuldigendem Blick, die dünnen Ärmchen des Maki vorsichtig von ihrem Hals; sie braucht jetzt erstmal Bewegungsfreiheit, um weitere Systemeingaben zu tätigen. Erst dann, wenn alle Überprüfungen abgeschlossen sind, will Deborah einen Landeplatz auswählen. Aufmerksam verfolgt das Maki-Weibchen ihre Handgriffe und sieht interessiert auf die Schwebeschirme. Fleaknawel erweckt den Eindruck, genau zu wissen, worauf es Deborah gerade ankommt. Denn im richtigen Moment lässt das Äffchen sein bestätigendes *Flippern* hören.

»Sieh mal einer an«, flüstert Deborah und trillert den üblichen Drei-Ton-Überraschungspfiff. »Da bist du also!«

Den Daten nach hat die Zeitgleiter-Sensorik neben der Pyramide einen Energiewirbel aufgestöbert. Deborah schließt daraus auf das Nebelwesen *Atius Tirana*. Doch wenn das Nebelwesen da ist, wo ist dann Nayati? War dies eine Falle, in der Nayati naiv hineingetappt ist? Deborah bekommt Gänsehaut. Was hat das Wesen mit ihm angestellt?

«Du musst Cheveyo sein», erklingt in ihrem Kopf eine Stimme.

Überrascht sieht Deborah zu dem Maki, der ihren Blick erwidert.

»Hast du das auch gehört?«

Die kugelrunden Augen zeigen keine auffällige Regung.

«Nur höhere Intelligenz kann die von mir entsandten Schwingungen aufnehmen, die dein Gehirn umwandelt.»

»Wenn ich nicht genau wüsste, dass du nicht sprechen kannst, würde ich alles darauf verwetten, dass du es bist …«, raunt Deborah mürrisch an den Maki gewandt. »Jetzt werd ich wohl schon verrückt!«

Sie beobachtet Fleaknawel misstrauisch, was Fleaknawel wiederum mit einem gelangweilten Gähnen quittiert.

»Werd bloß nicht albern, Fräulein …«

Fleaknawel gähnt erneut und kratzt sich anschließend genüsslich am Kopf.

«Primaten können nicht sprechen, Cheveyo.»

Deborah knurrt genervt.

»Wer oder was du bist – Verkauf mich nicht als dumm und lass mich in Ruhe!«

«Das geht leider nicht, Cheveyo. So leid es mir tut.» Seltsamerweise klingt es tatsächlich bedauernd.

»Nenn mich nicht so! Ich heiße …«

«Hör mir zu», unterbricht sie die Stimme forsch. «Es ist gleich, wie du dich nennst, Cheveyo. Du bist der rechtmäßige Gewahrer deiner Welt. Und in meiner bist du bekannt als Cheveyo.»

Deborah bleibt die Spucke weg. Verarscht sie jemand?

»Woher kommst du?«

«Meine Welt ist sehr weit weg, Cheveyo. Es ist eine Sterneninsel in der Weiten Leere.»

Beinahe hätte Deborah losgesprudelt vor Lachen. Weite Leere! Sterneninsel! *Witz komm raus, du bist umzingelt!*

«Wenn du zum spitzen Bauwerk kommst, zeig ich dir, wo das ist, Cheveyo.»

»Wo soll …« Deborah hält inne. Sämtliche Alarmglocken schrillen. Eine Falle! »Für wie blöd hältst du mich eigentlich?! Darauf falle ich doch nicht rein!« Da die Stimme im Kopf jetzt schweigt, kommen ihr starke Zweifel an der eigenen Zurechnungsfähigkeit.

«Schade, Cheveyo, wirklich schade. Und ich dachte, du könntest Nayati helfen …»

Des Dakotas Name schlägt wie eine Bombe ein und elektrisiert. Nayati …

«Wie ich sehe, genieße ich nun deine volle Aufmerksamkeit.»

Sie nickt irritiert.

«Komme zum spitzen Bauwerk und du wirst die Wahrheit sehen.»

∘ ∘ ∘

Etwas über sich selbst herauszufinden kann manchmal spannend sein. Anders verhält es sich, wenn jemand anderes Dinge über einen weiß, die er gar nicht wissen kann. Auf der Erde würde Deborah das ja noch verstehen. Aber fern des Heimatplaneten auf einem Mond zieht es ihr fast die Beine weg. Schon der Anblick des wuseligen Energiewesens setzt ihr stark zu. Und das, was sie erfahren hat, wirft sie geradezu aus der Bahn. Ora'kunac, seines Zeichens Angehöriger der *Hüter*, ist so rücksichtsvoll, um Deborah ein wenig Ruhe zu gönnen. Seit bestimmt einer halben Stunde sitzt sie teilnahmslos und in Gedanken versunken auf der untersten Stufe der Pyramidentreppe.

Zu hören, als was sie in einer anderen Welt gehalten wird – besonders, dass man sie dort kennt! –, will ihr ganz und gar nicht in den Kopf. Irrsinnig! Absolut wiedersinnig! Dabei steht sie erst ganz am Anfang ihrer ›Karriere‹.

«Nayati braucht einen Freund, Cheveyo», sagt Ora'kunac.

Noch ist Deborah unfähig, auch darüber nachzudenken. Alles was sie braucht ist Zeit. Doch die gewährt ihr der Hüter nicht.

«Nach eurer Zeitrechnung sind wir einem Abtrünnigen auf der Spur, konnten ihn aber noch nicht habhaft werden.»

»Was hat er denn angestellt«, will Deborah wissen.

«Er bringt den Lauf aller Dinge in Gefahr …»

Epilog

Die Halbhohlspiegelhälften öffnen sich mit einem Plopp-Laut. Gleichzeitig verblasst die Trübung der Oberfläche. Inmitten des sphärischen Runds sitzt die Wesenheit, die gerade eben noch Teil einer anderen Welt gewesen ist. Die dort gesammelten Eindrücke und Erfahrungen bereichern ungemein die ansonsten eher trostlose Existenz der Wesenheit. Der gespeicherte Erinnerungs-Fundus ist voll sich unterscheidenden Lebensstationen. Alle sind für die Wesenheit auf einer ganz besonderen Art *vollkommen*.

Die energetische Kugel erlischt; ihr umspannendes Netz verliert auf einen Schlag die Leuchtkraft. Der Rücktransfer ist abgeschlossen. Dass die Wesenheit schützende Energiefeld verschwindet nun ganz. Langsam erhebt sich die Seelenkapsel und gleitet schwebend und völlig geräuschlos in die Weiten des Archivtempels. Dort nimmt die Energiekugel wieder ihren angestammten Platz ein, bis ein anderer Atman sich dieses Leben auserwählt.

In die Wesenheit kommt quirlige, scheinbar nicht aufeinander abgestimmte Bewegung der einzelnen Energiestränge. Nach dem Lebenstransfer haben die Atmane oft Probleme in der eigentlichen Fortbewegung ihrer Daseinsform. Deshalb verharren einige noch länger in der Position, in der der Transfer stattgefunden hat.

Nicht jedoch diese Wesenheit. Etwas unbeholfen schwebt sie tiefer in den Tempel hinein. Von anderen unbeachtet ist die Wesenheit zielstrebig und schnell unterwegs, folgt unzähligen Abzweigungen in allen Richtungen, überwindet spielend mehrere Energiekugel-Ebenen. Mithilfe der biosensitiven Kommunikation nimmt die Wesenheit Kontakt zu den Seelenkapseln auf, um diese im Vorbeischweben abzufragen. Alles geht rasch und geräuschlos vonstatten. Kaum ein Laut durchdringt die hiesige Stille; ein Traum jeglicher Bibliothek.

Im Moment sind in den Tiefen des Archivtempels kaum Wesenheiten unterwegs. Selten begegnen sich daher die Existenzen, was angesichts der Labyrinth-Gänge und die unendliche Weite des Tempels nicht verwunderlich ist.

Die Seelenkapseln sind nach ihrer Position im Universum angeordnet und in jeweilige Kategorien untergliedert. Neuerdings sind auch Transfers in Nicht-Hominide Wesen möglich. Zwar sind sie nicht ganz so begehrt, doch für eine gute Abwechslung immerhin gut genug, und ein spannendes Erlebnis allemal. Demzufolge ist die Abteilung für Nicht-Hominide relativ klein.

Die am weitesten entfernten Energiekugeln sind das Ziel der Wesenheit. Im Verhältnis zu anderen Anordnungen im Tempel, die jeweils einer Galaxie entsprechen, fällt die Angestrebte unscheinbarer aus. Gleich erreicht die Wesenheit im obersten Bereich die anvisierte Seelenkapsel. Per Gedanke hebt die Existenz die Kugel an. Sofort beginnen feine Haarblitze im Inneren zu zucken. Das neurologische Netz pulsiert kräftig.

Ein wirbelnder Energiestrang der Wesenheit löst sich vom Rest und berührt das Kugelnetz. Kurz aufsprühende Funken deuten auf die bevorstehende Verbindung. Dann ist es soweit. Die gespeicherten Daten fließen in die Wesenheit. Hätte sie menschenähnliche Gesichtszüge, würde man nun eine gewisse Genugtuung darin lesen können.

Die Bilder- und Videovorschau entsprechen genau dem, was die Existenz gesucht hat. Über all den Szenen und Lebensstationen prangt in atmanischen Leuchtzeichen der Name des Inhabers des Lebens. Ein Name, den die Wesenheit als äußerst gefährlich einstuft. Nicht, was diese Person bisher in ihrer Gegenwart geleistet hat, sondern vielmehr, was sie noch leisten *wird*.

Um sich zu vergewissern, die richtige Person zu haben, ruft

die Wesenheit alle verfügbaren Daten auf.

HEIMATGALAXIE: MILCHSTRAßE
HEIMATPLANET: ERDE
GESCHLECHT: WEIBLICH
NAME: CHEVEYO
LAND: GROßBRITANNIEN, VEREINIGTES KÖNIGREICH
REGISTRIERT UNTER: DEBORAH SHEFFIELD
DERZEITIGE GEGENWART: 21. JAHRHUNDERT

Zufrieden trennt die Wesenheit die Verbindung und schwebt un-
auffällig zum Zentrum des Archivtempels zurück. Dort wird sie
den Transfer vorbereiten und zu einem bestimmten Zeitpunkt in
Cheveyos Leben treten. Und dann wird man sehen, ob die Geschichte nicht umgeschrieben werden muss …

$$E \infty N \infty D \infty E$$

UND SO GEHT ES WEITER …

DER MORGENKRISTALL[8]
~ *ZEITPARASIT* ~
FINLEY MOUNTAIN

Auf der Suche nach ihren Erzfeinden haben die Urigoren die Erde entdeckt. Vor etwas mehr als zweitausend Jahren sind die Menschen noch nicht so weit entwickelt, als dass sie den Urigoren gefährlich werden können. Auf ihren getarnten Erkundungsflügen entdecken sie arimeanische Technologie. Einen Hinterhalt vermutend, gehen sie in die Offensive. Waylon Latham, der sich zusammen mit Deborah Sheffield, der terranischen Gewahrerin, auf der Insel Nosy Be aufhält, wird irrtümlich als Angehöriger Arimeas gehalten und mit einem Antischwerkraftfeld verschleppt. Alles leugnen ist zwecklos; Waylon kann die Urigoren nicht davon überzeugen, dass er kein Arimeaner ist. Erschwerend wirkt die DNA-Analyse, welche die Urigoren durchführen und somit einwandfrei das Gegenteil von Waylons Aussage beweisen. Damit

wird er genötigt, sich an der Suche nach dem Wanderer zu beteiligen. Die zurückgebliebene Gewahrerin kommt auf Uridräo einem Komplott auf der Spur, dass alles Leben im Universum bedroht. Und ausgerechnet ein atmanischer Hüter steht ihr dabei zur Seite, als ein Angriff erfolgt …

DEMNÄCHST IM HANDEL

Glossar – Personen & Begriffe

Personen Erde – Gegenwart

Waylon Latham, *1948 (#4: Waynúpa), in #3 auch erwähnt als Aylon; Doppelzopf – älteres Ich (Tokahe)

Mr *Dako*, (sein indianischer Name ist *Nayati* – der, der ringt; Dakota, Gewahrer vor Rebecca), Waylons leiblicher Vater; offiziell † 1898

Nur erwähnt werden W.'s *Adoptivvater* († 68) & seine *Großmutter* († 93)

Rebecca *1875, Gewahrerin, verstößt mehrfach gegen den Kodex

Wihakayda, die Kleine, Dakos indianischer Name für den Mohrenmaki; Deborah nennt sie Fleaknawel, Flohknäuel

Karoline Fryer, Waylons (Ex-)Frau (# 1-3, 5-6)

Olivia McGowan, Tochter von Karoline und Waylon

Benjamin McGowan, Olivias Mann

Amelia, jüngste Enkelin Waylons

Jason, Enkel Waylons

Martha Latham, Waylons Mutter

Ryan Fryer, Karolines 2. Mann (#1)

Caitlin Fryer, Karolines Tochter aus 2. Ehe

Mrs *Elinor Pepper*, Waylons Nachbarin; *1911; 93 Jahre alt, zum Zeitpunkt der Handlung in #3

Sophie Pepper, Elionors Adoptivtochter

Mrs *Dewey*, wohnt schräg gegenüber

Herbert, Bekannter/Freund von Waylon (#1)

Deborah Sheffield, (27) Polizistin unter Inspektor Gomery, wird in #6 zum Gewahrer, ist im Besitz des Lichtwellen-Wandlers

Riley Mortimer Scott, Vater von Rebeccas Kindern

Tonweya, Scout (Kundschafter) (Prolog #5)

Cheveyo, ›Geisterkrieger‹

Ethan Mason, sich erinnernder Atman, schleierhaftes Energie-Nebelwesen (#7); zischelnde, melodiöse Sprache

Wesenheit – geschlechtsneutrales Nebelwesen außerhalb unseres sichtbaren Wellenbereichs

Megan, Ethan's Mutter

Lily, Ethan's Tante

Uncle Sam, Schmalgesichtiger; Atman, dem es verbotenerweise gelungen ist, in ein bereits bestehendes Leben zu schlüpfen

Atmanicum, Ort der Wesenheit-Existenz

Transfer-Hüter, Atman, der über laufende Transfers wacht

Tzúk'ranac, Hüter über den atmanischen Transfers

Begriffe der Atmane:

Analysator

Archivtempel, Aufbewahrungsort der gesammelten Lebenskugeln auf Signaturabtastung

Luftwiederstandskorridor

Lebenskugel

Landwesen, Begriff der Atmane für Menschen

Der Begriff *Atman* kommt aus der indischen Philosophie. Im Sanskrit wird damit der Atem, die Seele oder dass Selbst bezeichnet; im Pali (*atta*) bedeutet er ursprünglich *Lebens-hauch.*

Personen Arimea – Gegenwart

»*Sternengral IV*«, Schwer-Raumkreuzer vierter Klasse

Sho-Ril, 412 J., lebt zurückgezogen, Kristall-(Rogalit)-Flüsterer (#5); Vorher-Seher, Mitglied des amtierenden Wächter-Magistrats

Shatlimya, Regentin (auf Lebenszeit) der Wächter und Vorsitzende des Magistrats sowie Kommandantin der »*Sternengral IV*« (#7)

Or'dul, Navigator der »*Sternengral IV*« (#7)

Arlo, Erforscher von Leerbereichen im All #7

IATRA autarke, ausgeklügelte medizinische Dienstleistungseinheiten, die im Bereich der Nanobiologie arbeiten. (Die Lehre von der Heilkunst wird auch Iatrik genannt.)

Personen Anomaliten – Tausend Jahre vor arimeanischer Entdeckung

Arcley – Soltectorin der zweiten Kaste

Laynjala – Monarchin der Anomaliten

Adabay – Ranghöchster Soltector

Pearce – lebt in den Ruinen

Herrschende – Regenten-Kaste

Soltectoren – Beschützer, Soldaten

Worker – Arbeiter

Schwärmer – Erkunder

Regenten-Rat – bildet die Regierung der Anomaliten; Gesetzgeber

Anomaliten, Ureinwohner von Uridräo, aus denen nach der Vertreibung die kriegerischen Urigoren werden. Sie lösten den *Ewigen Krieg* aus. Die Anomaliten-Gesellschaft ist straff durchorganisiert und gleicht derer von Ameisen und Termiten.

Reinigung, gleichzusetzen mit Quarantäne

Begriffe der Dakota (Lakota)

ahbleza – Gewahrer

Atius Tirana – der "Große Geist"

wakan – Mysterium, ein Unbekanntes

wakanhca – ein wahrer Seher, ein Denker

wakantanka – jedes große Mysterium, unentdecktes Gesetz

wakanya hibu yelo – auf geheimnisvolle Weise komme ich

wakicun, wakicunsa – Männer, die entscheiden, Entscheider

Frühere Charaktere

Mr Dako (Dakota, Gewahrer vor Rebecca), Waylons Vater

Der *Major*, Söldner-Boss

Toby (›Bulle‹), Söldner des Majors (im Geiste etwas zurückgeblieben)

Joshua Brown, Obdachloser, 32 Jahre alt

Irving-Anwesen, Hausruine, in der Joshua Unterschlupf findet

Hal Milan, Labormitarbeiter von New Scotland Yard

Nightingale, 86, Professor im Ruhestand

Cloe, so nennt sich Rebecca als Gewahrer (*ahbleza*)

Claire Cecily, Rebeccas Tochter

Riley jr., Erstgeborener Rebeccas

Jayden, junger Wächter

Callum, alter Wächter

Aiden, Anführer der Vorhut auf dem Mond Uridräo

viergehörnte beflügelte Schlange, Basilisk, der Legende nach entsprang sie der Ur-Sonne des Universums

Arimea – Planet mit erstem bekanntem Leben und des ›Mutterkristalls‹. 1 arimeanisches Jahr entspricht ca. 18,5 Monate der heutigen Erde. A. besitzt 7 Monde. Ein Mond wurde vor 65 Millionen Jahren zur Erde gelenkt, der dort einschlug und den Weg für höheres Leben bereitete, was beinahe danebenging. Der neunte Mond ist verschwunden.

Khrill, Representantin einer Intelligenz aus dem Sternensystem Mondrēum. Flüchten auf Planeten, den sie später Arimurius nennen. Nach der ›Großen Katastrophe‹ wird daraus *Arimea*.

Arimeaner, Erste Wächter

Zartak, Planet um den Uridräo kreist. Auf Uridräo wurde ein Stützpunkt einst von der ›Sternenbruderschaft‹ errichtet, irgendwann aber von ihr aufgegeben. Die Wächter haben ihn später für sich entdeckt und nutzen ihn seither als Basis!

Vor 154 Millionen und 3.500.74 Jahren (5,75 Million Jahre nach Erdzeit)

Amerona, Kommandantin des Raumkreuzers »Sternengral«

Teasar

Amedara, Partnerin von Teasar

Lokar, 16, Wächter in der 23. Generation

Eliwor, 18, Mitgliedsanwärterin des Kreises

Mila, Biologin

Orinario, momentan Ältester der Wächter

Tuteno, Vorsitzender des Wächter-Magistrats

Patriarch *Dharidma*, Herrscher von Arimea und Erfinder des Zeitgleiters

Moriol und *Pryar*, ›RZG‹-Anwärter

Limuria, lehrt den Umgang mit dem Zeitgleiter

Methua, abgeschirmte Inselenklave (#4)

Rhobal, ältester Einwohner (*Methelem* genannt) der Enklave (1421 Jahre alt), wirkt wie ein Teen

Urio, 997 J., Methelem

Sho-Ril, 412 J., lebt zurückgezogen auf Methua, Kristall-(Rogalit)-Flüsterer

Sulantrea, 187 Jahre *Methelem*

Vyn, Technikassistent #5

Burali, Geburtsstätte von Lokar und Eliwor

Provinz *Arkonim*, Hauptsitz der Wächter auf Arimea

Aquoras, Unterwasserstadt auf Arimea

Blender, Gegner der Wächter, die im Untergrund (in Form von Falschmeldungen) agieren und die Regentschaft der ›Sternenbruderschaft‹ untergraben

Aremodon (Randplanet), spätere Erde

Isidoria, Planet der *Oktopteriden* – Achtflügler (ähneln Schmetterlingen)

Dotekalum, Fisch mit breitem Maul, an Wangen und Seiten aufstellbare Flossen, unterhalb vom Kopf zwei Tentakel, die das Opfer lähmen

Urigoren, menschenähnliche Kriegführende Rasse; besitzen Schallwellen-Technik, Energiestrahl aus Schall

Arimeanische Technik

Glaskabine, Glaskapsel, Zeittransmitter (von den Wächtern ›Raum-Zeit-Gleiter‹ [›RZG‹] ge-

nannt) mit diversen Modi, z. B. Zukunftsschau- und Aural-Modus; letzterer wird durch Lichtwellenverschiebung unsichtbar, bei dem nur eine leicht fluoreszierende Teil-Korona bzw. Aura bleibt

Veränderer, Lichtwellenwandler, verändert und passt die Wellenlänge an, damit Objekte sichtbar werden.

CrisCom, Kommunikation über Kristalltechnik

Lift-Kapsel, freischwebender Lift

Prismencomputer, arbeiten auf Rogalit-Basis

Erneuerer, Apparatur zur Zellerneuerung #5

Geflügelter Turm, Ewigkeitsgemach (#4)

Thetaether, neunkantiges Symbol, was sich nach dem Einsetzen des ›Neunter Kristall‹ bildet und den Zeitentunnelriss schließt.

Thetaró ›Neunter Kristall‹, Meister-Rogalit

Neugenetisierung, heute: Inkarnation, Begriffsprägung durch Waylon

Wissenswertes

Aus was besteht das Universum?
Materie, Energie, Elementarteilchen, großräumige Struktur (Galaxien)

Heutiges Universum besteht aus:
4,6 Prozent Atome
23 Prozent Dunkelmaterie
72 Prozent Dunkle Energie
> 1 Prozent Neutrinos

380.000 Jahre nach Urknall bestand es aus:
10 Prozent Neutrinos
12 Prozent Atome
63 Prozent Dunkelmaterie
15 Prozent Photonen
vernachlässigbar der Anteil der Dunklen Energie

Menschen sehen in welcher Wellenlänge?
Wellenlängenbereich: 380 nm (violett) - 780 nm (Rot)

Universum – universus »gesamt«
unus versus »in eins gekehrt«
auch: Kosmos »Ordnung« – Gegenbegriff zum Chaos, Weltall
Es gibt kein »Außerhalb« oder »Davor«
Extrem-Bedingungen der ersten 10^{-43} Planck-Zeit (kleinstmöglicher Zeitintervall)

Voids – grossskalige Leer- und Hohlräume im Universum; Riesenlöcher im All (Astronomie), Leerbereich [Quantenkosmologie: Vakuum-Universen; quantenmechanischer Grundzustand]. Südwestlich vom Orion im Sternbild Eridanus (keine Strahlung, Galaxien, Staub, Sterne, dunkle Materie (Größe: 1 Milliarde Lichtjahre) z.B. Lyman Alpha Klumpen

Urknall: aus Energie entsteht Materie
Eine Atombombe macht aus Materie Energie. Treffen Materie und Antimaterie aufeinander löschen sich beide löschen aus

Higgs-Feld, Higgs-Boson ohne dies gäbe es keine Masse. Wird auch Gottesteilchen genannt!

teleologisch – Pragmati